위대한 대화

인생의 언어를 찾아서

THE

위대한
대화

김지수 인터뷰집

REAT

인생의 언어를
찾아서

ONVERSATION

생각의힘

인생 언어를 찾아 길 떠나는 당신에게

창밖에는 눈발이 흩날린다. 나는 난로 곁에 담요를 덮고 앉아 노트북을 두드리고 있다. 내가 '털북숭이 철학자'라고 부르는 고양이 베리는 창문 중턱 윈도우 시트에 앉아 자정까지 하염없이 내리는 눈을 바라보고 있다. 회색 하늘 아래 회오리치는 눈송이나 파도가 들이치는 바다를 볼 때마다 나는 이 세계의 신비에 머리가 아득해지곤 한다.

우리는 바람을 볼 수 없지만, 유일하게 송홧가루가 날릴 때만큼은 노랗게 흔들리는 바람의 육체를 볼 수 있다고 작고한 이어령 선생은 회고했다. 내가 당신의 삶과 죽음을 어떻게 기억하면 좋겠느냐고 물었을 때도 그는 바람과 파도를 권했다.

> "바람에 나뭇잎이 흔들리는 것은 원래의 자세로 돌아가기 위해서라네. 그게 살아 있는 것들의 힘이야. 끝없이 떨리는 파도였으나 모두가 평등한 수평으로 돌아가는 거라네."

여전히 나는 궁금했다. 비바람에도 끄떡없는 바위 같은 생을 꿈꾸지만, 우리는 왜 쉼 없이 흔들리는가. 흔들리는 것들에 매료되는가. 《떨림과 울림》을 쓴 다정한 물리학자 김상욱은 '존재하는 모든 것은 떨고 있다'고 온유한 목소리로 설명했다.

"원자 주위를 도는 전자도, 사랑을 고백하는 심장의 두근거림도, 딱딱한 책상이나 건물도 각자의 진동으로 떨고 있습니다. 소리와 빛도 본질은 떨림입니다. 우주가 떨림이라면 인간은 울림이지요. 울림은 공명이에요. 라디오도, 스마트폰도 주파수가 맞아야 울립니다. 과학자들은 모든 것을 진동으로 환원합니다."

모든 내향인들이 그렇듯 나는 보통 사람보다 더 자주 흔들리고 더 많이 떨었다. 두려움에 떨고 기쁨에 떨고 슬픔에 떨고 추위에 떨었다. 빳빳해 보이는 외양에도 불구하고 떨리는 목소리에 후들거리는 다리를 지녔기에, 기실 일상은 떨다 지쳐 일찍 잠이 들고, 떨리는 마음으로 일찍 깨는 식이었다. 약점은 곧 재능의 씨앗이라, 태생적으로 '흔들리는 인간'으로 살다 보니 타인의 떨림을 더 잘 감지할 수 있게 되었다. 자기만의 언어로 서사와 지혜를 배치할 때 뿜어져 나오는 당신의 아름다운 경련을, 나는 마주 앉아 목격하고 혼자 흥분하곤 했다.

28년 동안 기자로 살았고, 그 비슷한 시간 동안 인터뷰어로 살았다. 디지털 공간에 '김지수의 인터스텔라(이후 인터스텔라)'라는 심층 인터뷰 칼럼을 연재한 시간만 어언 7년 7개월이다. 어쩌면 인터뷰는 온몸으로 파동을 기억하고 그 '떨림과 울림을 잇는 일'이었다. 전압을 바꿔주는 변압기처럼, 그동안 우리 시대 최전선의 지혜자들이 내어놓은 힘 있는 언어를 부드러운 언어로 변환시키는 일에 매진했다. 지혜자의 떨림과 독자의 울림을 잇는 언어의 다리로 사는 동안 여러 낮과 밤을 먼저 전율하며 행복했다.

그동안 '인터스텔라'는 시대의 흐름에 맞게 변화를 거듭해 왔다. 2015년 초만 해도 배우와 가수, 크리에이터 등 유명 인사들이 등장하는, 디지털 공간에는 다소 이질적인 길고 화려한 칼럼이었다. 그러다 어느 순간부터 배우 김혜자, 윤여정 등 '산전수전을 겪고 반전이 있는 따스한 지혜'를 지닌 어른들을 만났다. 독자들은 천진난만하고 성실한 어른의 온기에 기뻐했다. 나는 독자의 반응과 나의 호기심을 적절히 섞어가며 인터뷰이 목록을 채워갔다. 무명의 래퍼부터 스타 배우, 스포츠선수, 해외 석학, 주식 전문가 등 장르 불문의 다양한 사람들이 인터스텔라 광장을 거쳐 갔다. '워라밸'의 환상이 깨지는 시기에는 '일하는 나의 소명'을 각성시키는 일터의 현자들의 언어가 사랑받았다.

그러던 중 코로나바이러스가 인류의 지속 가능성에 경종을 울렸다. 지식생태계에 대격변이 일어났고 '인터스텔라'에는 언어의 대변환을 주도하는 전 세계 석학들의 '현재진행형의 지혜'가 밀물처럼 섞여 들었다. 승리, 생산성, 기쁨, 행복, 번영, 자본이라는 군림의 언어가 썰물처럼 빠져나가고, 다정함, 안전, 우정, 친구, 슬픔, 반성, 후회 등 심리 자원의 근본을 파고드는 돌봄의 언어가 지식 갯벌 위로 고개를 들었다.

각각의 언어는 매혹적이고 다양했으나 그 바탕은 다르지 않았다. 고난을 빼고 인생을 설명할 길은 없다는 것. 우리는 모두 인생이라는 블록버스터 재난 영화의 영롱한 주인공들이라는 것.

새롭게 열린 인터스텔라 유니버스에서, 나는 독자에게 역할을 위임받은 질문자인 동시에 삶이라는 재난 영화의 주인공으로 나를 구할 언어를 찾아 나선 주체적인 행위자이기도 했다. 그렇게《위대한 대화: 인생의 언어를 찾아서》는 나라는 주어와 인류의 동사가 한 호흡으로 리듬을 타며 나아가는 책이다. 나는 각 스테이지에서 생의 고비를 넘어가듯 최전선에 있는 지혜자들에게 묻는다.

과연 선한 인간이 승리하는가?
우리가 죽기 전에 깨닫는 진실은 무엇인가?
무엇을 가장 후회하고 또 후회하지 않는가?
50살이 넘어서도 품위 있게 욕망할 수 있을까?
재능 없는 일도 지속 가능한가?
타인을 설득할 수 있다는 생각은 정말 착각인가?

그럼에도 불구하고 타인을 믿어야 하는가?

친절과 우정이 정말로 삶의 전부인가?

스타트는 이어령 선생이 끊었다. 《이어령의 마지막 수업》이라는 책으로 나와 라스트 인터뷰를 했던 이어령은 돌아가시기 두 달 전 '이어령, 넥스트'라는 열린 대화를 남겼다.

"하늘에 박힌 별의 질서처럼 여러분 안에 심어진 선함의 본능을 믿으라"던 스승의 마지막 발화는 "아름다웠어요, 고마웠어요!"였다.

이어진 프랑스의 지성 파스칼 브뤼크네르, 영국의 지성 찰스 핸디와의 인터뷰는 이 '대화'가 앞으로 어디로 나아갈지 알려주는 친절한 가이드가 되었다. 3개국 세 어른의 지혜가 내 안에서 뒤섞이고 재분류되는 과정은 황홀했다. 이어령 선생은 광활한 우주 앞에서 유한한 인간의 시공간을, 탁자 위의 컵 하나로 정확하게 구획해 냈고, 파스칼 브뤼크네르는 프랑스 개인주의의 찬란한 정점에서 임종 전까지 욕망의 불씨를 꺼뜨리지 말 것을 주문했다. 그리고 찰스 핸디는 신의 공의를 공리적 전통으로 구현한 영국인답게 자본주의와 인본주의의 어긋난 균형을 맞추고, 생활인으로서 우리의 자세를 반듯하게 교정해 주었다.

그들의 지혜는 나고 자란 토양과 견문의 독자성만큼 달랐으나 공통점도 꽤 있었다. 젊거나 늙거나, 호경기이거나 불경기일 때도 다가오는 삶(미래)은 문젯거리가 아니라 예기치 못한 행운이 숨겨진 기회의 덩어리라는 것. 이 미래라는 기회의 덩어리는 위험이라는 접착제로 뭉쳐 있기에, 삶은 솔루션의 연속체가 아니라 항구적인 리스크 테이크risk take라는 걸 인정할 때 비로소 '자아 발견의 여정'이 즐겁다는 것. 다행히 험난한 코너마다 리스크를 함께 질 동지들이 '선물'처럼 기다리고 있다는 것. 그렇게 주기적으로 과거를 돌아보며 자신에게 닥친 '행운'을 새록새록 회계할 수 있다는 것만으로도, 삶은 '남는 장사'라는 것.

재밌고 가치 있는 일을 할 때 더 많은 기회와 행복감이 찾아온다고 마지막 쿼터에 이른 분들은 아름답게 합창했다. 까칠한 프랑스 철학자 파스칼 브뤼크네르조차 "우리는 악몽을 관통하고 보물을 받았다. 이 터무니없는 은총이 감사하다"고 했다.

때로는 석학들이 마치 최적의 타이밍에 나타난 해결사처럼 고민하는 나에게 딱 맞는 실용적인 지혜를 선물해 주기도 했다. 예컨대 '회사를 그만두고 새로운 길을 떠날 것인가'를 두고 고민할 때는 《후회의 재발견》을 쓴 미래학자 다니엘 핑크가, '상대와 서로를 악마화하며 감정적으로 탈진했을 때'는 《극한 갈등》을 쓴 아만다 리플리가 나타나 도와주는 식이었다.

무엇보다 코로나 시대를 관통하며 출간된 이번 인터뷰집

《위대한 대화》의 가장 큰 특징은 웅장한 다양성이다. 18인의 지혜자들은 출신지와 성별, 나이와 분야는 다르지만 서로 충돌하지 않고 마치 오래된 민요를 선창하고 후창하듯 코러스 내러티브를 만들어 갔다.

예컨대 우주의 육체성을 법의 언어로 성찰한 강금실 전 법무부장관이나 스스로의 육체를 타인에게 기증할 공공재로(시신 기부) 대하며 사는 밀라논나는 그 삶의 무대가 다름에도 불구하고 '자유와 순환의 생기'로 통한다. 말콤 글래드웰이 "나는 누구인가?" 대신 "나는 누구에게 노출되어 왔는가?"라는 질문으로 타인의 유익을 증명해 낼 때, 독일의 심리 전문가 이름트라우트 타르는 '삶에서 가장 중요한 건 친구'라고 가르친다. 일과 재능과 사회의 관계는 사와다 도모히로, 미나가와 아키라, 이민진의 언어에서 독특한 하모니를 이룬다.

> "내가 편한 세상을 만들기 위해 일해도 괜찮다(사와다 도모히로)."
> "일을 시작할 때는 어떤 좋은 기억을 만들지 생각한다(미나가와 아키라)."
> "재능을 고민하지 않고 먼저 내가 해야 할 일을 한다(이민진)."

18인의 지혜자들이 한결같이 하는 말은 "타인을 믿고 약점을 노출하라. 우정을 소중히 하라"다. 우리는 각자 제 인생의 응달에서 두려움과 추위에 떤다. 떨림의 존재인 우리는 추위에 '떠는' 타인의 파동을 결코 외면할 수 없다. 흔들리는 나, 벌거숭이로서의 나를 세상에 정직하게 내놓을 때 세상은 그 약함에 함께 공명한다. 이것이 내가 수많은 지혜자를 인터뷰하고 얻은 진실이다.

"함께 가기 위해 약해지라."

모든 중심에 언어가 있다. 지식은 알고 지혜는 이해하지만 언어는 이동한다. 나에게서 세계로, 오늘의 나에서 내일의 나로. 이 책에서 여러분이 만날 지혜자들 또한 '자기 언어'의 동력으로 세상을 잇는 위대한 '대화자들'이다. 타인의 좋은 언어가 나의 심장에 꽂힐 때 일어나는 미묘한 스파크를, 여러분도 느끼면 좋겠다. 새로운 생명, 새 언어가 탄생하는 그 순간의 간질거림을! 포장지에 쌓인 따끈한 언어를 언박싱해서 만질 때의 즉물적인 그 기쁨을! 무한히 연결되고 이어지는 대화 속에서 숨은그림찾기처럼 재발견되는 언어들을 당신도 곧 찾아서 누리게 되기를!

"선한 인간이 이긴다는 것을 믿으라"는 이어령의 간절함이 "나는 믿습니다. 선이 악을 이긴다고 믿습니다. 상처 입고도 아름다운 생존이 가능하다는 것을 믿습니다"라는 이민진의 확신으로 화답받는 광경을 즐겨주시기를.

생각보다 생이 짧다. 모쪼록《위대한 대화》를 통해 여러분이 자기 삶을 해석할 인생 언어를 한 조각이라도 채굴해 간다면 더 바랄 것이 없겠다. 마지막으로 우리 서로 '유한하고 빛나고 아픈 사람들'이라는 걸 깨닫게 해준 나의 돌봄 친구들, 생애를 기록할 무수한 첫 문장들을 안겨준 인터뷰이들, 자연의 성품과 인간의 슬픔을 헤아리도록 인도하는 하나님께 감사드린다.

2023년 1월, 눈 오는 밤

당신의 친구, 김지수

차례

문학평론가 **이어령**

선한 사람이
이긴다는 것,
믿으세요

하늘의 별의 위치가 불가사의하게 질서정연하듯, 여러분의 마음의 별인 도덕률도 몸 안에서 그렇다는 걸 잊지 마세요. '인간이 선하다는 것'을 믿으세요. 그 마음을 나누어 가지며 여러분과 작별합니다.

코로나 오미크론 변이와 갑작스러운 강추위로 겨울의 시름이 깊어질수록 이어령의 병세도 깊어졌다. 집에서 죽음을 맞기를 원하는 그의 의지대로 의료용 침대가 들어왔고, 담요를 덮고 누워 지내는 시간이 길어졌다. 누워 있는 시간조차 신문사 칼럼과 이어령 인터뷰 선집을 마무리하기 위해 구술하고 교정보는 시간이 대부분이었다.

2021년 11월에 출간된 《이어령의 마지막 수업》은 이어령 선생의 특별한 죽음 수업이었다. 나는 1년여간 평창동을 방문해 그를 인터뷰하며 그의 지적 여정을 기록했다. 이어령은 책에서 죽음이란 어떤 상태이며, 어디로 가는 것인가를 관찰하고 온몸으로 감각화하는 데 최선을 다했다.

육체에서 물기가 빠져나갈수록 그는 마치 물 만난 물고기처럼 펄떡거리며 생생하게 죽음을 헤엄쳐 다녔다. 일상에서 느끼는 죽음의 불안, 그것은 주머니에 깨진 유리 조각을 넣고 다니는 것과 같다거나, 죽음은 있던 곳으로의 귀가라는 점에서 신나게 놀고 있는데 어머니가 '그만 놀고 들어오라' 시는 소리와 같다고도 했다. 그럼에도 '죽음은 동물원 철창을 나온 호랑이가 내게 덤벼드는 기분'이라는 말로 척추 신경으로 죄어오는 공포도 숨기지 않았다.

태양의 고도에 따라 그림자의 모양이 바뀌듯 선생이 감각하는 죽음과 그것을 대면하고 초월하고자 하는 지성의 모양은 계속 바뀌어 갔다. 이어령은 밤마다 어둠의 시침과 통증의 분침으로 압박해 오는 죽음의 시간과 팔씨름 내기를 했고, 거기서 얻은 전리품으로 사유는 깊어졌다.

컵 하나로 마인드mind와 보디body와 스피릿spirit을 설명하며, 컵(육체)이 깨지고 그 안에 담긴 물(욕망, 감정 등의 마인드)이 쏟아져도 컵이 생길 때 만들어진 원래의 빈 공간(영혼)은 우주에 닿아 사라지지 않는다는 말로 우리를 위로했다. 그러니 자주 '마인드를 비우고 하늘의 별을 보라'고. 빈 찻잔 같은 몸으로 매일 새 빛을 받아 마시며 살라고. 비어 있는 중심인 배꼽(타인과의 연결 호스)과 카오스의 형상인 귀의 신비를 잊지 말라고 우리를 다독였다.

어느 날 새벽, 나는 그의 문자를 받고 잠이 깼다. 새벽 4시 44분. 《이어령의 마지막 수업》의 일본 출판에 관련한 조언과 함께 몇 마디 말이 덧붙여져 있었다.

나는 늘 밤을 부엉이처럼 뜬눈으로 지새워요. 이젠
어둠과 팔씨름을 해도 초저녁부터 져요. 빛나던 단
추를 모두 뜯긴, 패전 장군의 군복 같은 수의를 입
어야지요. 하지만 성냥팔이 소녀처럼 얼어 죽어도
그 입술에 행복한 미소를 잃지 않을 겁니다.

어슴푸레한 어둠 속에서 스마트폰 화면의 밝음
에, 무엇보다 이어령 선생의 지각의 밝음에 눈이
부셨다. 그리하여 어느 해보다 혼란스럽고 어리둥
절한 상태로 새해를 맞는 독자들에게 그의 지혜가
한 번 더 전달된다면 세뱃돈 받은 것처럼 한 해를
든든하게 시작할 수 있을 거라는 생각이 들었다.
그렇게 더욱 깊어지고 쉬워진 이어령과의 또 한 번
의 이야기가 시작됐다. 이어령의 넥스트 메시지.

계절이 이음새를 모르고 이어지듯, 선생님의 마지막엔 늘 새로운 놀라움이 자리합니다. 라스트의 수세에 넥스트의 공세가 있다고 제가 지난번에 말씀드렸지요.

나는 마지막이라는 말이 참 안 어울리는 사람이야. 아직도 꿈이 있고 가야 할 길이 있기 때문이죠. 하지만 마지막이라는 단서가 생기면 거짓말을 못 해요. 많은 분의 부탁으로 '마지막'이 끊어질 듯 이어지지만, 나는 내일이 없다고 생각하기에 매번 최상의 힘을 냅니다.

복부 암이 깊어지는 자신의 몸 상태를 설명하며, 그는 게 한 마리가 여기저기 갯벌을 헤집고 다니는 것과 같다고 했다. 그럴수록 그의 생각의 텍스처 또한 썰물과 밀물 사이의 갯벌처럼 변해 갔다. 그 사유의 밭에서 매일 새것의 지혜가 움트고 발굴되었다.

《이어령의 마지막 수업》에서는 컵 하나를 가지고 보디와 마인드와 스피릿을 설명하셨지요. 우주와 나의 거리가 당겨진 흥분감에 저는 며칠 동안 잠을 못 이뤘어요.

하하. 지금까지 유명한 철학자의 말은 다 어려웠어요. 어렵게 얘기해야 그 사람 이름이 오래 남거든. 음식 먹고 체해야 뭘 먹었는지 생각하지. 소화 잘 되면 뭐 먹었는지 기억이나 해요? 그래도 내가 다시 쉽게 말해줄게요.

여기 컵이 있죠? 이게 육체예요. 죽음이 뭔가? 이 컵이 깨지는 거예요. 유리그릇이 깨지고 도자기가 깨지듯 내 몸이 깨지는 거죠. 그러면 담겨 있던 내 욕망도 감정도 쏟아져요. 출세하고 싶고 유명해지고 싶고 돈 벌고 싶은 그 마음도 사라져. 안 사라지는 건? 원래 컵 안에 있었던 공간이에요. 비어 있던 컵의 공간. 그게 은하수까지 닿는 스피릿, 영성이에요.

인간은 영성을 갖고 태어납니까?

그럼요. 원래 컵은 비어 있잖아. 거기에 뜨거운 물 담기고 차가운 물 담기는 거죠. 말 배우기 전에, 세상의 욕망이 들어오기 전에, 세 살 핏덩이 속에 살아 숨 쉬던 생명. 어머니 자궁 안에 웅크리고 있을 때의 허공, 그 공간은 우주의 빅뱅까지 닿아 있어요. 사라지지 않아요. 나라는 컵 안에 존재했던 공간은 사라지지 않는다고. 그게 스피릿이에요. 우주 공간을 채우고 있는 생명의 질서… 그래서 한국 사람들이 죽으면 돌아간다고 하잖아요.

말은 태연하게 하지만 자신도 두렵다고 했다.

죽음 앞에 식은땀 안 흘리는 사람이 어디 있어요? 다만 죽어도 영성의 세계를 갖고 간다, 그게 나의 죽음이라고 말하는 겁니다.

영성이 컵 안의 빈 부분이라면, 그건 공간의 문제로군요. 인터뷰도 그렇습니다. 공간의 문제지요. 내 안에 네가 들어와 섞이는 것이고, 내 생각을 뚫고 너의 말이 진격해 오는 것이지요.

대화는 함께 낳는 거예요. 초대해서 함께 낳는 거죠. 이 세상의 모든 생각은 개인이 했더라도 반드시 함께 만든 겁니다. 사람이든, 별빛이든, 바람이든, 걷다가 처음 보는 노인의 얼굴이든… 그 순간 어떤 생각이 들어오고, 그들과 조응하면서 나의 단어와 발상이 만들어져요.

오늘날 청년의 언어가 나에게는 새로운 생각을 던져줍니다. 요즘 '멍때린다'라고 하지요? 과거에 나는 청중들이 내 앞에서 '멍때리면' 신이 나서 강연을 했어요. 완전히 내 말에 흡수된 상태거든. 멍한 상태가 뭐예요? 서양에서는 엑스터시, 황홀경이죠. 그런데 요즘의 멍때린다는 아무것도 생각하지 않은 판단 중지 상태예요. 정보가 쏟아져 들어오니 생각을 멈추기 위해, 자기방어 기제로 쓰는 게 요즘의 '멍때리기'야. 자기만의 진공 상태를 만드는 거죠.

생각으로부터의 피난이군요!

진공의 배예요. 정보의 홍수 속에서 익사하기 직전에, 노아의 방주처럼 진공의 배를 만든 겁니다. 그게 멍한 상태예요. 오늘날 생각하지 않는 사람은 사실 생각하는 사람이에요.

그런 사람이 새로운 능동형 인간이 되고 있어요.

뇌를 비워 진공 상태로 만드는 것, 그 보호 행위가 '멍때린다'로 표현된다는 게 재미있습니다.

멍하다는 말은 외국어로 번역이 안 돼요. 한국어만의 특징이죠. 우리나라 말은 화석 같아요. 나는 생각의 원리를 찾아갈 때 말을 파고들어요. 우리말 속에 숨은 화석을 찾아볼수록 놀라운 사고의 힘을 느낍니다. 나는 책보다 우리나라 '말'에서 배운 게 참 많아요.

말이 글보다 중요한가요?

말이 우선이에요. 글 쓰는 사람도 말을 떠나 존재할 수 없어요. 김소월 시인의 유명한 시가 있잖아. '그립다/ 말을 할까/ 하니 그리워' 감정도 말로 표현해야 감정으로 나오는 거예요. 소리 지르면 나도 모르게 흥분하죠? 말이 그거예요. 가만히 있다가도 어떤 말이 생기면 그 감정이 생겨요. '슬픔? 아, 내가 슬프구나.' 슬퍼서 슬픔이 아니라, 슬프다고 말을 하니까 슬퍼지는 거죠.

인간은 말을 떠나서 존재할 수가 없어요. 북극의 에스키모에게 낙타라는 말이 있겠어요? 없지. 말이 없으면 사물도 없어요. 거꾸로, 낙타가 있는 더운 지방에 눈이 있겠어요? 없지. 눈이라는 말도 없어요. 그러니까 생각이 없는 게 아니라,

말이 없는 거예요. 우리는 말에서 벗어날 수 없죠. 라캉, 프로이트, 언어학, 기호학… 다 말이에요. 그걸 상징계라고 합니다. 우리가 언어의 세상에서 산다는 건 중요한 거예요.

《이어령의 마지막 수업》에서 선생은 제도와 법률의 세계인 노모스nomos(법계), 물질과 자연의 세계인 피시스physis(자연계), 표현과 상징의 세계인 세미오시스semiosis(기호상징계)를 분리해서 사고하는 것이 얼마나 중요한가를 강조했다.

법계의 진리는 오늘이라도 바뀌어요. 방역 지침처럼 어제까지는 모이면 벌금 내다가 지금은 또 괜찮잖아요. 그런데 상징계는 안 바뀌어요. 어제까지 '산'이었던 걸 '손'이라고 못 바꾸죠. 0도에서 물이 얼고 100도에서 끓는다는 것도 못 바꿔. 자연계도 손댈 수 없어요. 정치가들이 아무리 권력이 강하고 돈이 많아도, 상징계와 자연계는 노터치예요. 그러니까 글 쓰는 사람이 버틸 수 있어요. 권력 가진 자들이 법은 지배해도 나의 언어는 못 건드리거든.

자연계, 법계, 상징계가 곧 진선미의 세계라고 하셨습니다. 칸트의 순수이성비판, 실천이성비판, 판단이성비판과 자연스럽게 연결된다고요.
맞아요. 순수이성으로 보면 이 자연계에 신이 존재하지 않아요. 그런데 칸트가 어느 날 산책을 하는데 뒤에서 쫓아오던 종이 울어요. "주인님, 하나님을 여태 믿고 살았는데, 없다 하시니 너무 슬퍼요." "그래? 그럼 있다고 해줄게" 하고 쓴 게 《실천이성비판》이에요. 존재하지 않지만, 인간이 사랑한다면 신이 필요하다.

순수이성이 진이고, 실천이성이 선이에요. 마지막 미가 판단이성이에요. 제 눈에 안경이라고 누군가를 보고 반하는 것, 그것은 자신의 미적판단이거든. 어려운 게 아니에요. 그러니 그 세 가지 범주를 섞지 말고 분별해서 사고하면 돼요.

80년이 넘는 세월을 사는 동안 지적으로 위축된 적은 한 번도 없으신지요?

없어요. 쫄지 않았어요. 칸트가 아무리 훌륭해도 문학가는 못 되는 사람이잖아. 산책 시간을 정확히 지켜서, 칸트가 지나가면 동네 사람이 일제히 시계를 맞췄다고 해요. 문학 하는 사람은 기분이 동하면 산책해요. 비 오는 날은 빠지고 기분 좋으면 아침에 갈 수도 있죠. 시간 맞춰 가면 그게 기차지, 산책인가요(웃음)?

플라톤한테도 프로이트한테도 아인슈타인한테도 나는 쫄지 않았어요. 라틴어, 그리스어, 한자로 남아 있으면 진리고, 우리말로 남아 있으면 별것 아니라는 통념에서 벗어나야 해요. 우리말로 됐건 외국말로 됐건 내가 보고 들어서 좋으면

이어령

그게 진리고, 자기를 객관화해서 생각하는 게 내 몫이에요.

화기가 다한 장작처럼 보였음에도 말을 시작하면 불쏘시개로 살린 불씨처럼 금방 육체에 활기가 살아났다. 신기한 노릇이었다. 어쩌면 '한마디라도 더 듣겠다'는 우리의 욕심이 이어령 선생의 몸에 피를 돌게 하고 생명을 연장시키고 있을지도 모른다는 생각이 들었다.

선생은 평생을 물음표와 느낌표 사이에서 재미나게 살아오셨어요. 요즘 그토록 회자되는 '자기다움'이 결국은 나만의 물음표와 느낌표를 이어주는 여정이 아닐는지요?

(다정하게)그럼요. 하나의 회의는 하나의 기쁨을 낳고, 또 하나의 기쁨은 새로운 의문을 낳죠. 깨달을 때의 환희를 '타우마제인thaumazein'이라고 해요. 나는 누구를 위해서 글을 쓴 적이 없어요. 나를 향해 썼고, 내가 발견한 타우마제인이 벅차서 쓴 거예요. 그걸 독자가 같이 읽고 공감해 주면 신이 났어요. 나만의 '타우마제인'이 생기면 말하고 싶어서 못 견뎠죠. 밤중에 깨달으면 집사람을 깨워서 얘기해요. 자다가 일어난 아내가 좋아하겠어요(웃음)? 다 잠꼬대 같지. 그래도 누군가를 깨워서 감동을 나누고 싶을 만큼 '내가 깨달은 건' 순수하게 기뻐요. 감동이 뭐겠어요? 느껴서 움직이는 게 감동이에요. 돈 줘서 움직이는 게 아니야. 느끼면 움직여요.

그런 의미에서 독서와 여행이 나라는 콘텐츠를 만드는 가장 능동적인 방법이라고들 합니다. 선생은 어떻게 책을 여행하셨는지요?

진리는 도서관에도 있고 길바닥에도 있고 쓰레기통에도 있어요. 쉽게 주어졌어도, 우리는 애써 못 가질 것들만 찾아다니니, 불행해요. 허허. 내가 빨간 옷 입었다고 산타클로스가되는 게 아니듯 책 읽었다고 지혜자가 되는 게 아니야. 내가제일 무서워하는 사람이 서문부터 끝까지 읽고 '몇 월 며칠독파'라고 쓰는 사람이에요(웃음).

대개는 앞에는 줄 치고 뒤에는 다 새 책이지. 90퍼센트의 독자가 중도 포기해요. 오죽하면 끝까지 읽으면 돈 주는 테스트를 해도 통과한 사람이 없었답니다. 그게 정상이에요. 책을 재미로 읽지, 의무로 읽나? 컴퓨터의 브라우저는 새싹을뜻하는 말이에요. 짐승이 새싹 뜯어 먹듯 독서하면 됩니다. 재미없으면 덮고 느끼면 밑줄 치는 거죠.

선생님 댁 서가에 책이 이렇게 많은데요?

하하. 《카라마조프가의 형제들》은 두꺼워도 세 번을 읽었어요. 그걸 읽고 글을 썼죠. 그런데 대부분의 책은 처음부터 끝까지 못 읽었어요. 다 중간을 보죠. 의무적으로 연애해서 잘되는 거 봤어요? 책도 그래요. 만남이고 기회고 우연이죠. 나는 피난 가서 찢어진 책들을 재밌게 읽었어요. 지금도 제

이어령

목이 뭔지 작가가 누군지 몰라. 찢어져서 모르니 상상을 해요. 책이 나한테 도전을 해와야지, 내가 책을 정복하려 들면 안 돼요. 책은 내게 말을 걸어요. '너 나 읽을래? 어렵지?' 슬슬 약 올리면서.

안 읽고 쌓인 책에 죄책감을 느낄 필요가 없군요!

나는 이 방을 열어도 책, 저 방을 열어도 다 책이야. 깔린 책이 몇만 권이에요. 이걸 어떻게 다 읽어? 밤에 깨서 서가를 걸어 다니면 얘들이 요염한 자세로 나를 불러요. "나 여기 있어요~" 윙크하면서. 금박 칠한 제목에, 고운 디자인으로. 우연히 시선이 꽂힌 제목을 뽑아 홀홀 책장을 넘기다 기막힌 문장을 만나면, 딱 덮어요.

왜요?

악 소리가 나거든. 감전된 것 같아. 내가 오늘 밤 깨어 이걸 펼치지 않았으면 영원히 만나지 못했을 문장… 그게 환희죠. 그게 독서예요. 기차간에서 우연히 만난 사랑처럼, 운명이고 우연이죠.

난 책을 읽지 않아도 책을 보면 설레요. 저 속에 뭐가 있을까, 언젠가 만나면 운명적인 글을 쓰게 되겠지. 그래서 소가 풀을 뜯듯 자유롭게 책을 읽으라는 거예요. 책 쓰는 사람은 씨 뿌리듯 시스템을 쓰지만 읽는 사람은 자유롭게 읽어요.

쓰는 감각, 읽는 감각이 서로 그렇게 달라요.

그가 한밤에 깨어 홀로 서가를 어슬렁거리는 모습이 선명하게 그려졌다. 몽유하듯 사유하는 단독자에게 밤은 얼마나 짧은가. 그가 아흔아홉 마리 양으로 떼 지어 살지 말고 한 마리 양으로 생을 어슬렁거리라고 하는 이유를 알 것 같았다. 아흔아홉 마리 양은 목자 엉덩이만 쫓아 눈앞의 풀만 뜯어 먹지만, 한 마리 양은 구름을 보고 꽃향기를 맡다 홀로 낯선 세계로 나아간다.

혼자를 감각하는 게 왜 그렇게 중요할까요?

그게 생명이거든. 거대한 이념, 거대한 숫자로 환원하면 끝납니다. 한 명 죽이면 살인했다는 생각이 들어도 4,000명 죽이면 그런 생각이 없어요. 히틀러는 마음이 여려서 자기 앵무새 한 마리 못 죽였지만 가스실에서 유대인을 대학살했죠.

인간이 집단이 되면 추상이 돼요. 코로나 때 느꼈잖아. 숫자로 표시되는 감각을. 몇백 명 죽으면 대참사고, 한 명이 죽으면 별일 아닌 것처럼 느껴져. 그게 바로 레마르크의 《서부 전선 이상 없다》예요. 주인공이 유탄 맞아 죽는 순간 평화롭게 '서부 전선 이상 없다'고 발표하거든. 생명을 집단화하면 개인의 얼굴과 숨결은 다 묻혀버려요.

이어령

한국 사회는 요즘 더 주체적으로 각성한 '슈퍼 개인들'이 많아지고 있습니다.

더 유니크해지는 거죠. 그래서 80억 인구 중 그 많은 사람이 우리나라에서 만든 〈오징어 게임〉을 본 거예요. 나는 〈오징어 게임〉이 정말 흥미로웠어요. 서양 사람들은 바닷속 스퀴드만 먹어서 마른오징어의 납작한 형태를 몰라. 〈오징어 게임〉이라는 한글 자음에 들어 있는 동그라미, 세모, 네모의 신비를 모른다고. 그런데 실제 우주의 모든 디자인은 동그라미, 삼각형, 네모예요. 한국인은 어릴 때 이미 바닥에 그걸 그리고 놀았다는 게 얼마나 신기해요.

저는 크리에이티브 세계에서 갈수록 유년이 새롭게 각성한다는 게 놀랍습니다!

그 게임의 설계자가 나중에 고백하잖아요. 돈 많은 사람은 뭘 해도 재미가 없다고. 가만히 생각해 보니 어릴 때 온종일 싫증 안 내고 몰입했던 게 바로 이 놀이더라고. 유년은 아직 육체가 마인드라는 물로 채워지기 전의, 영성의 세계예요. 언어로 설명되기 이전의 세계죠.

그 자신, 유년의 놀이에서 힌트를 얻어 성년의 업적을 이룬 사람이었다. 어린 날 굴렁쇠를 굴리며 놀던 기억을 살려 88올림픽 무대에서 재현했고, 정오의 정적에서 느낀 죽음의 환청으로,

평생 서늘한 감각으로 '메멘토 모리'를 환기해 왔다. 상징계에서 그 누구보다 신나게 놀았던 이어령.

(미소 지으며)내가 말했던 상징계의 언어를 생각해 봐요. 어린 시절 게임에서 '너 죽었다' 하면 나갔다 다시 들어오면 돼. 그런데 〈오징어 게임〉에서는 '너 죽었다' 하면 기관총으로 쏴 죽이잖아. 상징계의 언어와 법계의 언어가 부딪히니, 충격파가 그만큼 커요.

그런데 또 최후 승자는 어때요? 우리 현실에서는 인정사정 없는 놈이 이길 것 같은데, 상징계에서는 본성이 착한 사람이 이겼어요. 나는 그 주인공의 이름 '성기훈'의 '성'이 Saint로 느껴졌습니다.

〈오징어 게임〉의 진짜 재미는 성기훈의 성이 Saint로 해석되는 언어 게임이라고 했다. 바리새인 같은 굳은 종교인보다, 실수하고 못났지만 그래도 인간을 믿고 희생애를 간직한 성기훈이 가장 예수와 닮은 사람이라고.

〈오징어 게임〉이 돈과 빚에 쩌든 한국의 치부를 만천하에 공개했다는 비판도 있었습니다.

밑바닥이 다 드러났지. 탈북자들, 이주 노동자들, 해고당한 사람들⋯ 소외되고 짓밟힌 사람들이 모여서 서로 물어뜯잖

아. 우리 속담에 '거지끼리 자루 찢는다'고 불행한 사람끼리 모여 뺏고 뺏는 게임… 그 모습을 감추지 않았어요. 이 정도면 한국에 노동하러 오겠어? 악당들은 거기 다 있더구먼. 창피해서 살겠나, 싫겠지. 허허.

(정색하며) 그런데 "나는 바보다"라고 말하는 사람은 바보가 아니에요. "한국이 이런 나쁜 짓을 했습니다" 하는 순간 거기서 이미 벗어난 거야. 진짜 무서운 건 그걸 감추는 나라죠. 우리는 모순을 드러냈기에 자유로운 겁니다. 고해성사 같은 거죠. 자신을 고발하고 더 높은 곳을 바라볼 수 있다면, 희망이 있어요. 결국 선이 악을 이기고 인간은 믿을 만하다는 것, 세계인들은 그걸 보고 안도한 겁니다.

선생님은 진심으로 선량한 자가 이긴다고 생각하세요?

내가 《이어령의 마지막 수업》에서도 말했잖아요. 아우슈비츠 체험을 그린 빅터 프랭클의 《밤과 안개》를 보면 나치 앞잡이가 돼서 개처럼 종족을 물어뜯는 놈도 있지만, 이기적일 것 같은 보통 사람들의 숭고한 모습이 더 많았다고. 이 사람이 죽어야 내가 사는데도 빵을 나눠주고 도와줘. 인간이 그래. 극한 상황에 가면 위선도 위악도 다 벗겨져.

〈오징어 게임〉의 마지막은 리얼리스트와 휴머니스트의 게임이에요. 길바닥에 쓰러져 누운 홈리스를 누가 구할 것인가. 노인이 그러죠. 인간을 믿지 말라고. 자정까지 저 모양이면 내가 이긴 거라고. '이래도 인간을 믿어? 자네 운도 다한 모양이네.' 노인이 눈을 감는데, 삐뽀삐뽀 구조대가 와서 홈리스를 구해요. 그 순간 괘종시계가 열두 번을 치죠. 모든 엽기적이고 잔인한 현실을 뚫고 메시아의 소리가 들린 거예요.

코로나 시대의 인류도 〈오징어 게임〉과 다르지 않았다고 했다.

사랑하는 아내도 친구도 바이러스 보균자가 되면 낙인이 찍혔어요. 죽어도 장례도 못 치렀죠. 그런데 그 가운데서도 묵묵히 그들을 돌보고 시체를 치우는 사람이 있었어요. 드라마처럼 인간도 반전의 역사를 반복했어요. 36억 년 전의 진핵세포가 여기까지 진화한 것은 선한 의지의 힘이었죠. 모든 생명체가 그 방향을 알기에 캄브리아기보다 더 많은 생명체가 지상을 덮고 있습니다. 그러니 절망하지 마세요.

양지를 향해 커브를 돌듯 목소리가 따뜻하게 떨렸다.

그럼에도 젊은이들에겐 더 구체적인 희망이 필요합니다.
(가슴께를 지그시 누르며)알아요. 마음이 아파요. 나는 34년생, 태어나는 순간 식민지 아이였어요. 눈 떠보니 전쟁이었죠. 최악의 환경이기에 나아질 희망도 구체적이었어요. 전쟁 때는 살려고 발버둥 쳤지, 자살하는 사람은 없었어요. 나

이어령

는 26살에 논설위원이 돼서 머리 허연 주요한 선생과 같이 논설을 썼어요. 다들 어려웠고 더 패기가 있었죠.

지금은 GDP 10위권의 거대 도시에 살아도 더 막막하고 불행해요. 그러나 세계가 이미 다 세팅된 것 같아도 더 나은 길과 몫이 반드시 있습니다. 단적으로 코로나 백신 누가 만들었어요? 터키 이민자였습니다. 남들이 다 포기한 메신저 RNA$^{messenger\ RNA}$로 다르게 가서 결과를 냈지요. 비주류, 마이너리티가 진짜 경쟁력이 되는 세상이 왔어요. 그러니 앞으로 한국 안에서만 생각하지 말고 세계로 나가세요. 아무리 절망적이라도 출구가 여러 개면 살 수 있습니다.

상징계와 자연계가 고장 나면 끝이지만, 법과 제도계가 고장 나면 고쳐 쓰고 바꿔 쓸 수 있다고 했다.

역사적으로 병든 정부, 감옥 같은 국가를 인간은 다 바꿔서 썼어요. 선거를 통해서도 바깥으로 나가는 걸 통해서도, 우리는 환경을 바꿀 수 있어요. 인간이 얼마나 위대한 희망의 존재인지 보세요. 아프간의 카불에서 탈출하려고 비행기 타다 떨어져 죽잖아. 눈물 나는 얘기예요.

살아남은 자들은 무엇을 의지해서 나아가야 합니까?
마지막에 믿을 건 성기훈처럼 자기 안에 있는 휴머니티예요. 자기 안의 세계성, 자기 안의 영성… 그것이 치킨 게임 같은, 〈오징어 게임〉 같은 세상에서 여러분을 아름다운 승자로 만듭니다. 믿으세요. 착한 자가 반드시 이긴다는 것을. 여러분이 보는 악한 현실과는 다른 원리가 역사를 지배해 왔다는 것을. 지금 그것을 한국인이 만들어서 퍼뜨리고 있잖아요.

영화 〈미나리〉를 보세요. 힘없는 할머니가 아칸소 초원의 바퀴 달린 집에서 가족을 구원하잖아. 아무리 망가지고 변두리로 가장자리로 밀려나도 한국인은 점점 더 최고의 인간이 되어갔어요. 신기하죠. 최악의 상황에서 최선의 인간이 되었던, 그 바탕에는 휴머니티가 있어요. 그게 456억을 가져가는 승자의 DNA였어요.

> 휴머니티가 결국은 생명 자본이라고 했다. 질서 있는 것은 무질서해지고, 뜨거운 것은 식어가고, 모든 것이 엔트로피 순방향으로 멸망해 가지만 오직 생명만이 거슬러 올라간다고. 그러니 생명 있는 우리가 가진 반전과 역류의 힘을 믿으라고. 숨 쉬며 절망하는 것, 그것조차 승리의 예표라고 그의 목소리가 크레센도를 주문하는 오페라 지휘자처럼 높아졌다. 병중의 환자였으나 말할 때는 홀로그램처럼 빛이 새어 나오는 듯했다.

메타버스 세상에서 인간의 정체성과 가치는 또 달라지겠

지요? 선생은 십수 년 전 이미 '디지로그'와 '생명 자본'
이라는 아름다운 미래 문명을 선창하셨는데, 지금 메타버
스 안에서 인간과 아바타는 어떻게 서로의 존재를 바라볼
까요?

사실 메타버스가 앞으로 어떻게 되는지는 아무도 몰라요.
VR Virtual Reality 도 있고 MR Mixed Reality 도 있고 AR Augmented
Reality 도 있죠. 증강현실인 AR을 활용하면 척추 환자가 나비
처럼 날 수도 있어요.

그때 제일 중요한 게 인터페이스예요. 아날로그의 입자와
디지털의 파동을 연결해 주는 인터페이스. 앞으로 세계를
지배하는 자는 그 '사이'를 고민하는 자입니다. 머리(디지
털)와 가슴(아날로그)을 연결하는 목. 우리는 생명을 목숨이
라고 해요. 서양은 목neck에 걸리면 나쁜 거잖아. 우리는 목
을 중요하게 생각했어요. 길목, 손목, 나들목… 어른들이 '사
이 좋게 놀아라' 하듯이 현실과 가상, 로봇과 인간의 인터페
이스를 '사이좋게' 만드는 게 관건이에요.

생명 자본, 디지로그 모두 이 '사이'를 부드럽게 풀어서 이어준
명명이라고 했다.

사랑과 권위로 명명하면 생명이 생기는군요!

그렇지요! 그러니까 발견해야 합니다. 사이의 언어를! 인터

페이스의 생명을! 우리는 짜장면과 스파게티를 섞어 짜파게티를 만드는 민족이에요. 내가 얘기한 디지로그도 디지털과 아날로그의 이등분이 아니라 융합하고 새끼 쳐서 새 생명이 탄생하는 생명 자본의 세계예요. 남녀가 만나 아이를 낳듯 이질적인 것이 섞여 새 세상을 만들죠.

디지로그는 더 이상 과학기술의 문제가 아니라 철학과 태도의 문제라고 했다.

다가올 AI 세상은 뭐라고 호명해야 할까요?

이젠 AI가 아니라 AW 세상이에요. Artificial intelligence가 아니라 Artificial wisdom이죠. AI로 전쟁 무기를 만들었다면 AW로는 행복의 무기를 만드세요. 사랑하는 이와 떨어져 잠들어도 한 몸처럼 느끼는 AW 베개를 만드세요. 서양 사람은 기껏해야 깃털 베개 만들었지만, 우리는 조 넣고 콩 넣어서 바이오 베개 만든 민족입니다. 조상 중에 아인슈타인도 퀴리 부인도 없지만, 지혜와 멋이 배인 생활의 역사가 있어요. 자동화될수록 인간은 점점 더 '생각하는 자' '돕는 자' '마음이 따뜻한 자'로 서로의 차이를 느껴요. 똑똑한 사람은 아무리 높이 올라도 기계를 못 따라가죠. 지적인 사람과 착한 사람이 붙으면, 〈오징어 게임〉에서 그랬듯이 착한 사람이 이깁니다.

한국 사회와 세계 문명을, 가장 높은 전망대에서 비춰주던 스승과 새해를 맞는다는 건 얼마나 큰 축복인가. 적혈구 수치가 줄어들어 점점 호흡이 가빠지는 와중에도 당신의 외로움은 '메타 언어'로서의 외로움이니, 곁을 지키던 사랑하는 가족과 지인은 오해 말라는 당부도 잊지 않았다.

요즘에도 밤마다 어둠과 팔씨름을 하십니까?

밤은 이렇게 암으로 작아진 내 몸으로 계속 걸어 들어와요. 아침이 와야 그 싸움이 끝이 나지요.

언제 신의 은총을 느끼십니까?

가장 고통스러울 때죠. 한밤중에, 새벽 3~4시에 가장 아파요. 그때 나는 신의 존재를, 은총을 느껴요. 고통의 한가운데서 신과 대면해요. 동이 트고 고통도 멀어지면 하나님도 멀어져요. 조금만 행복해도 인간은 신을 잊습니다(웃음).

봄 여름 가을 겨울… 살면서 어느 계절을 가장 사랑하셨나요?

여름을 좋아했어요. 햇빛이 꽉 차오르는 여름, 그것도 그림자까지 사라지는 정오. 그게 생의 절정의 이미지였어요. 지금은 안 그래. 끝이 없는 눈벌판에 눈 쌓인 오두막집 풍경이 좋아요. 바깥은 희고 춥고 어둡고, 안은 밝고 노랗고 따뜻하

여름을 좋아했어요.
햇빛이 꽉 차오르는 여름,
그것도 그림자까지 사라지는 정오.
그게 생의 절정의 이미지였어요.
지금은 안 그래.
끝이 없는 눈벌판에
눈 쌓인 오두막집 풍경이 좋아요.
바깥은 희고 춥고 어둡고,
안은 밝고 노랗고 따뜻하죠.

죠. 장작 난로가 타들어 가면 혼자 그 앞에 쭈그리고 앉아 있는 그런 겨울…

"때가 되었구나. 겨울이 오고 있구나… 죽음이 계절처럼 오고 있구나. 그러니 내가 받았던 빛나는 선물을 나는 돌려주려고 해요"라고 그는 내게 말했었다.

마지막으로 여쭐게요. '받은 모든 것이 선물이었고, 탄생의 그 자리로 나는 돌아간다'는 말씀에는 변함이 없으신지요?

변함없어요. 생은 선물이고 나는 컵의 빈 공간과 맞닿은 태초의 은하수로 돌아갑니다. 그러나 또 한 번 겸허히 고백하자면, 나는 살아 있는 의식으로 죽음을 말했어요. 진짜 죽음은… 슬픔조차 인식할 수 없는 상태, 그래서 참 슬픈 거지요. 그 슬픔에 이르기 전에 전합니다. 여러분과 함께 별을 보며 즐거웠어요. 하늘의 별의 위치가 불가사의하게 질서정연하듯, 여러분의 마음의 별인 도덕률도 몸 안에서 그렇다는 걸 잊지 마세요. '인간이 선하다는 것'을 믿으세요. 그 마음을 나누어 가지며 여러분과 작별합니다.

당신이 예상하는 것보다 선생은 훨씬 야위었고, 상상하는 것보다 훨씬 힘이 셌다. 모자도 쓰지 않았고 양복을 입지도 않았으나 생과 사를 연주하는 듯한 이어령의 흰 손이 인터뷰 내내 지휘봉처럼 허공에 찬란하게 나부꼈다. 그렇게 거인의 어깨 위에서 우리는 또 한 번의 새해를 맞았다.

2022.01.01.

THE GREAT
CONVERSATION+

이어령 선생은 병원 중환자실에 갇히지 않고, 생명이 다하는 순간까지 집에서 해를 쬐며 삶 쪽의 문을 활짝 열어놓았다.

2022년 2월 중순, 그는 나를 불러 가만히 눈을 감고 나지막이 말을 이었다.

"깜깜한 밤중이었네. 내가 가장 외롭고 괴로운 순간이지. 문을 두드리는 노크 소리가 들렸어. 누군가 하고 봤더니 노래하는 장사익이야. 그이가 집에서 쓰던 기계를 다 챙겨와서 내 앞에서 노래를 불러줬다네. 1인 콘서트를 한 거야.

이 풍진 세상을 만났으니 너의 소원이 무엇이냐… 한 곡이 끝나고 또 한 곡… 당신은 찔레꽃, 찔레꽃처럼 울었지… 너무나 애절했어. 너무나 아름다웠지. (침묵)이런 세상이 계속됐으면 좋겠어. 글로 써주게. 사람들에게, 너무 아름다웠다고, 정말 고마웠다고."

거실 깊숙이 2월의 햇살이 비쳐 들었다. 물 한 모금도 마시지 못한 입술로도 그는 이야기꾼이 산신령을 만나러 가던 이야기

이어령

를 이어갔고, 천천히 넘어가는 태양의 온기를 즐겼다. 지난번 만남에서 김용호 사진작가가 선물한 머리에 전등을 단 조명 작품 '모던보이'가 당신을 닮았다고 하자 어서 책상 위에 올려놓고 불을 켜라고 기쁘게 다그쳤다. 몸의 형상인 흰 도자기 위 동그란 머리 전구에 불빛이 들어오자 그가 흡족하게 말했다.

"저게 나야!"

그 말이 너무도 선명해서 잊히지 않는다.

2월 26일 정오경. 환한 대낮에 가족들에게 둘러싸인 채, 선생은 죽음과 따뜻하게 포옹했다.

에너지를 쓰는 게 곧 삶입니다. 여러분은 10년을 주기로 스스로를 거침없이 재구축해야 합니다. 안주하지 말고, 위험을 무릅써도 됩니다. 자기로 사는 편안함과 자기일 수밖에 없는 불편함을 인지해야 '나'로 살 수 있어요.

작가 **파스칼 브뤼크네르**

사는 건
사랑하는 일입니다

파스칼 브뤼크네르Pascal Bruckner의 《아직 오지 않은 날들을 위하여》를 읽었다.

책은 나이 듦의 역동성에 관한 대서사시라 할 만했다. '어떻게 노년을 맞이할 것인가'의 톤 앤 매너에 맞게 '생의 구경꾼' 같은 관조를 기대했으나 읽는 내내 '욕망의 주인공'으로 초대되어 피가 끓는 흥분감을 주체할 수 없었다. 파스칼의 문장은 죽음보다 삶의 리듬에 맞춰 춤을 췄다. 로만 폴란스키 감독이 연출한 그로테스크한 영화 〈비터문〉의 원작자다웠다. '나이 듦'에 관한 그의 시니컬한 농담과 지적 통찰은 수시로 허를 찔러 좋은 와인을 마시며 산을 오르다 간간이 사르트르와 몽테뉴의 아리아를 듣는 기분이었다. 예컨대 이런 아포리즘이 점점이 박혀 혼을 쏙 빼놓곤 했다.

'생은 판에 박힌 되풀이와 놀라움이라는 이중구조를 취한다.'

'시간은 희한한 우군이 되었다. 우리를 죽이지 않고 떠받친다… 과수원 같기도 하고 사막 같기도 하다.'

'생이 짧으면 치열하게 살 이유가 생긴다… 이것이 카운트다운의 이점이다.'

'삶은 늘 영원한 도입부요, 점진적 전개 따위는 끝까지 없다… 우리는 시간 속에 머물되 고정 거주지는 없는 노숙자들이다.'

동서양의 지혜가 이토록 다르게 생동할 수 있다는 게 신기했다. 이어령 선생이 정오의 분수처럼 죽음을 생의 한가운데로 초대해 감각하고 사유했다면, 파스칼은 사랑과 일을 노년의 한가운데로 불러들여 임종 전까지 '욕망할 것'을 권고한다. '젊은이는 늙고 늙은이는 죽는다'는 엄숙한 생명의 질서만큼이나 '젊은이도 늙은이도 욕망 앞에 평등하다'는 파스칼의 선언은 정신이 얼얼할 만큼 센세이셔널했다.

에로스와 디오니소스의 충동으로 가득 찬 당대의 철학자는 말한다. '살아 있으려면 사랑하라'고. '노년에 욕망이 감퇴한다는 생각을 버리라'고. 고령에도 통찰력과 푸릇푸릇한 정신으로 우리를 깜짝 놀라게 하는 분별력의 대가들이 얼마나 많으냐고. 어쩌면 우리는 고령화에 대한 담론을 새로 시작해야 할지도 모른다.

파스칼 브뤼크네르를 인터뷰했다. 프랑스를 대표하는 소설가이자 철학자인 그는 르노도상과 메

디치상, 몽테뉴상 등 유수의 문학상을 석권했고
파리정치대학에서 교수로 재직했다.

허를 찔린 듯 어지럽기도 하고 한없이 부드럽기도 했습니다. '나이 듦'이 이토록 매력적인 주제인지 예전엔 미처 몰랐습니다.

(미소 지으며)'노년'이라는 주제 자체가 대단한 힘과 매력을 갖고 있어요. 중요한 건 내가 어떤 단어를 첫 번째로 쓸 것인가였어요. '포기를 포기하라!' 첫 단어를 골라서 쓰는 그 순간, 글 전체의 톤이 정해지죠. '늙음'을 보는 시선이 서정적일지, 논쟁적일지, 그 사이 어디쯤일지. 좋은 아이디어란 마치 식탁보의 실과 같아요. 실 하나를 당기면 식탁보 전체의 올이 풀리죠.

프랑스는 '노년'에 관한 철학적 유서가 깊은 듯합니다. 몽테뉴, 파스칼, 시몬 드 보부아르에서 이어진 노화에 관한 사유가 칼칼하더군요.

고통, 노화 그리고 죽음이라는 문제를 성찰하는 프랑스 사상가들의 문학적 전통이 있지요. 프랑스에서는 모든 이야기가 허용됩니다. 특유의 스타일만 있다면.

삶은 늘 영원한 도입부라는 말이 가슴에 남습니다. 그럼에도 불구하고 100세 시대의 중간 지점인 50대만의 생물학적·화학적 신비가 있을까요?

50이라는 좌표는 하나의 이정표예요. 은총과 붕괴 사이에서 파도를 타는 나이죠. 더 높은 것을 꿈꾸고, 더 멀리 뛸 수 있을 정도로 충분히 건강한 상태지만, 노화의 첫 징후도 나타나죠. 더는 젊지도, 그렇다고 엄청나게 늙지도 않은 무중력의 '정지 상태'를 경험하게 됩니다.

특이한 건 50세가 되면 인생이 정말 짧아지기 시작합니다. 오십이 넘었다면 당신은 이미 사랑, 가족, 직업 등에서 많은 의무를 치뤘고 시니어로 불릴 겁니다. 그때 이런 의문이 고개를 들어요. 앞으로 내가 무엇을 더 바랄 수 있을까, 여전히 또 다른 변화를 꿈꿀 수 있을까.

다행히 50 이후에도 좋은 삶을 살 수 있는 30여 년이 더 있습니다. 남은 시간을 얼마나 잘 사용할까? 그것은 각자에게 위대한 과제고, 그래서 우리는 단지 늙어가는 것만으로 자기 인생의 철학자가 되죠. 적어도 50년은 지나야 '되어야 했던 모습'에서 벗어나 홀가분한 생이 자기 앞에 펼쳐집니다.

이미 절반이 지났는데, 도전은 너무 많은 에너지가 드는 일이 아닌가요?

에너지를 쓰는 게 곧 삶입니다. 여러분은 10년을 주기로 스스로를 거침없이 재구축해야 합니다. 50, 60, 70, 80… 숫자가 바뀔 때마다 안주하지 말고, 위험을 무릅써도 됩니다. 자기로 사는 편안함과 자기일 수밖에 없는 불편함을 인지해야

파스칼 브뤼크네르

남은 시간을 얼마나 잘 사용할까?
그것은 각자에게 위대한 과제고,
그래서 우리는 단지 늙어가는 것만으로
자기 인생의 철학자가 되죠.
적어도 50년은 지나야
'되어야 했던 모습'에서 벗어나
홀가분한 생이 자기 앞에 펼쳐집니다.

'나'로 살 수 있어요. 만약 도전할 에너지가 없다면, 당신은 스스로의 생존을 증명하는 반짝거림을 잃어가는 중입니다. 죽기도 전에 사라질 이유가 있나요?

그럼에도 TV에서 종종 같은 나이의 낯선 사람을 보고 놀랄 때가 있어요. '저 나이 든 사람이 어떻게 내 또래일 수 있어?' 친구들도 착각을 부추깁니다. "넌 하나도 안 늙었어!" 내 나이를 제대로 인지하는 게 필요할까요?

사람의 얼굴은 여러 시대가 겹쳐진 양피지입니다. 친구는 우리가 예전에 그 활기를 공유했다는 사실의 증인이고, 그들의 위로는 "나는 그 시절이 그립다"는 말이죠. 다른 이의 위로는 충분하지 않습니다.

큰 실패를 경험하고, 머리가 세고, 배가 나오고, 움직이는 게 힘들어지고… 신체의 노화 징후가 나타나면 스스로 '늙었다'는 생각이 들죠. 그러나 세월의 파괴력은 역동성을 제한하기는 하지만 중지시키지는 못해요. 나이 먹는다고 철이 드는 것도 아니고, 나이 때문에 무너지지도 않기 때문에 자기 나이로 보이고 말고는 아무런 의미가 없습니다.

한국의 지성인 이어령 교수는 삶과 죽음에 대한 마지막 인터뷰에서 컵을 육체, 그 안에 담긴 물을 욕망과 마인드, 컵 안의 빈 공간을 영혼으로 설명했습니다. '욕망의 역동

성'에 큰 가치를 두는 당신에게 이 이야기는 어떻게 다가 가나요?

다른 비유를 사용해서 답을 하지요. 나이가 든다는 것은 당신이 지나갈 때 문이 저절로 닫히는 어두운 복도를 걷는 것과 같습니다. 가장 중요한 것은 한두 개의 문을 최대한 늦게까지 열어두는 것이지요. 바로 그 문이 욕망의 변화구입니다.

시간이 주인공인 이 세계에서 속절없이 미끄러지고 있다는 기분이 들 때는 없는지요?

철학은 유한성 안에서 다시 사는 법을 배우는 것입니다. 한 사람의 평생은 새벽과 아침, 정오와 황혼이라는 하루의 여정과 유사합니다. 인생은 봄 여름 가을 겨울이라는 한 해의 구조를 띠고 있죠.

매일 아침 우리는 태양을 선물로 받아요. 여름날 아침에 일찍 일어나 달리거나 빠르게 걸을 때 나는 무한한 행복을 느낍니다. 이것이 제가 시간이 주인공인 세계에 맞서 싸우는 방법이죠. 그러나 시간 속에서 나의 주체성을 찾는 최고의 방법은 사랑하는 겁니다. 살아 있으려면 사랑을 나누세요.

미끄러지는 시간을 붙잡을 순 없지만 행복한 순간은 항상 '앙코르'를 원해요. 반복이 시간의 기약이고, 우리가 좋은 환상에 몰두할 수 있는 동안은 소망이 있어요. 100세 노인도 이런저런 계획을 세우고 내일을 말합니다. 그러니 죽음보다 지금의 삶에 더 집중하세요. 우리는 내일 깨어날 테고, 내년에도 새해 인사를 나눌 겁니다.

그런 의미에서 선생은 메멘토 모리만큼 인생의 즐거움에 찬물을 끼얹는 것은 없다고 했습니다. 저는 이제껏 철학은 죽음을 가르치는 학문이라고 생각했기에 매우 당황스럽더군요.

간단하게 말해봅시다. 우리는 언젠가 모두 죽습니다. 왜 우리의 가장 행복한 순간들을 죽음이라는 암울한 시각으로 망쳐야 하는 걸까요? 메멘토 모리(죽음을 기억하라)는 플라톤이나 몽테뉴가 말했듯이 어떻게 죽어야 할지에 대해 배우는 거죠.

하지만 죽는다는 것은 우리가 배워야 할 교과 과목이 아닙니다. 우리는 모두 결국 100퍼센트 죽게 돼 있어요. 죽음은 우리 모두가 뛰어난 성적으로 통과하게 될 유일한 시험이죠. 철학을 한다는 것은 마지막 숨을 거둘 때까지도 '어떻게 살아야 할지' 배우는 것입니다.

'죽음을 알면 삶을 알게 된다'는 명제가 삶의 생기를 억누른다고 생각하는지요?

네. 앞서 말했듯, 메멘토 모리의 폐해는 우리의 진정한 기쁨

파스칼 브뤼크네르

과 즐거움을 해로운 독으로 파괴한다는 거죠.

'죽음을 가정할 때 일상은 더 농밀해진다'는 동양 현자의 말도 '죽음의 환기는 생이라는 축제를 망칠 뿐'이라는 서양 현자의 말도 다 일리가 있다. 그 차이는 '생명을 어떻게 감각하느냐'에 있는 듯했다. 생명을 생육과 번성으로 보느냐, 사랑과 성으로 보느냐에 따라 시간은 영원이 되기도 하고 순간이 되기도 한다. 분명한 건 나이 들수록 반복하는 날들이 많아진다는 것이다. 매일 비슷한 하루를 살고, 어김없이 다가오는 사계절을 맞는다. 줄거리를 알면서도 같은 기대, 같은 전율을 경험하고 싶어 한다. 그 반복 속에 있음을 감사하게 여기며 저마다의 미세한 파동을 만들어 간다.

파스칼 브뤼크네르는 시시한 일상 루틴이 우리를 구원한다고 말했다. 반복은 불모성과 생산성의 양가적 힘을 지녔다고. 반복의 영성을 지닌 성실한 사람들, '바른 생활 루틴이'라는 별명을 지닌 요즘 세대에게 눈이 번쩍 뜨이는 통찰이다.

반복을 '정체된 전진'이라고 표현했습니다. 같은 자리로 계속 파고들어 가야만 위대한 발견을 할 수 있다고요. 특별히 요즘 사람들에게 '반복'이 더 중요한 이유가 있을까요?

반복에는 두 가지 면이 있어요. 하나는 아무런 의미도 없는 끔찍한 루틴이고 또 하나는 정반대로 인생을 계속해서 다시 시작하려는 시도입니다. 물론 팬데믹 때문에 우리 삶은 영화 〈사랑의 블랙홀〉처럼 첫 번째 반복이 지속되었죠. 그러나 좋은 의미의 반복은 숨은 재능을 찾게 해줍니다. 자신을 흉내 내는 과정에서 혁신이 이루어지는 경우가 얼마나 많은가요? 프루스트도 고유한 목소리를 찾을 때까지 자기를 베끼고 또 베끼면서 천재성을 갈고 닦았습니다. 저도 시간이 지나면서 그걸 발견했고요.

나이 들수록 반복과 자기 복제로 시들어 간다는 느낌이 드는 제게 더없이 반가운 이야기로군요! 창조의 샘이 마르지 않는 '자기 쇄신의 기질'을 가진 노인들도 많아진다고 했는데, 예를 들어주시겠어요?

아무래도 서양인이 쉽게 떠오르네요. 위대한 예술가, 화가, 영화제작자, 코미디언, 음악가들을 보세요. 우선 블랙 추상화의 대가인 100세의 프랑스 화가 피에르 술라주, 91세의 나이에도 여전히 영화를 촬영하고 있는 클린트 이스트우드, 아르헨티나 출신의 유명 피아니스트 80세인 마르타 아르헤리치 등. 98세의 나이에도 여전히 암벽을 등반하는 스위스의 은퇴한 철도원도 있죠. 노년이라는 먼 대륙의 밀사들은 이렇게 증언하고 있습니다. '생은 맥없이 늘어지지 않는다.'

자기 쇄신의 시간을 만들어 가기 위한 선생만의 하루 루틴이 있습니까?

가장 중요한 루틴은 피아노를 치고 운동을 하는 거예요. 그 루틴으로 나를 충전하고, 다른 활동을 시작할 수 있는 리듬을 만듭니다.

모든 것에서 찬란함을 재발견하는 것이 진정한 성장이라면, 선생은 노인과 어린아이 중 어떤 시기를 택해 살고 싶으세요?

노인의 지혜를 가진 어린아이로 살겠습니다. 그러나 내가 말하는 유년은 실제 상태가 아니라 정신적 기질입니다. 다시 젊어지지 못해도 탐구와 관찰의 정신을 유지하면 굳어버린 삶에 맞서서 경탄의 태도를 가질 수 있죠.

다음 세대에게 죄책감을 느낀 적은 없으신가요?

없습니다. 나 자신이 다음 세대에게 희열을 넘겨줄 수 있을 만큼, 생을 충분히 사랑했어요.

젊은이에게 꼭 필요한 것은 무엇인가요? 늙은이에게 꼭 필요한 것은 또 무엇인가요?

사랑, 건강, 그리고 세상의 아름다움을 추구할 욕망.

노년에도 깊이 사랑할 수 있을까요? 그 사랑의 방식은 젊을 때와는 다릅니까?

변하는 것은 당신을 바라보는 타인들의 시선입니다. 당신은 알고 있어요. 스스로가 여전히 활기찬 남성 혹은 여성이고, 사랑에 빠질 준비도 되어 있다는 걸. 인간의 욕망이란 시간이 지난다고 약해지는 성격의 것이 아닙니다. 단지 당신이 욕망을 표현하는 것을 부끄러워할 뿐이죠.

성의 반대는 금욕이 아니라 생의 피곤함이라고 했는데요. 선생만의 건강 관리 비법이 있나요?

달리고 등산하고 건강하게 먹으면서 술은 자제하려고 합니다. 그리고 최대한 자주 사랑을 나누려고 하죠.

'일, 참여, 공부' 이 세 가지가 우리를 맥없는 시간에서 구원한다고 했습니다. 무슨 뜻인가요?

나이가 들수록 우리는 일을 통해 공동체에 도움이 되고 있다고 느껴야 합니다. 함께 어울리는 소속감도 매우 중요하지요. 공부는 스스로가 얼마나 무지했던가를 깨닫게 만드는 '자기 구제'의 핵심입니다. 일, 참여, 공부… 이 세 가지를 통해 삶은 단시간 내에 충만해질 수 있어요.

책과 친구와 여행 중에서 우선순위를 정하신다면요?

파스칼 브뤼크네르

책을 선택하고 그다음이 친구와 여행 가는 것입니다.

물려받은 재능 중 어떤 것이 감사한가요?

성실함, 책과 예술에 대한 호기심, 겸손함과 존경심을 물려받은 것을 감사하게 생각합니다.

'우리는 상처받았지만 충만했고, 악몽을 관통했고 보물을 받았다. 당연히 받았어야 하는 것은 하나도 없었다, 이터무니없는 은총이 감사하다…' 엔딩 문장이 감동적이었습니다. 이 소박하고 강렬한 결론은 어떻게 나왔습니까?

완벽한 구조는 절대 한 번에 만들어지지 않아요. 무수히 많은 반복과 노력, 유사한 문장들이 있었습니다.

선생의 바람대로, 우리 세대는 '평화롭고 행복한 노년'을 가질 수 있을까요?

행복한 노화는 절대 평화로울 수 없습니다. 대신 놀라움과 발견의 연장선상에서 역동적이고 요란스럽고 또 풍족해야 합니다. 평화는 RIPrest in peace란 유명한 어구처럼 제일 마지막에 찾아올 거니까요.

마지막으로 언젠가 당신의 묘비에 새길 문장을 말씀해 주시죠.

나는 인생을 사랑했고, 인생은 나에게 100배로 갚아주었다
(I loved life, It rewarded me a hundredfold).

2022.02.05.

THE GREAT
CONVERSATION+

서양의 지성 파스칼 브뤼크네르는 동양의 지성 이어령과는 대척점에 있는 사람이었다. 사랑에 대해 물으면 이어령은 청년 시절 전차 간에서 스치고 지나간 다시 못 볼 여학생을 추억하지만, 파스칼은 지금 이 순간 심장을 뛰게 하는 격정을 이야기한다. 이어령이 우주의 육체, 생육과 번성의 지구를 설명한다면 파스칼은 자기로 사는 편안함과 자기일 수밖에 없는 불편함에 주목한다. 이어령이 밤의 팔씨름과 정오의 죽음을 감각한다면 파스칼 브뤼크네르는 아침의 태양과 여름날의 사랑을 노래한다.

그럼에도 불구하고 "받은 모든 것이 선물이었다"는 이어령의 고백과 "터무니없는 은총이 감사하다"는 파스칼의 고백은 데칼코마니처럼 만난다. 두 사람의 이야기를 함께 들을 수 있어서 감사했다. 놀라움과 발견의 연장선상에서 자기 쇄신의 노년을 보여준 두 거장에게 경의를!

우여곡절, 예측불허의 반전, 실수, 놀랍고 짜릿한 성공… 이 모든 게 포진되어 있다는 점에서 우리의 인생은 같았습니다. 하지만 당신은 당신이고, 나는 나죠. 같은 사건에도 나와 당신은 완전히 다르게 반응하죠. 그 차이를 헤아리는 게 배움입니다.

경영사상가 **찰스 핸디**

삶에서
가장 중요한 건
친구입니다

《삶이 던지는 질문은 언제나 같다》

찰스 핸디Charles Handy가 손주들을 위해 쓴 이 자애롭고 '공적인' 서간문을 책으로 읽게 된 건 행운이었다. 내가 '황홀'이라는 단어를 쓰는 것을 용서해 주시길. 우리는 복식 호흡을 위해 인류 보편의 지식인 '고전'을 읽고, 피부 호흡을 위해 당대의 날 것인 '에세이'를 취한다. 탁월한 베스트셀러를 읽으면… 양쪽의 언어를 동시에 섭취한 것처럼 산뜻한 포만감이 느껴진다. 찰스 핸디의 책이 그랬다. 그가 쓰는 언어는 활어처럼 펄떡이면서도 심해의 깊은 폐활량이 느껴진다. 질문의 화살촉이 너른 시간의 과녁을 관통하기 때문이다.

신의 공의를 공리적 전통으로 구현한 영국인답게 그는 21통의 편지로 자본주의와 인본주의의 어긋난 균형을 맞추고, 생활인으로서 우리의 자세를 반듯하게 교정해 준다. 몇 개의 챕터는 그 타이틀만으로도 깔끔한 선언이다.

'인간은 관리되어야 하는 인적 자원이 아니다.'
'부품이 되지 않는 곳에서 일하라.'
'이제 '은퇴'라는 단어를 은퇴시켜라.'
'셀 수 없는 것이 셀 수 있는 것보다 강하다.'

그는 기술혁명이 일어나도 사람의 지혜는 변하지 않는다고 우리를 다독인다. 아내와 페르시아 유적지를 여행하며 키루스 대왕의 담대한 관용과 위임이 오늘날 다국적 기업의 표본임을 깨닫고, 와인을 곁들인 저녁 식사에는 네 명 내외의 친구를 초대해야 발언권이 보장된다는 충고도 곁들이며.

일터의 현자는 '워라밸(워크라이프 밸런스)'이라는 조어도 지적했다. 사람들이 원하는 것은 더 많은 삶과 더 적은 일이 아니라 다양한 형태의 일들을 더 적절하게 조합하는 것이라고. 핸디 부부는 노년에 이르렀을 때 1년을 절반으로 나눠 6개월은 남편이 사진가인 아내의 전시회를 돕고, 6개월은 아내가 남편의 강연 매니저로 일했다.

호기심과 자제력을 갖춘 예술가 아내 덕에 그는 경이로울 정도로 균형 잡힌 삶을 살았다. 핸디는 다국적 석유회사의 임원을 지냈고 런던경영대학원에 MBA 과정을 창립하고 가르쳤다. 시대를 꿰뚫는 혜안과 공로를 인정받아 2000년에는 대영제국 훈장을 받았다.

세기의 경영사상가를 만났다. 90세의 인생 구루 Guru는 생의 마지막 몇 달을 남겨둔 채 기꺼이 인터뷰에 응했다. 그의 아들 스콧 핸디가 아버지의 육

성을 정리한 기나긴 녹취록을 보내왔다. 단어와
단어 사이에 사랑과 뜨거움이 그대로 느껴졌다.

어떻게 지내십니까?

침대에 누워 명상하며 지나온 인생을 되돌아봅니다.

건강은 어떠신가요?

지금 저는 인생의 마지막 몇 개월을 보내고 있습니다. 어떤 책임도 고통도 느끼지 않고 평화롭게 누워 마지막을 기다리고 있습니다. 인생의 끝이 이렇게 좋을 거라고는 상상도 못했어요. 놀라울 정도로 행복했고 이루고자 했던 모든 것들을 거의 성취했습니다.

얼마 전엔 아프리카에서 '영국의 찰스 핸디 교수 앞'이라고 적힌 편지 한 통도 받았어요. 반송 주소도 서명도 없었죠. 단지 "찰스 핸디, 정말 감사합니다"라고만 쓰여 있었어요. 제가 느끼는 건 하나예요. 누군가에게 도움을 주는 것이 정말 즐거웠다는 것.

등대지기였던 외조부에 대해서는 얼마나 많이 생각하십니까?

아일랜드 전역의 등대를 관리하셨던 외조부는 제가 태어나기 전에 돌아가셨어요. 저는 그분께 듣고 싶었던 것을 손주들에게 전했어요. 하지만 아이들은 바쁘더군요. 운동 시합과 시험 결과에 집중하느라 제 말을 들을 시간이 없었어요 (웃음).

그래서 책을 썼죠. 그 애들이 자기 일을 갖고 직장 생활을 할 즈음이면 할아버지의 생각이 궁금해질 테니까요. 쓰다 보면 알게 돼요. 인생에서 내가 배운 것이 무엇인지. 삶은 앞으로 나아가지만, 뒤돌아볼 때 비로소 이해되거든요.

우리는 비슷한 갑남을녀이면서도 각자 '자기다움'을 추구하며 삽니다. 같아서 안심하고 달라서 기대를 품지요. 선생이 보기에 무엇이 같고 무엇이 달랐나요?

우여곡절, 예측불허의 반전, 실수, 놀랍고 짜릿한 성공… 이 모든 게 포진되어 있다는 점에서 우리의 인생은 같았습니다. 하지만 당신은 당신이고, 나는 나죠. 같은 사건에도 나와 당신은 완전히 다르게 반응하죠. 그 차이를 헤아리는 게 배움입니다. 그 다름을 충돌 없이 표현하는 상태가 지성이지요.

인생을 한마디로 정의하면 무엇인가요?

인생은 배움의 여정입니다. 코너를 돌면 뭐가 있을지 전혀 알 수 없지만 무슨 일이 있더라도 반드시 배움이라는 보상이 따르지요.

선생이 경험한 행복은 어떤 상태였나요?

할 일이 있고, 사랑할 사람이 있고, 기대할 것이 있는 상태입

찰스 핸디

기업이든 인간관계든
양쪽이 다 공정하다고 느껴야
거래가 지속됩니다.
서로가 원하는 걸 얻어야죠.
인생은 위험의 연속이기에
급격한 코너를 돌 때마다
"걱정하지 마. 괜찮아질 거야.
기회를 보자. 웃자"고
격려해 줄 사람이 필요해요.
그런 관계는 다 양방향입니다.

니다. 내 삶의 모토였죠.

그중 가장 중요한 것은 무엇인가요?

단연코 '사랑할 사람'이지요. '좋은 친구'는 '연인'만큼 좋습니다. 어떤 연인은 이기적이라 당신에게 돌려주는 것을 싫어합니다(웃음). 운 좋게도 제 아내 엘리자베스는 최고의 친구였어요. 배움과 위로를 주는 '베프'였죠. 아내는 신중했고 적정한 선을 지켰습니다. 저를 비판했지만 동시에 "당신이 하는 일은 아주 중요한 일이에요"라고 일깨워 주었어요.

> 찰스 핸디와 아내 엘리자베스 핸디는 결혼을 유지하기 위해 계약서를 세 번 갱신했다. 첫 번째는 그가 쉰 살에 직장을 은퇴하고 독립 강연자가 되었을 때, 아내는 그의 에이전시 역할을 했다. 두 번째, 아내가 쉰 살에 본격적인 사진작가 일을 시작했을 때는 그가 조력자로 나섰다.
> 부부는 20년간 6개월을 주기로 번갈아 상대의 뒷바라지에 전념했다. 세 번째, 75살부터 아내가 죽기 전까지 그들은 함께 봉사했다. 도움이 필요한 사람들을 아침 식사에 초대해 그들의 시간을 나눠주었다.

관계의 황금분할을 만드는 비법이 궁금합니다.

기업이든 인간관계든 양쪽이 다 공정하다고 느껴야 거래가 지속됩니다. 서로가 원하는 걸 얻어야죠. 인생은 위험의 연속이기에 급격한 코너를 돌 때마다 "걱정하지 마. 괜찮아질 거야. 기회를 보자. 웃자"고 격려해 줄 사람이 필요해요. 그런 관계는 다 양방향입니다.

당신이 맞닥뜨린 행과 불행에 대해 허심탄회하게 얘기하는 상대에게 당신도 합당한 관심과 염려를 돌려주세요. 공생에 무임승차는 없습니다. '기대치의 균형'은 투명한 계약이죠. 상대가 원할 때 그들의 삶에 나를 몰입시킬 수 있어야 합니다.

연결될수록 외로워지는 요즘 세상에서 어떻게 그런 진짜 조언자를 삶에 초대할까요?

아내와 저는 인생 전반에 걸쳐 두 명의 친구와 가깝게 지냈습니다. 점심도 함께하며 자주 어울렸죠. 난처한 직장 문제를 의논하고 서로가 처한 곤경에 조언했어요. 당신을 돕기 위한 구체적인 행동을 하는 사람이 진짜 친구예요. 그들을 한 달에 한 번이라도 정기적으로 만나 의견을 구하세요.

연구에 따르면 사람들은 자기가 정말 성공하길 바라는 사람의 조언만 받아들입니다. 그래서 "당신 틀렸어요"라는 아내의 말을 저는 순순히 수용했어요. 혹 당신이 팀원들의 조언자가 되려거든 당신이 그들 편이라는 걸 먼저 납득시키세요. '비난이 아니라 도움이 되고 싶다'는 진심을. 경험상 직장 상사는 나를 돕기보다 이용하는 데만 급급했거든요.

인간은 관리되어야 하는 자원이 아니라는 말도 충격이었어요. 나는 '인적 자원'이 아니라고요.

사람은 자원이 아닙니다. 일하는 인간은 욕구와 자율성을 지닌 독특한 주체예요. 사물은 관리되어야 하지만 사람은 격려와 용기로 움직입니다. 사람을 물건 취급하면 사람이 물건처럼 행동하게 되죠.

단어가 중요해요. 많은 인사 담당자들이 자신을 인적 자원 관리자HR라고 여기는데, 하루빨리 관리자에서 조력자로 인식을 전환하기 바랍니다. 리더십은 적절한 사람을 뽑아 잘해낼 수 있는 조건과 이해할 만한 기준을 제시하고, 성취한 경우 보상하는 행위예요.

사람을 물건 취급하면 물건처럼 행동하게 된다는 말이 강렬하게 다가왔다.

이즈음에서 돈 얘기를 좀 해볼까요? 선생은 돈에 쪼들려 본 적은 없으신가요?

저는 여러 번 직업을 바꿨어요. 석유회사 간부에서 교수로, 프리랜서 작가로. 직업을 바꿀수록 즐거움은 커지는 대신 소득이 줄더군요. 하지만 아내와 저는 만족했습니다. 우리 부부는 소득에 맞게 생활 수준을 조절하는 훈련이 되어 있었어요. 물건은 수리하며 오래 사용했고, 부족하지 않으면

찰스 핸디

충분하다고 생각했죠. 돈에 초연하라는 말이 아닙니다. 돈을 벌기 위해 인생의 너무 많은 시간을 쏟지 말라는 거죠. 생활 수준을 유지하려고 원치 않는 일을 계속하면, 영혼이 망가집니다.

'각자도생'과 '머니러시'의 날들이 길어지다 보니 젊은이들은 하고 싶은 일보다 돈이 되는 일을 선택하는 경우가 많습니다. 원하는 일보다 해야 하는 일을 선택하는 현실을 어떻게 받아들여야 할까요?

우리는 생계를 위해 일하지만 일 이상의 존재예요. 내가 석유회사에서 일할 때 경리 부서의 한 젊은 여성 직원이 그러더군요. "언젠가 내가 하는 일이 나 자신의 일부인 날이 오면 좋겠어요." 수년 후 그 여성은 등반대를 이끄는 산악인이 됐어요. 파티에서 만난 한 여성은 자신을 텔레비전 각본가라고 소개했습니다. 한 편도 제작된 적 없지만 주중에 그 일을 하려고 일요일엔 생계를 위해 달걀 포장을 한다더군요. '일요일의 달걀 포장'은 정말 하고 싶은 일을 하기 위한 일인 거죠.

인간은 늦더라도 자기가 진정 원하던 일을 찾아가게 돼 있어요. 아리스토텔레스의 말이 맞습니다. '타인을 위해 당신이 가장 잘하는 것에 최선을 다하라!' 저도 강연을 잘 마치고 손뼉 치는 사람들과 눈을 맞출 때 살아 있다는 희열을 느꼈죠.

하지만 성인이 될 때까지 잘할 수 있는 것을 찾지 못하면 어떻게 하죠?

즐겁게 할 수 있는 것 중 작게라도 타인에게 도움이 되는 일을 생각해 보세요. 잘 들어주는 것이든, 책을 쓰는 것이든, 춤을 추는 것이든 상관없어요. 그게 당신만의 아름다운 쓸모예요. 못 찾았다면 어머니에게 진지하게 물어보세요. 그분은 긴 시간 동안 당신을 사랑으로 관찰한 사람이니까요. 아버지에겐 물어보지 마세요. 아버지는 자신을 기준으로 얘기할 거예요(웃음).

여건이 허락되면 친구들도 좋습니다. 홍보 회사 임원으로 재직했던 제 친구는 은퇴 후 무엇을 해야 할지 몰랐어요. 너무 일찍 은퇴한 것은 아닌지, 홍보 말고 뭘 할 수 있을지 걱정하는 그에게 말해줬죠. "지인 10명에게 네가 뭘 잘하는지 물어봐."

2주 후 친구는 지인들이 발견해 준 20가지 재능 리스트를 가져왔어요. 애정 있는 주변인의 도움으로 자기 재능을 꺼냈고, 그에 맞는 일자리를 찾았어요. 친구들이 당신의 훌륭한 코치가 될 수 있어요. 당신에 대해 더 잘 알고 있으니까요.

요즘은 유튜브가 스승이고 AI가 비서인 시대입니다. 기술의 변화에는 어떻게 대처할까요?

변화는 어느 시대에나 있었어요. 제가 어렸을 때는 등잔으

찰스 핸디

로 불을 밝혔고 디젤 엔진으로 우물에서 물을 퍼 올렸어요. 저 또한 들불처럼 일어나는 기술혁명을 목격했지만 삶의 근원적인 질문은 바뀌지 않더군요. 무엇이 공정한가? 친구는 누구인가? 사랑과 용서는 어떻게 해야 하나? 이에 대한 답은 톨스토이와 도스토옙스키의 소설에서 배웠어요.

통상 새 기술이 일상이 되는 데는 30년이 필요해요. 자율주행차가 그 예죠. 본격적인 AI 시대가 되면 많은 인간이 IA Individual Assistant(인공지능의 개인 보좌관)가 될 거예요. 인간의 역할은 3C(창작가Creatives, 간병인Carers, 관리인Custodians)로 국한될 거라고도 합니다.

어떤 범주에 속하든 기술과 실업에 대한 해답은 다양한 형태의 자기 고용입니다. 노동이 계속되려면 노동의 형태가 달라져야죠. 저는 일찍부터 '포트폴리오 라이프'라는 대안을 얘기했어요. 어떤 기술로 남에게 도움을 줄지 미리부터 탐구하고 설계하세요. 보수를 받는 구체적인 일과 무보수지만 유익한 일을 적절히 배치하면서요.

피터 드러커는 당신을 '천재적인 통찰력을 현실에 구현한 사람'이라고 극찬했습니다. 두 사람은 어떤 점이 닮았습니까?

피터 드러커는 나의 영웅이었습니다. 나도 그도 '조직'을 좋아했죠. 조직이라는 이름으로 사람들이 모여 함께 무언가를 해낸다는 것은 멋진 일입니다. 안타깝지만 지금 이 말을 하는 순간 러시아가 우크라이나를 침공했어요. 이제 우크라이나인들도 제 각자 속한 조직에서 힘을 모아 저항할 것이고, 그것은 강렬한 경험으로 남을 겁니다.

전쟁 이야기를 하니, 당신이 베트남 전을 사망자의 숫자로만 파악했던 미 국방장관 로버트 맥나마라의 오류를 지적한 일이 생각나는군요. 셀 수 있는 것보다 셀 수 없는 것이 강하다고 강조했지요? 하지만 요즘처럼 숫자와 데이터가 중요한 시절이 없고, 사람들은 SNS의 '좋아요' 숫자에 일희일비합니다. 당신이 숫자를 좋아하지 않는 이유가 뭐죠?

저는 SNS를 하지 않아요. '좋아요' 개수에 신경 쓰지도 않고, 그것으로 제 인생에 점수를 매기지도 않죠. 그러나 저는 오랜 세월, 돈으로 저 자신을 점수 매긴 삶을 살아왔어요. 그건 멍청한 짓이었어요.

숫자에 관해 얘기해 보지요. 책을 쓸 때 저는 '하루에 최소 1,000개의 단어를 쓰겠다'는 목표를 세웠어요. 쓰다 보면 단어 1,000개를 채우기에 급급한 나머지 형편없는 글을 쓰고 있다는 걸 알아차려요. 그럴 땐 단어를 지우고 문장을 수정하는 데 온 정신을 쏟지요. 숫자는 질이 아니라 양을 측정할 뿐입니다.

찰스 핸디

페이스북에서 받은 '좋아요'가 정말 당신을 좋아한다는 뜻일까요? 하루는 아들이 제게 자랑하더군요. "아버지, 500명의 사람으로부터 생일 축하 메시지를 받았어요." 제가 대답했죠. "아들아. 넌 500개의 컴퓨터로부터 축하 메시지를 받은 거란다. 알고리즘이 축하 메시지를 보내도록 유도한 거지. 그 숫자는 셀 필요가 없었어. 삶의 진짜 모습이 아니거든."

숫자로 셀 수 없으면 우리가 어디쯤 있는지, 어디로 가야 하는지, 어떻게 가늠합니까? 좌표를 모르면 무엇으로 불안을 다스리나요?

내가 센 단어의 수가 내 문장의 퀄리티를 보증하지 못했어요. 책의 판매 부수도 그 책이 당신에게 얼마나 도움이 될지 말해주지 않죠. 당신이 믿을 만한 사람의 추천을 신뢰하듯 나 또한 독자 한 명에게서 온 편지가 더 중요합니다. 그(독자)는 숫자가 아니라 온기가 있는 사람이지요.

국방장관이었던 맥나마라는 숫자만 믿고 전쟁을 계속했고, 베트남전은 통제 불능으로 치달았어요. 숫자와 통계는 쉽게 왜곡되고 조작됩니다. 그러니 컴퓨터를 믿지 말고 물러서서 큰 그림을 보세요. 숫자는 인간 세계 바깥의 것입니다. 컴퓨터가 다스리는 세계죠. 실재하는 것은 사람입니다. 진짜 사람에게 찾아가 당신 작업에 대한 의견을 구하고, 누가 당신

편인지 물으십시오. 세상은 등수도 액수도 아닌 튼튼한 우정에 기반을 두고 있습니다.

어떻게 그걸 깨달았나요?

저도 점수 매기는 걸 좋아했어요. 아내와 테니스를 칠 때 점수판이 안 보이면 게임이 무의미하다고 했죠. 그렇게 매사돈의 액수, 경기의 점수에만 집착하자 아내가 화를 냈어요. 내가 핵심을 놓치고 있다는 거죠. 그 숫자들이 게임의 즐거움을 훼손하도록 두면 안 된다고요. 아내 덕분에 조금씩 태도를 수정해 갔어요.

숫자를 떠올리면 무엇이 연상됩니까?

회초리로 매 맞을 때가 생각나네요. 어린 시절에 뭔가 잘못하면 교장 선생님은 회초리로 열다섯 대를 때리셨어요. 저는 숫자가 얼른 멈추기만을 바랐습니다. 아! 그러니 더 이상의 숫자는 필요 없어요. 인생엔 오롯이 좋은 감정만으로 충분합니다. 당신도 저와 같았으면 좋겠습니다. 계산을 멈추고 감정을 보세요. 행복은 계산할 수 없는 감정입니다.

경영사상가로서 선생이 인생에서 얻은 가장 큰 깨달음은 무엇인가요?

내가 얻은 가장 큰 깨달음은 '친구가 정말 중요하다'는 거예요. 강한 힘이 느껴지는 전성기 시절이나 지금의 저처럼 움직일 수 없는 마지막 때나. 당신을 찾아오는 친구에게 아낌없이 애정을 표현하세요.

비즈니스도 마찬가지예요. 사람을 우선하면 이익은 자연히 따라옵니다. 이익을 먼저 챙기면 주변 사람들부터 떠날 거예요. 일터에서 신뢰할 만한 사람을 만나면 그들에게 자유를 주세요. 놀라운 충성심과 혁신을 보게 될 겁니다. 지금이라도 그런 싹이 보이는 사람을 만나거든, 애정의 끈으로 묶어두세요. 비용이 든다면 지불하세요. '정직한 친구'는 최고의 투자처예요.

친구가 내 장례식의 추도 연설을 하는 것을 상상해 보라고 했습니다. 어떤 효과가 있나요?

좋은 기억의 순서를 알 수 있죠. "찰스 핸디는 멋진 사람이었습니다"로 시작되겠지요. 어떤 업적을 남겼는지보다 손주들과 아이처럼 놀고, 아내에게 웃음을 선물하고, 아픈 이웃에게 좋은 친구였다는 점이 떠오를 거예요.

성공에 목마른 젊은이들에게 저는 진심으로 조언해요. 살아가는 것의 대부분은 거의 우정에 관한 것이라고. 돈과 사회적 지위보다 좋은 친구가 곁에 없는 것을 걱정하라고. 친구입장에서 추도문을 상상하면 인생은 결국 관계라는 걸 알게돼요. 좋은 기억과 좋은 기분의 하모니라는 걸.

격동의 시간을 보내고 있는 한국인 친구들에게는 어떤 조언을 해주시겠어요?

제가 받은 최고의 선물을 나눌게요. 잠비아의 어느 학교 학생들이 똑같은 티셔츠를 입고 찍은 사진이죠. 가슴팍에는 이렇게 새겨져 있었어요. I will do my best at what I'm best at for the benefit of others. '타인을 위해 당신이 가장 잘하는 것에 최선을 다하세요!' 저는 진심으로 당신이 잘되길 바랍니다.

인생의 마지막 쿼터에 이르러 정말 한 줌의 아쉬움도 없으신가요?

아쉬움이라니요! 제겐 더 이상의 책임도 지불할 청구서도 없어요. 자녀들에 대한 걱정이나 집, 보험, 그리고 제 일에 대한 염려도 없죠. 오로지 현재의 순간을 즐기고 있습니다. 죽음 이후의 삶은 어떨까? 꿈 없이 빠져드는 달콤한 숙면 같은 것일까? 기대하면서요.

침대에 누워 있다 보면 생의 좋았던 시간만 떠오릅니다. 세상엔 내가 누린 좋았던 것들이 셀 수 없이 많아요. 새소리, 봄에 피는 꽃들, 창문 밖으로 보이는 아름다운 나무들⋯ 기쁨은 절대 셀 수 없는 것들이죠. 숫자가 없으니 정말로 멋진 기분입니다. 천국이 이런 곳이 아닐까요(웃음).

2022.03.12.

찰스 핸디

찰스 핸디는 내가 인터뷰한 사람 중 가장 상냥하고 균형 감각이 탁월한 분이다. 호기심과 자제력을 갖춘 그의 아내 엘리자베스 핸디 덕분이라고 생각한다. 병상에 계신 분들을 인터뷰할 때면 마음이 뭉클해진다. 파킨슨병에 걸려 말레이시아에서 해동 중인 《북극 허풍담》의 저자이자 그린란드의 철학자 요른 릴 선생을 인터뷰할 때처럼, 찰스 핸디도 침대에 누운 채로 그의 아들 스캇 핸디가 다정한 목소리를 녹취해 주었다.

핸디 경이 전해준 두 개의 강렬한 메시지는 이후 '내가 어디로 가고 누구를 만나야 하는지' 인터뷰 여정의 소중한 등대가 되어 주었다. 두 개의 인생 등대는 다음과 같다.

"숫자로 셀 수 있는 것보다 셀 수 없는 것이 더 강하다."
"살면서 가장 중요한 건 친구다!"

변호사 **강금실**

아무도 억압하지 마세요

ⓒ 고운호

역사 속에서 선악을 식별하려던 인간의 노력은 거의 다 실패했습니다. 필요한 건 '옳다, 그르다'가 아니라 반성과 성찰입니다. 하나의 담론이 지배하지 않고 다양한 해석이 공존할 수 있어야 한다고 생각해요. 의지와 성찰이 균형을 맞춰야죠.

추석을 앞둔 삼청동의 가을은 평화로웠다. 가을 빛에 광합성을 하러 나온 몇몇 산책자들이 한가로이 골목길을 어슬렁거렸다. 한옥 창가에서 사진 촬영을 하던 강금실을 보고 놀라서 인사를 했다.

"안녕하세요!"

머리 위로 서까래가 단정한 '지구와사람(생태 문명을 연구하는 지식공동체)' 한옥 사무실에서 강금실을 만났다. 《지구를 위한 변론》이라는 책을 출간한 직후였다. 인터뷰가 시작되기 전 그는 표표한 눈빛으로 내게 몇 가지 질문을 던졌다. '인터스텔라'는 어떤 의미인지, 왜 앞선 인터뷰들이 회자되는지. 호의나 적의는 절제한 채, 오로지 자신의 신체적 감각과 탐문으로만 상대를 조금씩 느껴보고자 하는 신중한 응대였다. 나를 믿거나 혹은 나를 필요로 하는 사람이 아니라, 나를 느껴보고자 하는 인터뷰이를 만난 게 얼마 만인가.

높낮이 없는 목소리는 나이와 주소를 묻는 사실 확인 절차처럼 담담했으나, 타인에게 먼저 물음표를 권하는 행위에서 평등한 대화의 의지가 느껴졌다. 눈빛을 피하지 않고 정면으로 마주 보는 미간에 햇빛이 고였고, 웃음기 가신 낮고 얇은 음색이 가슴에 닿아 섬세한 파장을 만들어 냈다. 잎새에

이는 바람처럼, 소근소근 부드럽고 차갑게.

강금실은 2003년 대한민국 첫 여성 법무부장관이 됐다. 2006년 서울시장 첫 여성 후보, 2008년 민주당 최고위원을 끝으로 정치권을 떠났다. 법과 정치의 최전선에서 일하면서 '권력은 좌우를 막론하고 왜 그토록 한결같이 수직적이고 권위적이고 억압적인가'라는 질문에 답하기 위해 생태와 영성 공부를 시작했다.

입술을 아주 조금씩 움직여서 말씀하시네요. 표정을 풍부하게 쓰지 않는 건 직업적 특성이겠지요?

그런가요? 제 성격이 따뜻하지는 않아요. 차갑지만 솔직하죠. 포커페이스도 안 되는 얼굴이고요.

포커페이스가 안되면 법률가나 정치가로 살기에 불편하셨을 텐데요.

불편하죠. 그런 의미에서 능력 있는 법조인은 아니었다고 생각합니다.

인색한 자기 평가와는 달리 그는 24살에 사법 시험에 합격해 판사가 됐다.

쓰시는 언어가 매우 사유적이고 포용적입니다. 저는 그동안 법률가의 언어는 제한된 시간에 '진실과 거짓'의 거리를 단축시키려는, 일면 '추궁의 언어'라고 느꼈는데요.

오류가 없으면서 논리의 정합성을 갖춰야 하니까요. 법전은 비논리를 허용하지 않을 뿐입니다. 기본 문제를 명료하게 전달하려고 하죠. 인문학적인 문장과는 달라요.

오차 범위를 최소화하도록 설계된 수학적인 문장인가요?

아니요. 수학적 문장이라고 볼 수는 없어요. 케이스가 다 관계의 갈등을 다루고 있으니까요. 논리적 적용을 위해 사실이 무엇인지를 따집니다. 판사, 검사, 변호사는 이해력이 중요해요. 복잡한 사건의 실체를 어떻게 파악하고 논리적으로 적용할지. 저는 드레퓌스 사건처럼 유죄와 무죄의 경계에 있는 '유죄 같은 사건'으로 무죄 다툼을 벌일 때 가장 흥미롭습니다.

법정이 아닌 법무부에 있을 때는 어떠셨나요?

고민을 많이 했어요. 구로사와 아키라 감독의 영화 〈라쇼몽〉을 샘플로 팩트를 어떻게 보느냐를 연구했지요. 〈라쇼몽〉을 여러 번 보고 검사들에게도 권했어요.

검사들이 〈라쇼몽〉에서 뭘 배울 수 있나요?

'증인마다 진술이 다르고 진실이 복합적일 때 팩트를 어떻게 고정시키느냐'는 쉽지 않아요. 수사의 목적은 범인을 잡는 게 아니라 진실을 발견하는 겁니다. 진실이 '귀에 걸면 귀걸이 코에 걸면 코걸이'가 되면 안 되죠. 근대법에서 민법은 재산 관련이 많고, 형법은 신체상의 자유를 침해할 경우 죄형법정주의를 추구해요. 하지만 수사는 실체적 진실을 밝히는 게 우선입니다. 범인을 잡는 데 수사를 주력하면 오류가 생겨요. 검찰 경찰 수사권 정상화를 이야기하지만, 현재는 언론에 공개되는 상황이라 범인을 잡아야 한다는 압박이 더욱 만만치 않죠. 그러나 기억해야 합니다. 사법제도의 본질은 진실을 밝히는 거예요. 진실 없이 평가가 이뤄지면, 사법 제도가 흔들려요.

생각해 보면 법은 인간의 모든 행동을 추정의 원리로 설명한다. 갈등이 첨예할 때조차 단정이 아닌 추정의 태도로, 유죄추정이 아닌 '무죄추정의 원칙'을 견지해야 억울한 사람이 생기지 않는다고 강금실은 고요하게 설명했다. 알고 보면 법을 다루는 사람이 매정할 뿐 법전 자체는 얼마나 신중하고 슬기로운가. 전직 법무부장관이 내게 법에 관심이 많은지 물었다.

법에 관심이 있다기보다 포용력 있고 정확한 문장에 관심이 많습니다. 명확성을 목표로 심오한 논증이 펼쳐질 때, 판결문은 종종 문학적 경지에 이르더군요. 가령 미국의 울지 판사는 제임스 조이스의 《율리시스》의 선정성에 무죄를 선고하면서 '그의 현장은 켈트적이요 그의 계절은 봄임을 언제나 기억해야 한다'고 했지요.
(미소 지으며)판사들이 깊이 고민하면 논리정연하면서도 아름다운 문장이 나오죠. 하지만 실제 현실에서는 사건이 너무 많아서 하루에 10건의 판결문을 써야 할 때도 있어요. 하이퀄리티를 내기 쉽지 않아요(웃음).

이번에 쓰신 책 《지구를 위한 변론》은 변론문이었지만,

그 시야가 너르고 웅장하면서도 아름다웠습니다. 지구의 변호사로서 어떤 언어, 어떤 문체를 쓰려고 했습니까?

문체를 고려하기보다는 사실을 잘 전달하기 위해 애썼어요. 지구법학은 미래적이고 이상향을 담은 이야기예요. 하늘과 바람, 나무와 강에 권리를 부여하는. 일종의 소명이지요.

지구법학은 자연에게 법적 주체의 권리를 부여하는 학문이다. 문명사상가 토마스 베리가 창안했다. 2001년 최초의 지구법학 콘퍼런스가 개최된 이후, 자연에 법적 지위를 부여한 사례가 늘고 있다. 2006년에 미국 지방 조례가 자연의 법인격을 인정했고, 뉴질랜드는 왕거누이강의 후견인으로 마오리 공동체를 지정했다. 인도는 갠지스강과 히말라야산맥 빙하에도 법인격을 부여한 판결을 내렸다.

최종 목적지는 법이지만, 그 율법 아래서 강금실은 우주적 시공간에 대한 깊은 사유를 풀어냈다.

우주의 상징 중 하나로 '생명의 나무'를 거론하셨는데, 성경에 나오는 생명나무와 연결해서 생각했나요?

성경의 생명나무는 아니에요. 하지만 선악과와 생명나무라는 두 개의 줄기를 머릿속에 그려봤어요. 한나 아렌트의《정신의 삶》이라는 책이 있는데 의지는 생명나무로, 사유는 선악과로 연결시켰습니다. 인간은 선악과를 따 먹고 에덴에서

쫓겨났잖아요. 이후 인간 생명에 대한 의지적 삶이 과도해
지면서 '선악을 성찰하는' 능력이 약해졌습니다.

오로지 욕망으로 자연을 지배했지요. 산업문명을 이뤄냈지
만 결국 지금 같은 생태 위기를 맞았어요. 기업들은 당장은
유행처럼 ESG Environmental, Social, Governance를 부르짖지만 지금
의 ESG 대응 방식은 경제성장 시대의 포맷에서 거의 바뀌
고 있지 않아요.

> 생태 가치로의 전환을 담아내지 못한 현실의 ESG는 환경을 인
> 풋으로 집어넣고 아웃풋을 뽑아내는 붕어빵 기계 같다고 안타
> 까워했다.

해법이 있습니까?

GNP 중심의 성장 지표가 아닌 생물다양성 지표를 봐야죠.
궁극적으로 생명나무의 꼭대기로 가려는 의지적 욕망을 줄
이고 반성적 사유를 시작해야 합니다.

**선악과와 생명나무를 예로 이야기하시니 문득 이런 추론
을 해봅니다. 성경에서 신은 인간에게 선악을 알게 하는
나무의 열매를 따 먹지 말라고 했습니다. 추측건대 선악
은 그 넓고 깊은 인과관계를 파악해야 식별이 가능한데,
인간이 시공간을 인식하는 능력은 제한적일 수밖에 없으**

강금실

니 판단이 불가하죠. 결국 선악과를 따 먹었고, 죄의 몸으로 생명나무가 있는 에덴에서 영원히 사는 고통을 당하지 말라고, 인간에게 추방령이 내려졌어요. 그 뒤로 유한한 인간 세상에서 과학자는 '생명나무'를, 법률가는 '선악과'를 지키고 담당하게 된 것이 아닐는지요?

(미소 지으며)역사 속에서 선악을 식별하려던 인간의 노력은 거의 다 실패했습니다.

아… 법관도 '선악과'를 못 지켰다고 생각합니까?

법으로 합의된 규범은 있으나, 내가 합의된 규범이 옳다고 주장하는 순간에도 제노사이드genocide(집단학살)는 일어났어요. 국가에 의한 집단학살이 얼마나 많았나요? 선을 행하려는 의도가 악이 되는 순간이 역사에 횡행했습니다. 사람을 가장 많이 죽인 직군이 정치인이었어요. 히틀러, 모택동, 스탈린… 그 자신은 선을 의도한다고 했던 행위의 결과가 악이었죠.

핵심이 뭐죠?

인간이 의도하는 행위가 너무 과해요.

'옳다, 그르다'를 의도하는 행위, 의지적 행위가 과하다는 말씀인가요?

네. 필요한 건 '옳다, 그르다'가 아니라 반성과 성찰입니다. 하나의 담론이 지배하지 않고 다양한 해석이 공존할 수 있어야 한다고 생각해요. 의지와 성찰이 균형을 맞춰야죠.

하지만 권력은 하나의 담론을 좋아하죠.

글쎄요. 저는 보통의 법률가, 정치인들과는 결이 좀 달랐던 것 같아요. 가령 국가보안법 하나만 봐도 간단치 않아요. 찬성, 반대라는 두 갈래 길보다 더 깊이 들여다봐야죠. 독일에서도 표현의 자유와 함께 나치 전위정당을 위헌으로 볼 것인가가 부딪혀서 딜레마가 생겨요. 명백하고 구체적인 위험의 현존이라는 부분을 어떻게 해석할 것인지도 논의가 필요하죠.

헌법은 대한민국의 영역을 한반도 전체로 규정하고 있어요. 남북이 대치 상황이지만 정권과 시대 분위기에 따라 관계가 달라지니, 간단치가 않습니다. 이 모든 게 법의 영역인데 정치적 찬반으로 넘어가는 현상은 법의 복잡성을 고민할 근본 담론이 생성되지 않아서라고 봐요. 저는 법률가로서 그걸 명료하게 하고 싶어서 고민하다가 그만뒀죠.

사실 공방이 벌어질 때, '서로 요구되는 법치적 절차를 지키고 있는가'를 준거 기준으로 삼았다고 했다. 어디에서 무얼 하건, 항상 본령이 무엇인가를 생각했다고.

**공직을 그만두고 공부를 시작한 건 필연적인 선택이었
군요.**

그렇죠. 자기 자신에게 솔직한 선택을 하기가 쉽지 않아요.
법관과 법무부장관이라는 사회적 책임의 정점에서 답을 못
찾으면 내가 원하는 길을 가야죠. 솔직한 선택이었습니다.
2003년 46살에 장관직에 올라서 2008년 51살에 정치에서
떠났어요. 50대에 이르러서야 내적 고민을 붙들 수 있었죠.

첫 여성 법무부장관, 첫 여성 서울시장 후보, 첫 여성 로펌 대
표… 그렇게 '첫 여성'이라는 시대적 짐을 내려놓은 그의 몸은
홀가분해 보였다.

법률가가 되지 않았다면 무엇을 했을까요?

(밝게 웃으며)헤맸을 것 같아요. 자신에게 떳떳하도록 마음
껏 방황하면서, 내 삶을 자유롭고 진실하게 대했을 것 같습
니다. 저는 내적으로 더 많은 위기와 불안을 겪었어요. 큰 역
할이 주어진 것도 시대적 과제였지, 내가 잘나서 됐다고 생
각한 적은 없습니다.

판사 생활은 어땠나요?

판사답게 살았어요(웃음). 판사들은 대부분 공적인 윤리가
강해서 사회생활에 자유롭지 못합니다.

예수가 왕을 사칭한 실정법 위반죄로 십자가형에 처해졌다는 사실을 읽고 카톨릭 세례를 받으셨다지요. 왜 특히 그 대목에 눈길이 갔습니까?

성경 이전에는 불경을 읽었어요. 저는 근원적인 질문이 많았어요. 개종의 계기는 사회적 질문과 맞닿아 있습니다. 로마의 식민지였던 이스라엘에는 부패한 종교 권력자도, 열혈 독립운동가도 있었죠. 그들은 예수가 왕을 사칭했다며 내란 수괴죄로 메시아를 십자가형에 처했어요. 생각해 보면 기독교가 종교로서의 파워가 생긴 것도 인간의 정치적 삶이 투영되어서가 아닐까요?

예수는 권력에 대한 기대와 권력이 작동되는 모든 방식을 해체했죠. '의인이 아닌 죄인을 부르러 왔다'고 하지 않았습니까?

(미소 지으며)개인적으로 사람을 해치는 권력에 대한 고민이 많던 시기에, 예수와 성경은 저에게 현실 정치의 맥락으로 다가왔습니다.

문득 당신이 책에서 말하는 지질 시대의 '깊은 시간'과 '행성 경계' 같은 언어도 이 우주에서 인간의 권력이 작동했던 방식을 해체하는 것 같군요. 하지만 시공간의 좌표를 그토록 넓게 보는 지각 훈련은 빅 히스토리에 익숙

하지 않은 인간에게는 어려운 일입니다.

그럼에도 불구하고 저는 설명하고 싶었어요. 이 생태 위기가 언제부터 어떻게 시작된 것인지… 지질 시대의 '깊은 시간'을 본다는 것은 태초부터 종말까지 행성 전체의 변화를 상상하는 겁니다. 지질 시대의 맥락에서 볼 때 인간은 신생대에 태어나 홀로 번영을 구가하고 있어요. '행성 경계'를 정량화하는 작업도 거대한 지적 도전입니다. 지구를 안정적인 상태로 유지하는 데 필요한 위험 한계를 과학적으로 수량화하는 작업이지요.

하지만 원시 시대부터 인간의 뇌는 눈앞에 닥친 당장의 위험을 해결하도록 단기적으로 설계돼 있습니다만.

그래서 교육과 문화를 통해 학습해야죠. 우리 인간 종이 너무 커져 있다는 걸 알아야 해요. 느껴야죠. 다행히 어린이와 청소년들은 생명 감성이 남다르잖아요. 희망이 있어요.

상황을 낙관적으로 보세요?

상황은 점점 심각해지고 있죠. 학자들은 20년 전에 이미 예고했어요. 2020년에 기후가 어떻게 변할지. 보수적인 UN의 예측으로도 이미 늦었다고도 하죠, 안정된 기후를 벗어났다고. 하지만 인간은 상상력을 가진 존재니까 새로운 대안을 만들어 내리라고 봅니다.

지금의 코로나와 기후 격변을 보면 지구의 생태 전환 능력이 이미 인간의 노력 바깥에 있다는 생각도 드는데요?

그게 바로 가이아 이론입니다. 지구 시스템 자체가 자기조직적이라는 거죠. 그래서 실제 위험한 건 지구가 아니라 인간입니다. 지구 생태계는 순환시스템으로 조절되고 있어요. 그 순환 구조 안에서 자원 위기에 처했을 때, 식물이 광합성 창조로 지구를 살려냈죠. 배리 카머너가 1971년에 쓴 책 《원은 닫혀야 한다The Closing Circle》에 그 순환고리와 함께 '지속 가능성'이라는 개념이 처음 나옵니다. 그 책이 레이첼 카슨의 《침묵의 봄》과 함께 환경이 정치사회 구조와 연결되어 있다는 딥 에콜로지Deep ecology 운동의 서막을 열었죠.

식물 광합성이 지구를 살려냈다는 대목이 신선했어요.

맞아요. 지구는 결국 자체적으로 기온 조절을 할 거예요. 그 사이 인간 때문에 멸종하는 생명이 안타까울 뿐. 인간도 자기 서식지를 무리하게 넓혀서 안 만나도 될 바이러스를 만나 이 고생을 하고 있으니 얼마나 안타까워요.

태초에 신이 인간에게 생육하고 번성하고 생물을 다스리라고 한 것은 '문화 명령'인데 인간이 자기중심적인 지배로 성경을 오독하고 있다고 말이 많습니다.

훌륭한 왕도 백성이 있어야 존재합니다. 지배자라고 하면

강금실

인간은 처음으로 우주를 바라봤어요.
우주를 쳐다보고
자신을 되돌아보는 리플렉션의 존재였죠.
그래서 저는 우주의 자의식을
인간이라고 해요.
생명 있는 행성이 흔치 않은데
지구에 태어나서 양자역학과 빅뱅까지
알아낸 존재가 인간이잖아요.
선악과를 따 먹고
부끄러움에 눈을 뜬 존재죠.

피지배자가 있어야죠. 인간이 잘난 건 사실이지만, 성경을
너무 인간 중심적으로 읽는 것은 오독이죠.

인간이 망하면 창피하지 않겠느냐고 그가 또박또박 말했다. '창
피하다'는 말이 서늘하게 감각되었다.

**그럼에도 '우주의 의식이 인간'이라는 생각엔 변함없으
신가요?**

비인간 존재가 자기 자신으로만 사는 반면, 인간은 처음으
로 우주를 바라봤어요. 우주를 쳐다보고 자신을 되돌아보는
리플렉션의 존재였죠. 그래서 저는 우주의 자의식을 인간이
라고 해요. 생명 있는 행성이 흔치 않은데 지구에 태어나서
양자역학과 빅뱅까지 알아낸 존재가 인간이잖아요. 선악과
를 따 먹고 부끄러움에 눈을 뜬 존재죠. 그런 인간이 진화의
정점인 생명나무 꼭대기에 올라 AI를 만들고, 생명과학의
이름으로 유전자에도 메스를 대고 있어요. 자연과 인간을
분리시키는 이 모든 의지적 행위를 이제는 깊이 들여다봐야
합니다. 행성적 사고로 비인간 존재를 들여다봐야죠.
인간의 문명과 전쟁사를 들여다보면, 큰 전환의 한가운데는
항상 기후 변화와 전염병이 있었어요. 로마, 마야 문명, 중세
흑사병, 남미 정복… 늦었지만 이제부터라도 비인간 존재에
정치적 맥락을 부여해서 인간 중심의 사건을 재해석해야 합

니다. 비인간 존재의 관점에서 인류학과 사회학을 공부하고, 지구법 체계에서 그 권리를 담아내야죠.

저는 이어령 선생님과 대화를 나누면서 '자연계(피시스), 법계(노모스), 기호계(세미오시스)'라는 3가지 범주를 분리해서 사고하지 못하면 어떤 결과를 불러오는지를 그려보았습니다. 가령 해일을 일으킨 바다에 태형을 때리는 왕, 코로나바이러스에 사형을 언도하는 법정… 지구법학은 자연에게 죄를 묻는 게 아니라 권리를 부여해야 한다지만, 그 또한 어쩌면 인간 중심적 사고체계가 아닐는지요?

이조 때 진짜 그런 일이 있었습니다. 일본 사신이 선물한 코끼리가 사람을 죽여서 그 코끼리를 귀양 보낸 기록이 있어요. 저는 오히려 그런 어리석음이 법과 자연의 지나친 분리에서 비롯된 피해가 아닌가 생각합니다. 분리적 사고가 강해 융합이 어려운 것은 아닐까요?

인도 철학의 영향을 받아 양자역학이 나왔지 않습니까. 점균류 곰팡이를 연구해서 자연自然은 '스스로 그러함'이라는 자기조직이론을 도출한 일리야 프리고진은 스피노자와 앙리 베르그송을 탐독했어요. 철학과 과학이 서로를 배워서 생명 전체를 유기적 연결로 통찰하는 세계관이 전체론입니다. 그 반대편에 인간을 자연의 지배자로 보았던, 기계적 이

원론의 데카르트가 있었지요.

요즘엔 '나는 생각한다, 고로 존재한다'는 데카르트의 선언도 오만과 편견의 시작점으로 비판받습니다.

데카르트의 이원론은 흑사병 이후 자연을 두려워해서 배제한 인간 중심의 사고체계예요.《숲은 생각한다》라는 책을 보면 생명 자체가 기호라는 대목이 있어요. 기호 그 자체가 생명을 이미 사고하고 있다는 거죠. 이렇게 개체의 정신성까지 인정하는 태도가 전체론인데 반해 이원론은 인간의 합리성을 기준으로 인간 아닌 것과의 분리를 과도하게 밀어붙이고 있는 거죠.

그렇게 틀어진 자연과 인간의 관계를 회복시키기 위해 강변호사께서는 자연의 권리를 성문화하는 것부터 출발하자는 것이고요.

그렇죠. 근대국가 사회는 권리가 없으면 보호받지 못해요. 그런데 지금 법체계 안에는 인간만 있죠. 인간이 자기 서식지에서만 살면 문제가 없지만 자연을 침범하고 황폐화시키니 자연에도 법인격이 필요한 겁니다. 문명사상가인 토마스 베리는 좀 더 확장해서 '존재가 있는 곳에 권리가 있다'고 했어요. 자연체계 안의 모든 구성원은 자신의 기능과 역할을 수행할 수 있는 서식지와 기회를 가져야 한다고요.

이야기를 들을수록 인간의 법이 자연의 권리를 성문화하지 못하면, 자연의 법이 더 큰 역병과 재난으로 인간의 오만을 단죄하리라는 것은 자명해 보였다. 강의 권리, 곤충의 권리, 바다의 권리… 계량과 특정이 어려운 자연의 권리를 법언어로 만들어 내는 데는, 어쩌면 명확성이 아니라 서정성이 필요할지도 모른다.

'검고 끈끈한 화석이 얼굴을 뒤덮고 눈을 멀게 한 후 인간은 마음을 잃고 진화의 긴 그림자도 잃어버렸다'고 강금실은 책에서 쓰고 있다.

어쩌면 법의 언어가 아니라 시의 언어가 더 필요한 세상 같습니다.

(미소 지으며)시적인 세상을 꿈꿉니다. 시의 세계에서는 나무를 당신이라고 불러요. 'It'이 아니라 너와 나의 세계죠. 은유를 통해서만이 생명이 파악될 수 있습니다. 너와 나의 같음을 발견하는 게 시죠. 그런데 우리가 같다는 걸 발견하기가 어려워요.

인간의 눈이 숲과 바다와 하늘로 열려야 하는데 다들 스마트폰과 넷플릭스만 보고 있다며 그가 웃었다.

법의 중심에서 생명을 외치는 기분이 어떠신가요?

점점 과학 쪽을 더 즐겁게 파고 있어요. 우리가 우주 전체의 전모를 알고 충돌하는 원리를 이해할 수 있다면, 이 우주를 너무 잘라서 쓰지는 못할 거예요.

우주의 전모를 다 알 수 있다고 생각하시나요?

알려고 노력하는 거죠. 다 아는 것처럼 행동하지 않기 위해서.

법무부장관직을 그만둘 때 '너무 즐거워서 죄송합니다'라고 했어요. 임용될 때만큼 그만둘 때도 파격이었습니다.

기억나요. 지금보다 경험도 부족하고 철도 없던 시절이었어요. 지금 가면 더 노력해서 잘 할 수 있을 거 같은데 말이죠 (웃음).

법조인으로서의 삶은 자랑스러운가요?

경력에 비해 여성이라는 점이 좀 독특하고 과하게 평가됐다고 생각해요. 부끄러운 게 더 많습니다. 법학적인 가치관도 분명하지 않았고요. 지구법학으로 더 노력해야죠.

재임 당시 호주제를 철폐했는데요?

저 혼자 한 일이 아닙니다. 당시 지은희 장관과 함께 해낸 일

강금실

이지요.

20년 앞서 권력지향적인 남성 중심 조직을 관통해 온 소감은 어떤가요?

생각을 많이 합니다. 법무부장관에서 서울시장 후보로 이어지는 커리어의 의미를… 당시엔 잘 이해 못 했어요. 그리고 어느 순간 미흡한 부분을 채우고 싶은 저의 갈망을 선택했죠. 이제 60살이 넘었고, 오랫동안 정치를 안 하니 그런 제 모습이 이해받는 것 같습니다.

권력 욕심이 정말 없으신가요?

경험을 통해 제가 알게 된 건 권력은 책임지고 기여하는 거라는 거죠. 저는 억압을 좋아하지 않습니다. 지금 저는 자연스럽게 살아요. 마음이 편해진 건 잘 살고 있다는 거잖아요.

마음이 편하시다니 정말 부럽군요! 공적인 자아와 사적인 자아가 균형을 이룬 듯 보입니다.

나를 잘 펴고 살면 돼요. 잘 안 피고 사니 불편하죠. 살아보니 마음 편한 게 제일 중요해요.

뭘 할 때 즐거우세요?

침대에서 TV 볼 때 즐거워요. 요즘은 일본 애니메이션 〈명탐정 코난〉을 봅니다. 저는 사건을 해결해 나가는 걸 좋아해요. 수사물이나 추리극 그리고 생태학과 지구 이야기를 좋아하죠. 장르의 취향이 명료합니다. 드라마는 잘 안 봐요. 인간 갈등에는 흥미를 못 느껴서 사극이나 역사 소설도 보지 않아요(웃음).

어떤 인간을 좋아합니까?

'진리와 정치' '악의 평범성'을 탐구했던 철학자 한나 아렌트와 인류학자 클로드 레비 스트로스. 제 성향과 잘 맞아요. 성격적으로는 친절하고 밝고 유머러스한 사람을 좋아합니다.

일관되게 자기답게 살아왔습니까?

자기를 드러내는 생명 감각은 잃지 않았던 것 같습니다. 나를 잘 찾아왔어요. 나와 갈등이 생기고 억압적일 때도 있었지만, 나라는 줄을 잃어버린 적은 없어요.

지구의 변호사로 마지막 변론을 부탁합니다.

저는 10대들의 감수성에서 지구의 희망을 봅니다. 우리는 경제성장과 권력을 결합한 중앙집권적 파워 아래 숨죽이고 살았지만, 젊은이들은 수평적으로 자유롭게 살지요.

바라건대 지구를 느껴보세요. 아이가 열이 2도만 올라도 응급실로 안고 뛰어가죠. 지구도 열이 나면 아픕니다. 지구를 생명으로 감각해 보세요. 과학의 힘으로 우주까지 나아간 존재가 기후 위기를 막지 못해 망한다면 얼마나 창피합니까!

우주적 겸손이라는 말로, 강금실의 생태 오디세이가 막을 내렸다. 인간은 얼마나 큰 존재인가. 동시에 인간은 얼마나 작은 존재인가. 그 '사이'의 균형 감각을 배우며 우리는 지질 시대를 살아간다. 권력의 지층을 통과한 강금실이 이토록 진취적인 반성문을 써주어서 고맙다.

2021.09.22.

THE GREAT
CONVERSATION +

취향이 분명한 사람을 만나면 머리가 맑아진다. 인간 갈등에는 흥미를 못 느껴 사극이나 역사 소설은 보지 않지만 추리물을 좋아해서 〈명탐정 코난〉을 즐겨본다는 강금실 전 법무부 장관. 자연과 인간 사이의 분쟁을 조정하기 위해 나선 이 담대한 법률가와의 대화로, 나는 이 시대의 기후 담론에 대한 너른 시야를 확보할 수 있었다.
'자연은 스스로 끝없이 진화하며 재구성되는 존재'라는 선언 안에 철학, 과학, 그리고 법률 언어의 하모니가 있다. 자연계, 법계, 상징계의 언어가 서로의 손을 잡고 춤을 출 때 과연 어떤 장면이 펼쳐질 것인가.

이런 일련의 상상력으로 나는 이후 성장 시대의 종말을 선언한 《회복력 시대》의 제러미 리프킨, 자연을 통제하려는 인간들의 기상천외한 해프닝을 리포트한 《화이트 스카이》의 엘리자베스 콜버트를 인터뷰하며 앞으로 더 나아갈 수 있었다.

여전히 강금실에게는 호기심이 느껴진다. 어떻게 언어의 정교함을 머금은 채로, 나와 너 사이의 공간이 빡빡하지 않도록 청정도를 유지할 수 있을까. '다 아는 것처럼 행동하지 않기 위해' 신중하게 언어를 고르는 강금실만큼이나 '나를 잘 펴고 사니 편안하다'는 억압 없음의 그 상태가 몹시 부럽다.

패션디자이너 **장명숙(밀라논나)**

걸림돌이
결국은 디딤돌이
되더라고요

70년 살아보니 인생이 평탄하고 싶어도 평탄하지가 않아요. 사는 게 다 그래요. 망하고 싶은 사람이 어딨어요? 자식 아픈거 보고 싶은 사람이 어딨어? 그런 일 겪으면 인생관이 바뀌어요. 그래도 벌어진 일은 받아들여야해요. 아무 일 없이 평탄했으면 내 인생 콘텐츠도 없었겠죠.

성경은 지난 2,000년간 '네가 대접받고 싶은 대로 남을 대접하라' '이웃을 네 목숨처럼 사랑하라'고 했지만 사람들은 더 삐딱해지고 세상은 더 나빠지는 것처럼 보였다. 날이 갈수록 예수는 멀고 원수는 가까워졌다. 사람들은 판도라의 상자를 닫아줄 좋은 어른을 갈구했다. 코로나와 내전으로 한층 풀죽은 지구공동체의 모퉁이에, 어느 날 산전수전 다 겪고도 찌들지 않은 상큼한 할머니가 나타났다.

작전명 '밀라논나(밀라노 할머니라는 뜻)' '차오, 아미치(안녕, 친구들)'라는 인사말로 동서양과 세대의 경계를 경쾌하게 허물어뜨린 이 유니크한 노인 앞으로 젊은이들이 구름떼처럼 모여들었다. 유튜브 세상에 벼락처럼 떨어진 축복, 밀라논나(구독자 95만 명). 말로 주장하지 않았으나 그가 '꼰대' 아닌 어른의 몸으로 증명한 소명은 크고 비밀했다.

'대접받기를 바라지 말라.' '네 몸은 네 이웃에게 주고 떠나라.'

어떻게 옷을 입어야 하는지, 어떻게 사랑해야 하는지, 어떻게 잠들고 깨어나야 하는지, 마치 태어나 처음 듣는 신기한 언어인 듯 '아미치'들은 할머니의 무르팍을 파고들었다. 김연경도 한예슬도

유재석도 유희열도 앞다퉈 그를 찾아와 치유의 은총을 구했다. 양지로 모여드는 병아리처럼 배터리가 방전된 젊은이들이 노인이라는 자연광 아래 모여 빛을 충전했다.

한낮의 잔열이 남아 있는 늦여름 오후, 70세 유튜버 장명숙을 만났다. 인생의 절반을 밀라노와 서울을 오가며 반도의 볕에 그을린 할머니에게서 영적인 즐거움이 흘러넘쳤다. 《햇빛은 찬란하고 인생은 귀하니까요》라는 그의 에세이가 발간된 지 얼마 되지 않은 때였다.

장명숙은 한국인 최초의 밀라노 패션 유학생이었다. 삼풍백화점 고문으로 일하며 페레가모와 막스마라를 들여왔고, 86아시안게임 개폐회식 의상을 디자인했다. 이태리 명품을 들여온 패션 선구자지만, 오늘은 이태원에서 산 흰 셔츠를 입고 있었다. 팔찌가 찰랑거리며 경쾌한 소리를 냈고, 제자가 선물해 준 동그란 안경알 너머로 눈빛이 어린 아이처럼 반짝였다.

'후손이 잘 되길 바라면 후하게 베풀라' '받았으니 주고 간다'는 가성비 넘치는 삶이 그의 인생 모토였다.

어느 날 유튜브 세상에 요정처럼 '뿅' 하고 나타나셨어요. 대한민국에 없던 모델이라 깜짝 놀랐습니다.

아유, 이 나이에 무슨 요정이에요… 내가 더 놀랐어요. 8살 어린이부터 83살 노인까지 댓글이 수천 개씩 달려서. 이게 대체 무슨 일인가?…

'좋은 어른'에 대한 열망이 그만큼 뜨거운 거죠. 화제의 토크쇼에 초대되고, 스타들이 찾아오고, 수천수만 명이 댓글로 '어떻게 살아야 하는지' 지혜를 묻는데… 안 들뜨세요?

하하. 이 나이에 들뜨면 어떡해요?

장명숙의 나이 올해로 일흔. 공자의 풀이에 따르면 '마음이 따르는 대로 해도 어긋나지 않는 나이'다.

그래도 기분은 좋으시죠?

나쁘진 않죠. 얼마 전 자동차 광고도 찍었어요. 쑥스럽지만 돈 들어오니까 좋아요. 그 돈, 내가 쓸 것도 아니라서. 그 돈으로 꼬맹이들(그가 돌보는 보육원의 어린아이들) 맛있는 거 사줄 수 있잖아요. 사람들은 제가 돈 많은 줄 오해하는데, 저 없어요(웃음). 연금에 맞춰 살도록 생활을 간소하게 설계해놨어요.

후원하는 보육원, 청소년 쉼터가 많아 이름을 일일이 거명하지 않을 뿐, 광고 출연료도 인세도 전부 기부로 돌려놓은 터라 돈 얘기에 스스럼이 없었다. 더 나이 들면 그곳에서 아이들 기저귀 빨고 있을 거라고.

"다만 나이 들어 지인들에게 너무 신세 지지 않도록 강의차 자주 드나드는 밀라노에 작은 게딱지 한 개, 남양주에 조금 큰 게 딱지 한 개 마련했어요."

집을 무겁지 않게 게딱지라고 표현하는 게 재미있었다.

《햇빛은 찬란하고 인생은 귀하니까요》라는 책 표지에서 초록 잔디에 의자 하나 내놓고 앉아 해를 쬐는 모습이 산뜻했습니다.

거기가 저희 집 마당이에요(웃음). 책 제목은 유튜브에서 제가 흘러가듯 한 말이에요. 그 말을 듣고 우리 '아미치들(친구라는 뜻의 이탈리아어로 그가 유튜브에서 구독자들을 부르는 애칭)'이 많이 울었대요. 살면서 많이들 힘들어하시잖아요. 제가 영상에서 그랬어요. "힘들 땐 울어라. 실컷 울면서 내 감정을 다 알아줘야 마음도 정리된다. 그렇게 회복되면 일어날 준비를 하자. 왜냐하면 햇빛은 찬란하고 인생은 귀하니까." 우울증에 햇빛만큼 좋은 약이 없다잖아요? 눈떠서 햇빛 보는 게 얼마나 좋아요.

살아보니
인생이 진짜 별 게 아니에요.
산이면 넘고 강이면 건너는 거죠.

선생님이 입은 흰 셔츠, 흰머리, 햇빛, 맨발이 위로가 무척 되더군요.

살아보니 인생이 진짜 별 게 아니에요. 산이면 넘고 강이면 건너는 거죠.

그런 여유와 배짱은 어디서 나오나요?

(눈이 동그래지며)저 배짱 없어요. 70년 살아보니 인생이 평탄하고 싶어도 평탄하지가 않아요. 그래서 어느 순간 '오케이, 이 골짜기 넘으면 또 어떤 벼랑이 올까, 올 테면 와라, 내가 넘어줄게'가 되는 거죠. 사는 게 다 그래요. 망하고 싶은 사람이 어딨어요? 자식 아픈 거 보고 싶은 사람이 어딨어? 그런데 어느 날 멀쩡하던 제 자식이 중환자실에 들어가 뇌수술을 받았어요. 이듬해엔 출근하던 삼풍백화점이 하루아침에 무너져서 동료를 잃고 직장을 잃었죠.

그런 일 겪으면 인생관이 바뀌어요. 그래도 벌어진 일은 받아들여야 해요. 아무 일 없이 평탄했으면 내 인생 콘텐츠도 없었겠죠. 그래서 나는 젊은이들이 경이롭고 안쓰러워. 어쩌면 저렇게 유능할까, 막 존경하다가 '앞으로 나이의 첩첩산중을 어떻게 넘어갈꼬' 생각하면 애처로워서….

선생님은 어떻게 나이의 첩첩산중을 넘으셨어요?

우리 어머니 세대는 나보다 더 딱했잖아요. 일제강점기에 사춘기를 보내고 6.25전쟁 때 애 낳아 기르고… 오죽 고생을 했으면 엄마가 치매가 오니까 아직도 전쟁통인 줄 알고 절 보고 "명숙아, 우리 지금 피난 온 거지?" 그래요. 저는 52년 생이니까 뱃속에 있었는데… 부모 세대의 강인함과 회복탄력성을 은연중에 배웠나 봐요.

그런데 그 시절에도 전쟁 고아들이 오면 저희 할머니가 그러셨어요. "뜨뜻한 밥 줘라. 두 손으로 공손히 줘라." 그 말을 프란치스코 교황께도 제가 들었어요. 어려운 사람에게 빵을 줄 때 두 눈을 보고 주라고요.

오랫동안 이탈리아와 한국 사이에서 가교 역할을 했던 장명숙은 지근거리에서 교황을 접했다. 1984년 요한 바오로 2세가 처음 한국을 찾았을 때는 그의 옷을 디자인해 드렸고, 정부는 교황에게 드리는 선물도 그녀의 안목을 빌렸다. 장명숙은 2001년 이탈리아 정부로부터 명예 기사 작위를 받았다.

큰 어른에게 삶의 도리를 배우셨군요!

감사하게도 그랬죠. 게다가 제 삶의 동선이 좀 드라마틱했어요? 일하며 봉사하며, 청와대부터 아프리카 난민촌까지 두루 가봤잖아요. 패션계에서 일했으니 파리, 런던, 밀라노의 쇼와 파티는 또 얼마나 화려했겠어요. 위로는 고대광실, 교황청부터 아래로는 인도의 깡촌, 서울의 산동네에 구석구석 푸드뱅크 차 타고 음식 배달을 다녔어요. 끝에서 끝을 다 봤죠. 다 보고 나서 알았죠. 인간의 삶이 별 게 아니구나, 사람 사는 건 비슷하구나.

포용력의 체급이 완전히 다르시군요! 어려운 사람들을 위한 해결책도 찾으셨는지요?

(놀라며)아니요. 해결책은 내가 찾거나 가르칠 수 없어요. 그냥 내 앞에 배고픈 사람 밥 먹이고, 목마른 사람 물 먹이고… 좀 편안해지면 다들 제 스스로 일어났어요. 저는 그걸 이태리 마랑고니 패션 스쿨의 제 은사인 브라 선생님에게 배웠어요. 저희 할머니도 그러셨고요.

《햇빛은 찬란하고 인생은 귀하니까요》의 첫 장을 열면서부터 나는 먹먹했다. '울고 있는 제자에게' 그 여덟 글자에 마음의 동요가 일었다. 나는 궁금했다. 세상의 불의함과 불가사의함에 망연자실해서 울고 있는 제자에게 스승은 과연 무엇을 할 수 있을까. 무엇을 줄 수 있을까. 그가 건넨 것은 따뜻한 차와 보드라운 수건이었다.

제가 알던 멘토의 정체성이 흔들렸어요. 일반화의 위험을 무릅쓴 '즉문즉답'이 아니라, 따뜻한 차와 보드라운 수건이라니요!

하하. 저는 많은 것을 보육원에서 배웠어요. 아이들이 까닭
모르게 울어도 애들더러 '울지 말라'고 한 적 없어요.
"울고 싶어? 그럼 울어. 그만 울고 싶을 때 할머니한테 얘기
해."
어른이나 애나 다를 게 없어요. 그 안에 해결하지 못한 트라
우마가 있는 거죠. 큰 애가 뇌수술을 해서 저는 뇌와 심리에
관련된 책을 몽땅 사서 봤어요. 인생에서 일어난 일은 어떻
게든 끌어안아야 되잖아요. 걸림돌이 결국 사람을 이해하는
디딤돌이 되더라고요.

담담하고 허스키한 목소리로 자신이 좋아하는 시 한 편을 읽어
주었다.
"한 가슴의 무너짐을 막을 수 있다면 내 삶은 헛되지 않으리/
길 잃은 새 한 마리 둥지를 찾아가게 할 수 있다면 내 삶은 결코
헛되지 않으리…"
유튜브 활동도 어딘가에 있을 그 '한 가슴'을 위해서라고 했다.
젊은이들과 함께해서 손해 볼 일 없더라며. 앞뒤가 어긋나는 법
이 없는 밀라논나의 화법은 둥글고 정겹고 품위 있다. 나는 그
와 같은 패턴으로 말하는 노인을 한 번도 본 적이 없다. '나' 대
신 '할머니'라는 보편적 존재로 자신을 호명하며, 남녀노소 누
구에게나 '아낌없이 주는 나무'라니.

스스로를 '나는'이 아니라 '이 할머니는'이라고 부드럽게 타자화해서 부르시더군요. 이유가 있나요?

(빙그레 웃으며)보육원에서 아이들과 지내다 보니 '할머니는'이 입에 붙었어요. 그런데 누구는 할머니라고 불러서 좋고, 누구는 싫대요. 큰언니로 부르라고도 해요. 그런데 호칭이 무슨 상관있어요?

요즘엔 '멋있으면 다 언니'라고 하죠.

제 큰아들 파트너가 절더러 '언니'라고 해도 되냐고 해서 맘대로 부르라고 했어요.

오! 시어머니 대신 언니!

네. 오히려 아들이 깜짝 놀라 '어머니'로 하자고(웃음). 그런데 그거 아세요? 16살 많은 이태리의 제 은사님은 제가 깍듯하게 호칭 부르면 노여워하세요. 이름을 불러달라는 거죠. '존칭 안 불러도 네가 나 존경하는 거 아니까 격식 갖추지 말라'고요. 존중은 수직이 아닌 수평이니, 인간 대 인간으로 만나자는 거죠. 제가 유럽에서 본 많은 사람들이 그랬어요. 기업 회장과 수위가 같이 서서 농담하고, 파바로티는 무대 뒤에서는 옷 다림질하는 분과도 친하게 지냈어요. 격의가 없다고 존중이 없는 건 아니니까.

젊은이들도 오랫동안 그런 어른을 기다렸어요. 억압 없이 '인간 대 인간'으로 존중해 달라는 거죠. 그런데 오랫동안 수직의 세상에서 수평의 마음을 지켜온 어른이 '할머니'고, 청년들은 특별히 포용력의 사이즈가 크고 담대한 할머니들에게 환호하는 것 같습니다. 결은 다르지만 아카데미 여우조연상을 수상한 윤여정 할머니나 유튜브 스타인 박막례 할머니는 어떻게 보세요?

윤여정 씨는 저와 동년배예요. 정말 대단하고 멋있고 인간 승리라고 생각해요. 박막례 할머니는 암탉 같은 분이더군요. 거둬 먹이는 에너지가 놀라웠어요.

당신과는 삶의 규칙도 결도 다르지만, 각자 지나온 힘든 여정을 알기에 짠한 마음이 있다고 했다.

혹시 즐겨 보는 유튜브가 있으신지요?

하하하. 없어요. 저는 디지털 생체 리듬이 아니라 핸드폰도 억지로 봐요. 무엇보다 하루 루틴을 하다 보면 다른 무언가에 신경 쓸 겨를이 없어요. 제가 하는 말이 있지요. '나는 나대로 살 테니 댁들은 댁들대로 사세요!' 다 다른 부모에게 태어나 다른 환경에서 자랐으니 고유한 존재잖아요. 예전에도 없었고 앞으로도 없을 생명이니, 남들 기웃거릴 이유가 없어요.

장명숙(밀라논나)

그런데 어떤 부모 밑에서 자라고 어떤 습관을 가진 사람과 가정을 꾸리느냐가 개인사에 너무 큰 변수예요. 그 변수를 어떻게 거스르고 수용하며 상대화시키느냐에 따라 나만의 무늬가 만들어지는 거겠지요?

그렇죠. 그런 면에서 저는 남들보다 비교적 좋은 환경에서 자랐어요. 하지만 그만큼 제약도 감수해야 할 것도 많았죠. 제 꿈은 기자였지만 당시엔 아버지의 '현모양처 이데올로기'를 거스를 수 없었어요. '여자가 무슨 기자냐?'고. 그래서 다시 패션의 꿈을 꿨어요. 결혼해서도 그 꿈이 안 사라졌죠. 다행히 남편은 약속은 지키는 사람이었어요.

이탈리아에 유학 가고 패션계에서 일했지만, 애 둘 키우며 일하는 게 만만치 않았어요. 점심은 허구한 날 건빵으로 때우고 저녁 6시가 되면 차 안에서도 달렸어요. 밤 문화는 꿈도 못 꿨죠. 제가 클럽을 못 가봤다니까 둘째 아들 친구들이 나를 클럽에 데려다줬어요. 하하. 요즘도 런던에 있는 아들한테 가서도 제가 부탁하죠. "얘! 여기서 가장 핫한 펍에 데려다줘" 하고요.

아들은 그런 엄마 인생에 대해 뭐라고 합니까?

서른 넘으니 보이더래요. 내 몸의 반도 안 되는 살과 뼈를 가진 분이 얼마나 열심히 사셨는지… 그 모습이 새록새록 기억나 존경스럽다고요.

그런데도 '나 치매 걸리면 싼 요양원에 넣어달라'고 하셨다죠.

치매 걸리면 알지도 못하는데 뭐하러 비싼 데 가요. 비싼 요양원도 다 자식들 허영이죠. 대신 이런 당부는 해요. "너희들 욕 안 먹으려면 자주 찾아와." 부모 임종 앞두고 수의가지고, 관 가지고 싸우는 자식들을 많이 봤어요. 왜 그런 거 고민시켜요? 저는 이미 시신 기증 서약도 했으니 몸에서 쓸 만한 건 다 빼내고 가루만 주겠죠. 애들은 엄마가 죽어도 각막은 살아서 누군가 볼 수 있으니 또 얼마나 좋아.

어차피 우리가 사는 게 죽으러 가는 거예요. 배고픈 애들 밥 먹이다 가면 황천길이 편하잖아요. 죽으러 가는 길에 골짜기도 건너고 강도 건너고 평야도 건너는 거예요. 누구는 금수저 물고 태어나고 누구는 수저도 없이 태어난다고들 불평하죠. 그런데 나무젓가락 들고 막노동판에서 먹어도 동료들과 웃으며 식사하면 그게 행복이에요.

이 어른 앞에 서면 왜 부자도 빈자도, 부모도 자식도, 삶과 죽음의 관계도 서로 찌르는 날카로움이 사라지는 걸까. 내 자식조차 사적인 보상과 욕망을 개입시키지 않고, '다음 세대'로 선을 긋고 선대하는 모습이 신기했다. 농담처럼 '열 번 결혼해도 괜찮으니 나만 귀찮게 하지 마'라는 자유도 용돈처럼 찔러준 채.

무슨 말이든 경쾌하게 하는 편이죠?

내 모토가 삶에 찌들지 않은 상큼한 할머니잖아요. 겁주지 않아도 어차피 삶은 무거워요. 젊은이들은 더 무겁죠. 그러니 말이라도 경쾌하게 해줘야죠. 자존감 없으면 더 고단한 사회니까요.

자기를 믿고 지지해 주는 어른이 주변에 한 사람만 있어도 자존감은 지켜진다고, 정신과 의사가 그러더군요.

맞아요. 저도 어릴 때 외모콤플렉스가 심했어요. 얼굴은 작고 입은 커서 못생겼다고 놀림을 받았어요. 지금은 세상 좋아져서 소피아 로렌이니 줄리아 로버츠니 하지만(웃음). 어릴 때 저희 어머니가 "못생겨서 어쩌니" 하면 아버지가 "그래도 눈은 반짝이니 머리는 좋겠다" 그러셨어요. 할머니도 "명숙이는 짱구니까 영리할 거야" 하고 맞장구를 쳐주셨죠. 다행히 저는 '좋은 말을 더 좋게' 받았어요. 못생겼으니 멋있어지자, 미운 오리 새끼에서 백조가 되자고.

구박만 받는 세상 같아도 어디선가 그렇게 한 줄기 빛이 들어온다고 했다.

보육원에서 수녀님들 하시는 거 보면 저는 알아요. "저 애가 커서 수녀님을 그리워하겠구나. 그 좋은 본을 받겠구나." 행동 양식이 예측이 되는 거에요. 그게 회복탄력성이에요. 제가 봉사활동하던 신림동 공부방 아이도 제 동영상에 댓글을 남겼어요. '그 시절에 맛있는 거 정성껏 대접해 줘서 너무 행복했다'고. 저는 좋은 옷 입고 나가 사교하는 것보다 아이들한테 시간 쓰는 게 너무 좋아요.

무슨 질문을 던져도 기승전 '아이들' '젊은이' '다음 세대'라는 말이 후렴구처럼 따라붙었다. 그 기저에 자신을 더 큰 세계라는 맥락 속에 던져놓고 생각하는 겸손이 자리 잡고 있었다.

삶에서 진짜 귀한 것은 뭐라고 생각하세요?

시간이요. 오늘 24시간의 시간. 부자나 빈자나 24시간은 똑같이 받아요.

시간의 본질은 뭐죠?

성실이죠. 성실은 내 인생에 대한 예의예요. 자존과도 연결되죠. 저도 제 영상 보는 분들이 그 시간이 아깝다고 느끼지 않도록 매 순간 정성을 다해요.

성실의 기초는 어떻게 놓습니까? 책에서 '노년기의 근무 태도'라는 말을 쓰셨는데요.

일단 눈뜨면 저를 토닥여요. "잘 잤니? 명숙아, 넌 잘 하고 있어. 여지껏 잘 해왔잖아." 기도하고 산책하면서 루틴을 다 져요. 스트레칭, 신문 읽기, 독서도 빼놓지 않죠. 루틴은 나를 함부로 하지 않겠다는 다짐 같은 거예요. 몸의 뼈대 같아서 루틴이 튼튼하면 일상이 무너지지 않아요. 젊을 때와 다른 건 해야 할 일을 억지로 하진 않는다는 거. 집이 좀 더러워도 내키지 않으면 "먼지야, 내일 치워줄게" 그러죠(웃음).

시간을 가치 있게 쓰는 기준이 있을까요?

삶의 진짜 가치는 내 시간을 누군가에게 내어주는 거예요.

결국 인생은 나로 시작해서 공동체로 나아가는 과정일까요?

그렇게 거창한 게 아니에요. 그저 받았으니 나누는 거죠. 나는 실용적이고 가성비 있게 살고 싶은 사람이에요. 나이 들어서도 비싼 데 가서 밥 먹는 거 좋아하면 배만 나와요. 이태리에서 오래 살았다고 비싼 파스타 사주면 싫어해(웃음). 나는 먹는 데 관심이 없어요.

식탐이 없으세요?

없어요. 맥주 외에는 먹고 싶은 게 없어(웃음). 그냥 코앞에 있는 걸 먹어요. 저는 약도 안 먹어요. 늙어서 재테크는 건강이에요. 콜레스테롤 수치가 높다고 하면 의사한테 물어서

약 먹는 대신 한 시간 걸어요. 비타민D가 부족하다면 햇빛을 충분히 쫴요. 내 몸에 케미컬을 넣고 싶지 않거든요.

그 정도까지 절제하는 이유가?

내 몸이 아니잖아요. 죽으면 드려야 하니까.

> 죽으면 드려야 한다는 말에, 소름이 돋았다. 훗날 자신의 장기를 기증받을 사람을 생각해 몸을 소중히 관리한다는 이 할머니. 멘탈의 끝은 어디인가.

저는 자연 노화 중이니 돈 들일 필요가 없어요. 염색도 안 하고 샴푸도 안 쓰죠. 비싼 화장품 안 발라도 친구들 만나면 꿀리지 않아요(웃음). 옷도 가구도 식물도 다 정리해서 나눠줘서 몸도 삶도 가벼워요. 옛날 옷, 옛날 액세서리만 조금 남겨뒀어요.

그렇게 다 버리면 내 인생도 희미해질까 염려됩니다.

아니요. 남겨두면 자식들에게 짐만 돼요. 저는 아시안 게임 개폐회식 의상 맡아서 일하던 시절, 인터뷰했던 신문 기사, 사진들도 다 버렸어요. 이번에 정리하다 나온 기사에 이런 말이 있더라고요. "60살이 넘으면 아들 친구가 찾아오는 멋있는 엄마가 되고 싶다"고. 그런데 육십 넘어서 아들 친구들이 찾아와 놀자고 하니, 그 꿈 하나는 이뤘네. 하하.

찾아온 청년들에게는 뭐라고 합니까?

절대 나를 어른 대접하지 말라고요. 대접하면 부담스럽다고. "몸에 좋다는 거 보내주면 안 놀아, 너무 오래 살게 만들지 마. 너무 늙으면 내 장기 가져다 못 써."

아들에게는 뭐라고 하세요?

(미소 지으며) "하고 싶은 일을 해. 단 네 생활과 노후는 스스로 책임져. 사회에 폐는 끼치지 말고." 사는 게 별거 아니에요. 그래서 남에게 폐 끼치는 거 아니면 제 성질대로 살아야 해요. 패션도 마찬가지예요. 필요에 따라 조언해 주지만, 근본적으로는 '입고 싶은 거 입으라'가 답이에요. 어릴 적 엄한 부모 밑에서 레이스 달린 거 못 입어본 사람은 커서 공주 옷 입어야 욕구가 풀려요. 억압이 해결되는 거죠.

꼰대가 별 게 아니에요. 무조건 '나한테 맞추라'고 억압하는 꼰대들은 예나 지금이나 있어 왔어요. 조너선 스위프트라고 《걸리버 여행기》 쓴 작가가 그랬어요. 젊은이한테 참견하지 말고, 그들이 같이 놀자고 하기 전에 끼어들지 말라고요. 이태리에서도 집안의 어르신은 점잖게 앉아 있어요. 그래도 중요한 결정을 할 때는 꼭 젊은이가 어른의 의견을 묻죠.

장명숙은 41년 전 유학을 가서 유럽의 패러다임 변화를 다 봤다고 했다. 유튜브 첫 영상에서 그는 이 사회의 패러다임이 좋은 길로 가는 데 기여하고 싶다고 했다. 들을수록 그 말의 진정성이 크고 부드럽고 아름다웠다.

아미치들이 남긴 댓글 중에는 어떤 게 기억에 남으세요?

(잠시 침묵하다)가슴 아픈 것들이 많아요. 가족에게 성폭행당한 소녀가 용서해야 하냐고 물어요. 일주일을 고민하다 답해줬어요. 그 사람을 위해서가 아니라 너를 위해 용서하라고. 이 할머니한테 와서 묻는 건 용서하지 않으면 자기가 너무 힘들어서거든요. 그럴 땐 세상에 가장 안 예쁜 생명체가 사람 같아요. 가출 소녀 쉼터에서 봉사를 하면, 친부한테 성폭행당한 새싹들을 많이 만나요. 그 아이들 앞에 서면 할 말이 없어요.

그럴 땐 뭘 할 수 있지요?

물어보죠. "뭐하고 싶어?" 좋은 데, 강남에 가서 밥 먹고 싶대요. 그러면 이 할머니가 근사한 곳에 데리고 가서 밥 사줘요. 그 애들이 부모 손 붙들고 누리고 싶었던 것들을 해줘요.

당신은 더 이상 누릴 것이 없다고 했다.

"스포트라이트도 받아봤고 주인공도 해봤어요. 아무것도 못

받은 사람이 많으니, 받았던 것 나눠야죠. 어떻게 혼자 다 가져요?"

스포트라이트를 받았던 시절은 행복했나요?

사람들은 그래요. '너 정도면 자기 브랜드를 낼 수 있었을 텐데.' 그런데 저한테 딸린 세 남자(남편과 두 아들)를 유기하면서까지 브랜드를 론칭할 욕심을 저는 못 냈어요. 특별히 내가 유능하고 탁월하다고도 생각 안 해요. 돌아보면 〈아이다〉〈춘향전〉〈돈주앙〉… 무대의상 만들 때 가장 행복했어요.

그래도 백화점 명품 시대를 열고, 올림픽 의상을 만들고, 이탈리아 기사 작위를 받고… 업적은 자랑스러우시죠?

(손사래를 치며)내가 무슨 업적이 있어요? 제자들 키워낸 게 감사한 정도인데, 그것도 돈 받고 한 일이잖아요.

은발의 할머니는 자기 영광을 드러내는 것을 한사코 거부했다. 그 태도가 너무 산뜻하고 가벼워서 지금 이 순간 허공에 붕 떠올라도 이상하지 않을 것 같았다.

언제 행복하세요?

저녁 기도하고 샤워하고, 흑맥주 한 잔 마시며 하루를 정리할 때요. 오늘 하루 24시간도 잘 살았구나.

꿈이 있으신지요?

없어요. 지금까지 그랬듯 내 시간은 빼앗아 가는 사람들의 것이에요. 다만 더 많은 시간을 쓰고 싶은 건 있어요. 보육원 나온 새내기 청년들에게 도움을 주고 싶어요. 베이비박스로 오는 아기들… 걔네들이 잘 살아야 이 땅이 밝아져요. 그런데 그러려면 나는 돈이 필요해. 그래서 열심히 해요. 즐겁게 책을 쓰고 광고를 찍고… 비행기 탈 때마다 태풍에 추락할지도 몰라서 생명보험도 꼭 들어요. 보육원 '꼬맹이들'에게 보험금이 가도록. 하하.

그러니까 생명값도, 몸의 장기도 죽기 전에 다 남의 것으로 정해놓으셨다는 말이지요?

그럼요. 나는 모든 정리가 끝나서 죽는 게 두렵지 않아요. 내가 죽어도 내가 돌보던 아이들, 식물들은 더 밝게 살아갈 거라고 믿어요. 사는 건 끝없는 이야기가 피었다 지는 거예요. 비눗방울처럼 생성됐다 사라지죠. 그러니 자꾸자꾸 가벼워져야 해요. 어차피 하나님이 안 만들었으면 나는 없을 인간이잖아요.

마지막으로 젊은 친구들에게 전하고 싶은 메시지가 있을까요?

없어요. 조언도 필요 없고 메시지도 필요 없어요. 젊은이는 충분히 고맙고 가엾고 경이로운 존재입니다.

창밖으로 해가 졌고, 지갑에 시신기증증서를 넣고 다니는 할머니가 요정처럼 작아진 몸으로 차를 운전해 남양주로 돌아갔다. 맥주 한 잔이 간절한 밤이었다.

2021.08.28.

THE GREAT
CONVERSATION+

가을 햇빛이 부서지는 어느 날, 흰옷 입은 멋쟁이 할머니와 광화문에서 만나 미역국과 맥주를 마셨다. 선생은 작은 물고기가 호흡하듯 미역 한 줄기와 맥주 한 모금을 행복하게 오물거렸다. 그의 몸 안에서 동물도 식물도 어른도 아이도 모두 '미생'의 아름다움으로 출렁거렸다. 울고 있는 제자에게 따뜻한 차와 보드라운 수건을 건네주는 사려 깊은 행위를, 맥주와 햇빛과 바람과 음악으로 스스로를 산뜻하게 대접하는 장명숙을 오늘의 내 삶에 초대한다. 2022년 중반, 장명숙은 구독자 97만 명의 파워 유튜브 채널 '밀라논나'를 미련 없이 그만두고, 밀라노 '게딱지'로 돌아가 다시 한번 그녀만의 시간을 살고 있다.

© Private

생물학자 **베른트 하인리히**

항상 한 번에
한 걸음씩 나아가세요

저는 저이기 때문에 달립니다. 저는 제 생체시계, 나침반이 이끄는 대로 살았어요. 어려서 숲에 살았고 늘 달렸고, 그러다 보니 자연스레 달리는 생물학자가 되어 있었어요. 사랑하고 꿈꾸던 대로 가고 있지요. 달리다 보면 인생의 우연과 정직성을 믿게 돼요.

남녀노소 불문하고 많은 사람이 도심과 트랙을 달리고 있다. 족저근막염이나 슬개골 마모로 통증을 호소하다가도, 나을 만하면 운동화 끈을 조여 매고 두 발을 동력 삼아 심박수를 올리는 러너들이 심심찮게 보인다. 꾸준한 달리기로 삶과 일의 루틴을 쌓고 자신감을 충전하는 사람들, 함께 달린다는 이유로 동지애를 느끼는 사람들.

어린 시절 나는 달리기 선수였다. 주전자로 마른 목을 축이며 텅 빈 운동장을 달리고 또 달렸다. 심장이 용수철처럼 튕겨 나왔으나 성장판이 열린 날쌘 친구들을 앞지를 수는 없었다. 넘치는 승부욕을 어쩌지 못하던 나는 마지막 계주에서 뒤처진 채 꺼이꺼이 눈물을 쏟았다. 그때 멈추지 않았다면 나는 지금 인생의 어느 곳을 뛰고 있을까.

왜 누군가는 어느 순간 달리기를 멈추고, 누군가는 팔십이 넘어도 숨이 찰 때까지 달릴 수 있는 걸까. 달리면 정말 더 건강해지고 행복해질까? 달린다고 더 오래 살 수 있을까?

여기 달리기만으로 지구를 네 바퀴 돈 80세 생물학자가 있다. 베른트 하인리히Bernd Heinrich. 깊은 숲 오두막에 살며 뛰고 관찰하고 강의하고 최고 수준의 논문까지 척척 써내는 그를 사람들은

'우리 시대의 소로' 혹은 '달리는 찰스 다윈'이라고 부른다.

서른여덟의 젊은 나이에 캘리포니아 주립대 정교수가 되었는데, 3년 만에 모든 것을 내려놓고 고향에 통나무집을 지어 자연으로 돌아간 사람. 41세에 1.6킬로미터당 평균 6분 38초의 속도로 80킬로미터를 달려 장년부 신기록을 보유한 세계적인 달리기 선수.

숲속의 현자이자 80년 관록의 러너인 베른트 하인리히를 인터뷰했다. 뼛속까지 러너인 그는 생물학과 달리기가 어우러진 아름다운 책《뛰는 사람》을 펴냈다. 현재 버몬트대학교 생물학부 명예교수로 숲에서 학생들을 가르치고 있다.

오늘도 달리셨나요?

오늘은 달리지 않았습니다. 대신 800미터 거리의 개울까지 걸어가 수영을 했습니다. 접영을 연습 중인데 실력이 늘고 있어요. 저녁엔 자연의 아름다움에 관한 글도 썼어요.

선생이 사는 오두막은 어디에 있습니까?

미국 동부 메인주 서부 산악 지대의 끝없이 펼쳐진 숲속에 있어요. 지난 10년간 여기서 살았어요. 바람이 거칠고 눈이 많이 내리는 곳이죠.

80년 내내 왜 달리셨나요?

그건 제가 저이기 때문입니다. 저는 제 생체시계, 나침반이 이끄는 대로 살았어요. 어려서 숲에 살았고 늘 달렸고, 그러다 보니 자연스레 달리는 생물학자가 되어 있었어요. 사랑하고 꿈꾸던 대로 가고 있지요. 나무집을 지으며 놀았더니 숲속에 통나무집을 짓고 살게 된 것처럼요. 달리다 보면 인생의 우연과 정직성을 믿게 돼요. 계속 뛰다 보면 종종 최고 기록도 갖게 되고요.

'우리 시대의 소로'라는 별명에 대해서는 어떻게 생각하세요?

타인과 저를 비교하고 싶지 않아요. 하지만 칭찬을 들으니

베른트 하인리히

기분은 좋군요.

사람들은 선생을 보고 뭐라고 합니까?

제 여동생 마리아네는 이렇게 말했습니다. "오빠는 어릴 때
부터 항상 뛰고 있었어." 도로에서 뛰고 있으면 친구들이 제
옆에 차를 갖다 대며 묻죠. "이봐, 자네 아직도 뛰고 있나?"

**혹자는 긴 수염을 휘날리며 달리는 찰스 다윈이 떠오른다
고도 하더군요.**

나이가 들수록 생명체 사이에 얼마나 공통점이 많은지 깨닫
고 있어요. 결국 우리는 모두 다 동종인 거죠.

베른트 하인리히는 어린 시절 부모를 따라 미국으로 온 가난한
독일 이민자였다. 메인주의 농장에서 맨발로 뛰어다니며 벌집
과 도요새를 관찰하며 성장했다. 부모님이 멕시코와 앙골라로
탐사 여행을 떠나면서, 그와 여동생은 집 없는 아이들을 위한
기숙학교에 맡겨졌다. 땡전 한 푼 없었지만 달리기로 교장의 마
음을 얻어 운 좋게 대학에 진학했다. 청년 하인리히는 늘 숲에
나가서 모든 계절과 모든 상태의 숲을 다 보았다.

**생물학자로서 선생이 이룬 사소하고도 위대한 업적은 무
엇입니까?**

제 첫 논문은 박각시 애벌레가 자기 몸보다 훨씬 큰 잎을 먹는 방식에 관한 것이었어요. 거기서 출발해 뒤영벌 등 여러 생물의 체온조절 시스템을 연구했습니다. 가령 파충류들은 평소에 체온이 낮지만 푸짐한 식사를 하고 나면 올라가죠. 인간도 마찬가지예요.

곤충과 인간을 비교하기 위해 저는 수년간 제 체온과 심박수를 측정해 왔습니다. 스스로를 기니피그 삼아 체온, 에너지 소비, 에너지 균형 사이의 관계를 탐구했죠. 꿀, 맥주, 롤빵을 먹고 달리면 몸이 어떻게 되는지 알아보기 위해 다양한 음식 실험도 했습니다.

러너로서 어떤 길을 달렸습니까?

보스턴, 샌프란시스코, 웨스트 밸리… 수많은 길을 달렸어요. 여태껏 저는 지구를 네 바퀴 돌았어요. 말벌에 쏘였고 모기에게 산 채로 뜯어먹혔고, 아프리카에서는 체체파리에게 물렸습니다. 100마일을 12시간 27분 2초에 달렸고, 24시간 동안 쉬지 않고 252.2킬로미터를 달리기도 했습니다.

24시간 달리기 경주가 있다는 것 자체가 놀랍더군요. 달리는 24시간 동안 몸은 어떤 변화를 겪습니까?

하루 낮과 밤을 꼬박 뛰려면 일단 공복과 식사를 번갈아 하면서 달리기 직전에 마지막 대변이 나오도록 조절해야 해요. 달릴 때면 간간이 즐거운 일을 떠올리고, 대부분의 시간은 몸을 기계처럼 움직여 머리를 비워야 합니다. 시간과의 싸움이죠. 몸이 자동으로 달리기 시작하면 동작이 매끄럽게 통제되고 경제적으로 움직이죠. 그런 상태가 되면 꿈을 꿀 수도 있어요.

달리면서 잠도 자고 꿈도 꾼다는 거죠?

네. 뛰는 동안 밤은 끝이 없을 것처럼 느껴지죠. 직선 코스에서는 눈을 감고 잠을 잤어요. 어떤 주자는 한쪽만 검은 안대를 하고 잡니다. 자면서 뇌의 절반은 깨어서 밤바다를 건너는 새와 돌고래의 전략을 이용하는 거죠.

첫 까마귀가 울고 태양이 떠오르던 순간을 잊을 수 없어요. 도전을 마쳤을 때 마흔셋의 제 육체는 252.2킬로미터를 달려 US오픈 24시간 달리기 신기록을 세웠습니다.

생물학자의 관점에서 달리기는 실제로 진화에 유용한 능력인가요?

네. 식량을 구하고 포식자에게서 도망치는 데 도움이 된다는 점에서 달리기는 매우 유익합니다. 인간은 땀 흘리는 능력이 있어서, 더위에 지친 맹수가 없는 틈을 타 먹이를 구할 수 있었어요. 뛰어다닌 만큼 자손들을 먹여 살렸던 거죠.

도심을 달리는 젊은 러너들을 보면 어떤 생각이 드나요?

달리기가 사람을 연결해 주고 있는 것 같습니다. 남성 못지않게 많은 여성 러너가 달리고 있고 모든 면에서 더 나아지고 있더군요. 동등한 입장에서 함께 격려하며 뛰는 모습은 감동적입니다.

선생의 연구에 따르면 인간의 달리기와 꿀벌의 비행 사이에도 비슷한 점이 발견된다고요?

네. 제 친구인 잭 펄츠가 역사상 가장 더운 날에 열린 1976년 보스턴 마라톤 대회에서 우승할 수 있었던 이유는, 물병의 물을 머리에 반복적으로 쏟으며 달렸기 때문이었죠. 그 후 저는 벌도 비행할 때 같은 방식을 사용해 열을 식힌다는 것을 발견했습니다. 보통 꽃꿀의 90퍼센트는 물이죠. 꿀이 되려면 수분을 증발시켜야 하는데, 벌은 이 잉여의 물을 비행 중 몸을 식히는 데 사용한 거죠.

생물학자로 수명과 노화의 비밀은 밝혀내셨습니까? 누가 건강하게 오래 사나요?

지금까지 발견된 가장 나이 많은 동물은 하프룬Hafrun이라고 불리는 백합조개예요. 507세에 아이슬란드 해안에서 발견됐죠. 최고령의 거북은 조너선이라는 갈라파고스 땅 거북으로 2022년 현재 190세입니다. 하프룬도 조너선도 달리기를 해서 저 나이까지 살게 된 건 아닐 겁니다. 질병이 없고 건강하다면 당연히 오래 살겠죠. 누구도 노화는 피할 수 없고 수명은 종마다 다릅니다

운동을 하면 덜 늙을까요?

운동은 회춘보다 보수에 도움이 되는 자극입니다. 저는 젊은 선수 시절엔 근육에 통증을 달고 살았지만 나이가 들어서는 통증이 거의 없었어요. 가벼운 상처가 자극이 되어 몸을 전보다 더 높은 단계로 만드는 '역노화 과정'이 일어난 듯싶어요. 경험상 달리기가 저의 삶의 질을 높여주긴 했어도, 궁극적으로 노화를 막지는 못했어요.

음식은 어떤가요?

잉여 칼로리를 섭취한다는 건 더 빨리 자라 더 빨리 성숙해지는 바람에 수명이 짧아진다는 뜻입니다. 일례로 먹이를 제한한 생쥐와 생물은 더 오래 살았어요.

오래 살려면 덜 먹어야 한다는 결론에 마음이 뜨끔했다.

건강을 위해 이제 그만 달려야겠다고 느낀 순간은 없었습니까?

여러분은 제가 유전적으로 달리기 능력을 '타고났다'고 생

각하겠지만, 그렇게 따지면 제 누이도 같은 유전자를 갖고 태어난걸요. 누이는 제가 아는 한평생 한 발짝도 뛰어본 적이 없는 사람입니다. 그리고 최근에 무릎 수술을 받았지요. 노화라는 건 사소하거나 심각한 문제가 천천히 쌓여가는 과정입니다. 여느 운동과 마찬가지로 달리기는 가벼운 상처를 통해 몸의 수리 메커니즘에 경고하는 자극이죠.

비유하자면 몸은 집과 같습니다. 모든 집은 결국 닳아서 기본적인 '뼈대'를 제외하면 사라집니다. 바람이나 날씨, 벌레, 번개 같은 것들이 영향을 주지요. 집을 사용하다 보면 망가지는 부분이 생기고 수리를 합니다. 지붕의 누수를 발견하면 새는 곳을 막고 창유리를 교체하는 등 더 튼튼하게 손을 보지요. 따라서 집을 더 많이 사용할수록 집은 원래의 상태를 더 잘 유지하게 됩니다.

살면서 이젠 정말 달리기는 끝이라고 확신한 순간이 수도 없이 많았습니다. 그러나 그때마다 '기적처럼' 회복했어요. 그게 모두 달리기 덕분이라고 말하고 싶은데 정말 그런지는 잘 모르겠습니다. 하지만 저는 분명 회복했고 그건 매번 마법 같은 선물이었어요. 허비하지 않기 위한 선물이요.

60세에 "더 달리면 환자분 슬개골을 벗겨다가 쓰레기통에 버리겠습니다"라는 의사의 말을 듣고도 경기에 나가 기록을 세웠다고요. 수영하라는 의사의 충고를 왜 듣지

않았나요?

정확히 기억납니다. 하지만 그 후 "어르신 심장은 열여섯 살짜리 운동선수 심장 같네요"라는 말도 들었죠. 무릎 상태도 괜찮았어요. 평생 뛰어본 적이라고는 없는 내 또래 친구들은 진작 무릎과 고관절 수술을 받았답니다.

요새는 수영을 합니다. 오두막 근처에 개울이 있거든요. 당시에는 가까이 개울이 없었어요. 수영장도 농구장도 테니스장도 없었어요. 당시에 할 수 있는 건 달리기뿐이었습니다.

여든 살에 사슴을 쫓아 달릴 때는 어땠습니까?

저 사슴을 따라잡을 수 있을까? 어둠 속에서 눈 쌓인 길을 지나가자니 천체의 시계와 경주를 벌이는 것 같더군요. 사슴은 가본 적 없는 숲으로 나를 이끌었고, 문득 내가 어디 있는지 모르겠다는 생각이 들었습니다.

10대 때는 사슴 사냥이 원초적 본능에 가까웠습니다. 흥미진진했죠. 인생이 내내 이렇게까지 신나진 않을 거라고 예감했는데, 살아보니 정말 그렇더군요! 여든에 사슴을 뒤쫓으며 결국 저는 구석기 조상들이 수백만 년 동안 해온 일을 비슷하게 해냈습니다. 조상들은 무엇을 쫓든 굳이 더 빨리 앞서려고 애쓰지 않았어요.

부지런히 달리기 기록을 좇은 적도 있었지만, 나이 들수록 한창때의 속도와 힘을 느끼지 못해요. 그래서 저는 이제 사습이 아닌 다른 것의 뒤를 쫓습니다. 미지의 과학적 질문, 미지의 인간을 이해하려고 애쓰죠.

제가 아는 100세 가까운 현역 패션 디자이너는 젊은이들에게도 "야망이 있으면 일을 그르치니 에너지의 80퍼센트만 쓰고 비축하라"고 충고하더군요. 실제로 지구력과 에너지의 특별한 상관관계가 있는지요?

야망과 열정은 다릅니다. 야망은 역경에 맞서 애써 위로 올라가려는 것이에요. 반대로 열정은 자신이 좋아하는 것을 타고 아래로 내려가는 것이지요. 그렇지 않다면 눈사태처럼 자신을 붙들고 가속도를 내서 그리할 수밖에 없게 만드는 것이든가요.

실제로 자연선택은 무작정 속도를 폭발시키는 대신 에너지를 아껴 써서 지구력을 증진하는 일을 해왔습니다. 타오르는 열정을 식히는 것 자체가 노화의 일반적인 과정이 아닐까요.

혹시 선생도 시간과의 레이스에서 낭패감을 느낄 때가 있는지요?

그럼요. 저도 환갑이라는 나이가 생각보다 너무 빨리 찾아와 충격을 받았어요.

베른트 하인리히

모든 생물에 생체시계가 있다는 것은 또 무슨 뜻일까요? '모든 것은 때가 있나니'라는 성경의 전도서 구절과 어떻게 어울립니까?

시간이야말로 우리 삶의 근본을 이루는 요소입니다. 사소한 사건이 꾸준히 쌓여 마침내 엄청난 영향력을 발휘하는 자연의 운영 방식은 얼마나 경이로운가요. 타이밍은 생명체에 굉장히 중요합니다. 길 찾기와 짝짓기를 포함해 시간에 좌우되는 활동이 많거든요. 양봉가였던 카를 폰 프리슈의 꿀벌 관찰을 시작으로 생물학자들은 동식물의 시간 추적 능력을 알게 됐어요.

우리 모두 삶의 속도와 노화, 수명을 관장하는 각자의 생체시계를 장착하고 있어요. 그런 맥락에서 성경 인용구에는 분명 진리가 담겨 있어요. '하늘 아래 모든 것에는 시기가 있고 모든 일에는 때가 있다. 태어날 때가 있고 죽을 때가 있으며 심을 때가 있고 심은 것을 뽑을 때가 있다.'

하지만 인간은 그때를 잘 알지 못합니다. 혹 선생은 인생이 계획대로 흘러가지 않는다는 것 때문에 보다 분명한 달리기의 세계에 매료되었던 건 아닌지요?

저는 어릴 때나 늙을 때나 좋을 때나 나쁠 때나 여전히 '지금' 재미있는 걸 합니다. 지금 달릴 수 있으니 달렸고, 내 앞에 애벌레가 있으니 연구한 거죠.

지금 달릴 수 있으니 달렸고,
내 앞에 애벌레가 있으니 연구한 거죠.
너무 앞서서 일일이 계획하다 보면
오히려 막다른 길에 도달하거나
 좌절하기 쉽죠.
오히려 끌리는 일을 하면
하나 다음에 다른 하나가 찾아와요.
그리고 그건 결과가 아닌
새로운 행로의 시작이 되곤 했죠.

너무 앞서서 일일이 계획하다 보면 오히려 막다른 길에 도
달하거나 좌절하기 쉽죠. 오히려 끌리는 일을 하면 하나 다
음에 다른 하나가 찾아와요. 그리고 그건 결과가 아닌 새로
운 행로의 시작이 되곤 했죠. 돌아보면 생물학과 달리기의
인연은 정말이지 신기해요. 제가 그 길에 많은 에너지를 쏟
아부은 건 그저 그 길이 제가 가야 할 길인 것만 같았기 때문
입니다.

30년간 숲에서 가르치셨어요. 교실이 아닌 숲에서 학생들
은 무엇을 배우고 돌아갔나요?
접촉이요. 모든 것은 '접촉'에서 시작됩니다. 접촉은 성실한
관찰을 동반하죠. 학생들은 숲으로 오면 처음에는 저와, 나
중에는 홀로 보고 듣고 느껴요. 그 경험을 공유하죠. 학생들
이 정말 좋아합니다.

평생 누구와 경쟁했나요?
경쟁자는 없었어요. 누군가 저와 라이벌로 달리고 있다는
생각은 해본 적이 없어요. 그들은 저를 응원했고 저도 그들
을 응원했거든요. 서로의 열정에 불을 지펴주었죠. 작년 가
을에는 시카고에서 50킬로미터 달리기를 했어요. 40년 전
바로 그곳에서 마흔한 살의 저는 최고의 달리기를 했었죠.
저는 그 시절의 저에게 현재의 저를 느긋하게 겹쳐 봅니다.

시기마다 기록은 어떤 역할을 했습니까?

기록이란 헌신을 표현하는 구체적인 표지판입니다. 불가능해 보인 것을 가능하게 했다는 의미이기도 하고요. 달리기에 관한 한, 적어도 고등학교 시절 크로스컨트리 대회에서 맨 처음 우승했던 때가 가장 만족스러운 기록이었어요.

자연과 달리기 중 우선순위를 정할 수 있나요?

심오한 질문이군요. 인생을 돌이켜보면 제가 스스로 얻어냈다고 생각하는 정체성은 러너입니다.

이즈음에 평소에 간직하고 있던 아름다운 문장을 몇 개 소개해 주시겠어요?

'검은머리솔새는 바람에 맞서는 대신 바람을 타고 날고 싶어 한다. 바람의 신호를 기다리는 것이다.'

'그동안 나는 마법 같은 순간들을 달려왔다.'

'이 긴 달리기의 결승선에 도착했을 때 출발점인 자연으로 되돌아가는 순간, 모두와 공짜 맥주를 나누고 싶다.'

80년을 달린 후 도달한 결론은 무엇인가요?

여든 살이 되어서도 달릴 수는 있지만 더 이상의 경주는 무리입니다(웃음). 달리기로 한창 꽃을 피우던 시절은 오래전에 지나갔어요. 시간은 흘러갑니다. 그러나 꽃이 꺾이고 시

베른트 하인리히

들었을지라도 그 씨앗은 싹을 틔울 수 있습니다. 그게 모든 생물을 위해 생체시계가 하는 일입니다.

마지막으로 우리는 인생에서 어떤 자세로 얼마만큼 어떤 기분으로 뛰는 것이 가장 좋습니까?

모든 것은 다 상대적입니다. 저는 항상 한 번에 한 걸음씩 나아가라고 조언합니다. 한 걸음 한 걸음이 모두 중요해요. 목표를 지나치게 높이 잡는 것은 좋지 못합니다. 분명 크게 실망할 테니까요. 이럴 때 달리기는 좋은 비유가 됩니다. 각자 자신의 수준을 선택할 수 있으니까요.

누구도 이래라저래라 명령할 수 없습니다. 결정은 자신이 하는 것이고 보상은 노력에 비례하니까요. 가끔은 제가 해 낸 일 중 시도하기 전에 과연 할 수 있을지 의심했던 순간이 떠오릅니다. 그러다 나중에 더 안 좋은 시나리오를 깨닫게 되지요. '할 수 있는 것인데 시도하지 않았다면 어떻게 되었을까?'

2022.09.03.

THE GREAT
CONVERSATION+

베른트 하인리히 선생과 인터뷰를 하며 나는 그와 함께 상상 속에서 메인주 숲길을 달렸다. "달리다 보면 인생의 우연과 정직성을 믿게 돼요. 뛰다 보면 종종 최고 기록도 갖게 되고요." 밤 과 결승선과 사냥과 도망치기에 관한 그의 대답은 과학으로 쓴 산문시이면서 동시에 생체시계와 엔트로피에 관한 우화다. 숲 속 현자의 모든 언어가 사랑스러워 언제부턴가 나는 밤의 산책 을 시작했다.

베른트 하인리히

미래학자 **다니엘 핑크**

후회가 우리를 더 인간답게 만듭니다

모든 분야의 학자들은 같은 결론에 도달했어요. "살아간다는 것은 적어도 얼마간의 후회를 쌓는 일이다." '다른 선택을 했더라면'이라는 자책은 우리를 괴롭힙니다. 그러나 놀랍게도 후회는 고도의 두뇌 작용이에요. 그저 감정이 아니라 인간만이 가진 놀라운 인지 능력이죠.

"52년간 살아오면서 가장 후회되는 건 두려움에 떨며 살아왔다는 겁니다. 실패할까 봐, 바보처럼 보일까 봐… 그 결과 내가 하고 싶었던 일들을 많이 하지 못했습니다."(52세 남성, 남아프리카)

"아내에게 키스하지 못했던 것이 계속 후회됩니다. 62년 결혼 생활 동안 너무 바쁘다는 핑계로 그러지 못했는데 아내가 코로나19로 세상을 떠났습니다."(84세 남성, 텍사스)-《후회의 재발견》중에서

'할 수 있는 일인데 시도하지 않았다면 어떻게 되었을까?'라는 베른트 하인리히 선생의 질문을 마음에 품고 다니엘 핑크Daniel Pink의《후회의 재발견》을 읽었다. 동시대 가장 사려 깊은 통찰력을 자랑하는 미래학자가 코로나 이후 인생의 가장 훌륭한 스승으로 '후회'를 지목한 것이 다소 의아했다. 알다시피 후회는 회고적 감정이 아니던가.

책은 에디트 피아프의 노래로 시작한다. 허공을 때리는 밧줄 같은 목소리로 '후회하지 않는다'고 선언하는 노래 〈Non rien de rien〉은 징글징글한 후회의 늪에서 헤매다 나온 나의 오랜 애청곡이었다.

'난 아무것도 후회하지 않아요. 다 대가를 치렀

고, 떠내려 보냈고 잊어버렸어요. 과거는 신경 쓰지 않아요.'

정신을 고양하는 삶의 찬가로 이만한 노래가 어디 있나. '아니, 난 아무것도 후회하지 않아요'라는 뜻의 이 앨범은 100만 장 이상 판매됐지만, 안타깝게도 피아프는 3년 뒤 비참한 모습으로 세상을 떠났다.

다소 과격하지만, 다니엘 핑크는 이 대목에서 '후회하지 않는다는 말은 심리적인 자기 속임수이며 인생을 망치는 헛소리'라고 일갈한다.

'후회 없는 삶'을 모토로 삼은 사람들에겐 정신이 번쩍 들 말이다. 핑크는 전 세계 2만 2,000명의 후회를 수집하고 분석한 역대급 설문조사를 증거로 제시하며 '후회는 유한한 삶을 사는 인간을 이루는 근간'이며, '후회야말로 우리를 더 인간답게 만드는 능력'이라고 결론 내린다.

전 세계 후회 설문조사에는 과거와 미래를 넘나들며 세계 각처에서 날아온 가슴 치는 후회가 가득하다. 타인의 후회를 읽는 것만으로 인생을 다시 살고 싶을 줄이야!

'한 인간을 깊게 알고 싶다면 그에게 후회되는 것을 물어보라'는 이 후회의 선각자를 인터뷰했

다. 근래 그 어떤 인터뷰보다 솔직하고 정확하며
신속한 답신에 뱃속이 두둑해졌다.

후회란 무엇입니까?

삶을 바로잡고 싶어 하는 건강하고 본질적인 충동입니다. 후회는 생계보다는 삶에 대해, 나 자신의 진실에 관해 묻는 출발점이 되지요.

잘 나가는 미래학자와 '후회'는 어울리지 않는 조합이네요. 후회에 관심을 갖게 된 계기가 있나요?

어느 날 문득 인생의 마일리지가 쌓인 시점에 이르렀다는 생각이 들었어요. 그간 적잖은 세월이 쌓였으니 지난 시간을 되돌아보게 되더군요. 돌이켜 보니 행하지 않아 미련이 남은 일들과 실행했지만 후회로 남은 일들, 다르게 했더라면 좋았을 일들이 떠올랐습니다.

다행히 제겐 앞으로 펼쳐질 시간도 있으니 지난 후회에서 교훈을 얻고 더 나은 미래를 만들어 보자 싶더군요. 게다가 제 개인적인 후회를 다른 이들에게 터놓자 놀라운 일이 벌어졌어요. 적극적인 경청과 속 깊은 공감이 이어졌죠. '후회하지 않는다'는 말은 허튼소리였어요. 알고 보면 모두가 후회를 터놓고 얘기하길 원했습니다.

후회의 커밍아웃 과정이 궁금하군요. 전 세계 2만여 명의 사람들이 당신에게 어떤 방식으로 후회를 털어놓았습니까?

먼저 미국인 5,000명의 삶의 태도를 여론조사했고, 이어서 '세계 후회 설문조사'라는 웹사이트_{www.worldregretsurvey.com}를 개설했습니다. 반응이 정말 폭발적이었어요. 109개국에서 2만2,000건이 넘는 후회 사연이 접수됐고, 지금도 속속 도착하고 있습니다.

후회 사연을 읽는 것만으로도 큰 영감을 받는다고 했다.

후회에 관한 유의미한 발견은 무엇이었나요?
사람들은 너무도 다양하게 많은 것을 후회하더군요. 연애, 재정, 가족, 교육 등등. 그 심층구조를 들여다보니 후회는 4가지로 정리됐어요.
첫째, 삶의 안정적 인프라를 만들지 못한 것에 대한 기반성 후회. 둘째, 성장을 위해 위험을 감수하지 않은 대담성 후회. 셋째, 양심적이지 못한 일에 대한 도덕성 후회. 넷째, 더 사랑하고 손 내밀지 못한 관계성 후회입니다.

설문에 따르면 사람들은 대체로 행동한 것보다 행동하지 않은 것에 대해 더 많이 후회했다.

하지 않은 일을 더 많이 후회하는 이유는 무엇인가요?
(미소 지으며)이미 한 행동에 대한 후회는 선택지가 있어요.

괴롭혔던 사람에게 사과할 수도 있고, 흉한 문신은 지울 수도 있죠. 차선책으로 해석을 달리할 수도 있어요. 가령 "그 사람이랑 결혼한 건 후회하지만 '적어도' 예쁜 두 아이를 얻었잖아"처럼요. 하지만 무행동에 대한 후회는 다른 선택지가 없어요. 나이 들수록 우리가 괴로워하는 것도 그 때문이고요. 대부분 무행동에 대한 후회는 후회의 심층구조에서 가장 큰 비중을 차지하는 '대담성 후회'와 '관계성 후회'로 나타났습니다.

사람들의 후회 내용은 성별과 나이, 학력, 소득에 따라 어떻게 달라졌나요?

소득이 낮을수록 재정에 관련된 후회가 많았고, 소득이 높을수록 경력과 직업에 대한 후회가 높았어요. 교육에 대한 후회는 대학을 다녔지만 졸업하지 않은 사람들에게 나타났습니다. 평균적으로 남성들은 직업적 기회를, 여성들은 관계의 기회를 중시해서 그에 대한 후회가 뒤따르더군요.

늙어감에 따라 교육, 건강, 경력에 대한 후회가 적어지고, 가족에 대한 후회가 더 커졌어요. 공통적으로는 나이가 들면서 행동하지 않은 것에 대한 후회가 우세했어요. 50세에는 행동하지 않은 것에 대한 후회가 행동에 대한 후회보다 두 배나 많았습니다.

모든 분야의 학자들은
같은 결론에 도달했어요.
"살아간다는 것은 적어도
얼마간의 후회를 쌓는 일이다."

최근 슬픔이나 고통 등 부정적인 감정도 중요하다는 것이 심리학의 트렌드로 보입니다. 후회는 다른 부정적인 감정들과는 어떻게 다른지요?

1948년 사회과학자 수전 시마노프가 허가를 받아 결혼한 부부들의 일상적인 대화를 녹음했어요. 녹취 분석 결과 사랑 다음으로 자주 언급되는 단어는 후회뿐이었죠. 2008년 사회학자 콜린 새퍼리 등이 삶에서 가장 널리 퍼져 있는 부정적인 감정을 조사했을 때도 참가자들이 가장 많이 경험한 감정, 가치 있게 생각하는 감정 역시 후회였습니다. 모든 분야의 학자들은 같은 결론에 도달했어요.

"살아간다는 것은 적어도 얼마간의 후회를 쌓는 일이다."

'다른 선택을 했더라면'이라는 자책은 우리를 괴롭힙니다. 그러나 놀랍게도 후회는 고도의 두뇌 작용이에요. 그저 감정이 아니라 인간만이 가진 놀라운 인지 능력이죠.

인지적으로 문제가 있으면 후회를 느끼지 못하나요?

그렇습니다. 후회는 사고력이에요. 성인이 후회를 느끼지 못한다면 심각한 문제 신호입니다. 예를 들어 어린아이나 조현병, 파킨슨병 등을 앓는 환자는 후회를 이해하지 못해요.

다니엘 핑크는 후회의 프로세스를 인간만이 가진 시간 여행 능력과 스토리텔링 능력으로 설명했다.

후회의 뚜껑을 열어보면 그 동력은 스토리텔링입니다. 우리는 머릿속 타임머신에 올라타 과거로 거슬러 올라갈 수 있어요. 그리고 그 과거의 이야기를 고쳐 씁니다. 다른 결정을 내렸다면 어땠을지 상상하는 것이지요. 과거를 바꿨으니 현재의 이야기도 바뀔 수밖에요. 참으로 신통한 재주죠!

'성공적인 후회'는 우리의 내러티브 능력에 달려 있다고 했다.

내러티브 능력이 왜 중요하지요?

심리학자 댄 맥아담스에 의하면 우리는 이야기로 정체성을 형성합니다. 이때 오염 서사와 구원 서사, 두 가지 전통 서사가 우위를 차지하기 위해 다투죠. 정체성이 오염 서사에 뿌리를 둔 사람은 삶에 만족하지 못하는 반면, 구원 서사에 뿌리를 둔 사람은 의미 있는 성취를 이뤄냅니다. 그래서 자신의 인생을 이야기할 때 '구원 서사'로 묘사하는 건 큰 도움이 됩니다. 구원 서사 속에서는 전화위복을 맞이할 수 있으니까요.

구원 서사의 엔진이 후회라고 했다.

하지만 건강하게 후회하는 건 쉽지 않아요. 우울한 감정이 함께 덮치면 늪에 빠진 것 같죠. 현실이 그렇기에 에디

트 피아프의 '후회하지 않아'라는 노래에 사람들이 그토록 열광한 게 아닐까요?

피아프는 후회하지 않는다고 열창한 노래로 유명해졌지만, 안타깝게도 후회에 사로잡힌 채 비참한 파산자가 되어 젊은 나이에 세상을 등지고 말았어요. 그 일화는 사람들이 공공연히 내세우는 후회에 대한 인식과 실제 현실 간의 괴리를 적확하게 보여줍니다.

인정하고 싶지 않지만 우리가 착각하는 게 있어요. 인간의 목적이 기쁨을 느끼는 것이라는 거죠. 천만에요. 인간의 목적은 생존입니다. 후회는 적응력이 뛰어납니다. 우리가 하루빨리 자기 기만에서 벗어날수록 배우고 성장할 수 있어요.

후회는 실망과 어떻게 다른가요?

자신이 통제할 수 없는 결과에 대해 느끼는 감정이 실망이라면, 후회의 화살은 통제할 수 있었던 '내 잘못'을 향합니다. 예를 들어 지금 워싱턴에 비가 내린다는 사실은 후회할 수 없어요. 날씨는 제 권한이 아니니까요. 하지만 우산을 쓰고 다니는 사람들을 보면 대책 없이 나온 내 결정에 후회가 되겠지요. 후회의 한가운데엔 비교와 자기 비난이 있어요.

그런 맥락에서 올림픽 1, 2, 3위 메달리스트들의 표정 관

**찰이 흥미로웠어요. 아슬아슬하게 순위를 다투며 후회의
메커니즘에 자주 노출되는 운동선수들에게서 어떤 통찰
을 얻을 수 있나요?**

언급하신 연구에 담긴 핵심 통찰은 동메달리스트가 은메달
리스트보다 대체로 더 행복해하더라는 겁니다. 왜냐? 동메
달리스트는 하향식 비교를 하기 때문이죠. '나는 적어도 4위
선수처럼 메달권에 못 들진 않았어'라고요. 반면 은메달리
스트는 상향식 비교를 합니다. '더 빠르게 페달을 밟았더라
면 금메달을 땄을 텐데.' '적어도'는 위로를 주지만 '했더라
면'은 기분을 나쁘게 만듭니다.

반대 측면도 의미심장하죠. 이후 근소한 차이로 1위를 놓친
'했더라면' 그룹은 안도감에 젖었던 '적어도' 그룹보다 체계
적으로 더 나은 성과를 냈어요. 좌절을 겪은 경험이 추진력
이 된 겁니다. 감정적인 후회는 우리를 고통의 방에 가두지
만, 생각의 영역으로 옮겨진 후회는 행동을 고양했어요.

**후회의 기술을 잘 사용한 대표적인 유명인으로 누구를 꼽
으십니까?**

알프레드 노벨과 제프 베조스입니다. 노벨은 다이너마이트
공장을 세워 백만장자가 됐지만 자신의 미래를 본 후 후회
를 바로잡았습니다. '죽음의 상인이 죽었다'라는 잘못 나간
부고 뉴스를 읽고 노벨상을 만드는 데 재산을 전부 기부했

어요.

제프 베조스도 "그 일을 하지 않으면 미래에 후회하게 될까?"라는 질문을 던져서 일과 삶에 접근했어요. 80세 미래로 가본 그는 대담성 후회를 예상했고, 그것을 최소화하려는 소망을 현재 행동의 원동력으로 삼았어요. 이른바 '후회 최소화 프레임워크'로 아마존을 세우고 워싱턴포스트를 샀지요.

그러나 보통 사람이 미래로 가서 후회를 예측하는 것은 어렵습니다. 제 경험으로 보면 부정적 상상으로 현재가 위축될 소지도 크고요.

맞아요. 보통의 우리가 '모든' 후회를 가정하고 최소화하려 든다면 뇌는 무언가를 하기보다 노력이 덜 드는 '현상 유지' 방식을 택합니다. 연구 결과, 후회 회피는 종종 결정 회피로 이어졌어요. 후회에 너무 집착하면 그대로 얼어붙어 결정하지 않기로 결정할 수 있다는 거죠.

예를 들어 시험에서 답을 고쳤을 경우와 그대로 두었을 경우, 답을 바꾼 학생들의 점수가 올라갔습니다. 하지만 오랫동안 '최초 직감을 고수하고 답을 바꾸지 말라'는 통념이 더 지배적이었어요. 고쳐서 틀릴 반대의 경우를 상상하면 심적으로 더 고통스럽거든요.

그는 후회를 최소화하는 것과 위험을 최소화하는 것은 다르다고 했다. 핵심은 후회의 최소화가 아니라 최적화다.

평생 무수히 많은 결정을 내리는 만큼 빈틈없이 완벽한 결정을 내리는 건 불가능해요. 관건은 '올바른 후회'를 최소화하는 거죠. 그게 바로 후회의 최적화입니다.

후회의 최적화는 정확히 어떤 상태를 말합니까?

말씀드렸듯이 연구를 통해 4가지 범주의 후회가 중요하다는 걸 알았어요. 첫째, 안정적인 기반을 다지지 못한 것(기반성 후회), 둘째, 배우고 성장할 수 있었던 합당한 기회를 붙잡지 못한 것(대담성 후회), 셋째, 옳은 행동을 하지 못한 것(도덕성 후회), 넷째, 사람들과 가까이 지내지 못한 것(관계성 후회).

훗날 뼈저리게 통탄하게 될 4가지 핵심 후회는 최소화하는 데 힘쓰되, 그 외의 일들에 대해서는 너무 신경 쓰지 마세요. '적당히 만족스러운 결정'을 내리는 것으로 족합니다. 그러면 행복해질 거예요.

그는 후회 최적화 프레임을 위해 대부분의 결정에 만족하는 태도가 중요하다고 여러 번 강조했다.

만족하는 태도가 왜 그렇게 중요한가요?

실제로 대부분의 결정은 당신이 상상하는 것만큼 인생에 그

다지 영향을 미치지 않아요. 기대 수준을 조정하고, 다음 기회에 더 나은 선택을 통해 만회도 가능하지요. 왜 그 이상한 식당을 선택했는지, 왜 이 셔츠를 사기로 했는지 1년 후엔 기억조차 안 날 거예요. 오히려 모든 선택에서 최고의 쾌락을 찾고 자신의 통제감을 높이고자 하는 것은 오만입니다. 후회에 집착하는 사람만큼이나 행복에 너무 집착하는 사람은 그렇지 않은 사람보다 삶에 대한 만족도가 낮습니다.

내 후회의 심층구조를 파악하는 것이 삶의 방향에 지대한 영향을 미칩니까?

그럼요. 살면서 가장 후회하는 일이 뭔지 적어보면 내가 가장 중시하는 게 무엇인지도 알게 됩니다. 후회의 심층구조는 행복한 삶의 정반대를 보여주고 있어요. 4가지 후회는 함께 작동합니다

안정과 기회, 윤리와 사랑… 후회를 구성하는 이 '4가지 메커니즘'은 팽팽하게 균형을 이루어야 할 항목이 아니라 스튜(한국의 '찌개' 말입니다!)의 재료처럼 감칠맛을 돋워주고 서로의 풍미를 더해주는 요소지요.

생각해 보면 저는 말씀하신 4가지 핵심 후회 중 대담성 후회와 관계성 후회가 크더군요. 직장에 안주해 살았던 많은 사람이 중년이 되어 '그렇게 살지 않았다면 더 많은

경험을 누렸을 텐데'라고 후회한다는 부분에 마음이 찔렸
어요.

'자신에게 진실하지 못했다'고 아쉬워하죠. 여행했더라면,
사업을 시작했더라면, 더 많이 연애했더라면… 돌아보니 의
무만 있고 기회가 없는 인생이었다면 그건 억제된 삶입니
다. 반면 기회만 있고 의무를 다하지 않은 삶은 공허하죠. 기
회와 의무가 융합된 삶이 참된 삶이에요.

그러나 저 또한 4가지 후회를 모두 갖고 있습니다. 기반성
후회가 가장 적지만 나머지 3가지 후회, 즉 위험을 좀 더 감
수하지 못했던 것, 좀 더 고결하게 행동하지 못했던 것, 타인
에게 다가가지 못했던 것에 대해서는 크게 후회하고 있습니
다. 그래서 이 후회들에 잘 대처하려고 합니다.

존경받는 지혜자인 다니엘 핑크조차 인생의 여러 범주에서 '후
회하고 있고 개선하고 싶어 한다'는 사실이 왠지 위로가 되었다.

한편 성실의 범주인 기반성 후회가 뒤늦게 시작된다는 것
도 놀라웠어요.

먹고, 운동하고, 공부하고, 저축하는 것과 같은 일상의 선택
들은 시간이 지남에 따라 폭발적인 이익 또는 해악을 낳죠.
단 한 번의 결정이 격변을 일으키는 게 아니에요. 삶의 기반
이 약하다는 사실을 인식하는 데는 시간이 걸립니다.

다니엘 핑크

헤밍웨이의 소설 《태양은 다시 떠오른다》에는 파산에 관한 대화가 나옵니다.

"어쩌다 파산했나?"

"두 가지 방법으로. 점진적으로, 그리고 갑자기."

건강, 교육, 재정적 실수는 즉각적으로 결과를 가져오지 않아요. 서서히, 그리고 갑자기 닥치죠. 그러나 이런 후회에도 해결책이 있어요. '나무를 심기에 가장 좋은 시기는 20년 전이었다. 두 번째로 좋은 시기는 바로 오늘이다'라는 말을 잊지 마세요.

수많은 후회를 읽으면서 선생 자신은 어떤 변화를 겪었습니까?

대부분의 후회는 이해하게 됐지만, 그렇다고 아주 사라진 건 아닙니다. 저는 친절하지 못했던 걸 후회하면서 정을 베풀 줄 아는 사람이 되려고 노력하고 있어요. 관계성 후회를 접하면서 제 행동에도 변화가 생겼어요. 예전에는 어색하다는 이유로 주변 사람들에게 잘 다가가지 못했어요. 상대방도 개의치 않을 거라 생각했고요. 제 생각이 틀렸어요. 언제고 상대에게 먼저 다가가는 것이 답입니다.

문득 궁금합니다. 전 세계 2만 2,000명에 달하는 사람들이 생면부지인 당신에게 왜 자신의 후회를 열정적으로 털

어놓았을까요?

글이나 말로 후회를 털어놓으면 마음의 짐이 줄어들어요. 친구에게 혹은 녹음기나 일기장에 15분만 후회를 표현해도 삶의 만족도가 치솟습니다.

중요한 역할을 하는 건 언어예요. 감정은 추상적이에요. 반면 언어로 털어놓거나 기록하면 통제할 수 있는 구체적인 어휘로 바뀌고, 위압감에 덜 사로잡힙니다. 후회 프로젝트에 참여해서 후회를 노출하고 다른 사람의 후회를 읽는 것도 큰 도움이 되겠지요.

후회를 노출하면 약점을 잡힌다는 생각은 괜한 걱정일까요?

임상 결과 사람들은 허점을 노출하는 상대에게 친밀감을 느끼고 그 용기를 높이 샀어요. '후회 모임'을 만들어서 '올해 후회를 새해 결심과 짝짓는 것'도 방법입니다. 작은 것부터 시작하세요. 새해 결심도 산더미 같은 후회가 아니라 딱 한 가지 후회에서 시작하면 좋아요.

마지막으로 과거와 미래를 질주하는 상상력 넘치는 한국인들을 위해 인생에 풍미를 더해가는 '후회 사용 팁'을 부탁합니다.

첫째, 사람은 누구나 후회하게 마련이라는 사실을 이해하세요. 둘째, 후회하는 자신을 경멸하지 말고 친절하게 대하세

다니엘 핑크

요. 셋째, 신뢰하는 두세 사람과 팀을 이뤄서 정기적으로 후회로부터 교훈을 이끌어 내세요.

미래의 후회에 대해서라면, 거듭 말하지만 대부분의 결정에는 진을 빼지 마세요. 그보다는 실행하지 못한 것, 기회를 붙잡지 못한 것, 옳은 일을 하지 못한 것, 여러분이 아끼는 사람에게 가까이 다가가지 못한 것을 후회하는 일이 없도록 노력하세요.

2022.10.08.

THE GREAT
CONVERSATION +

코로나바이러스가 활개를 치던 2022년 여름, 나는 빌 게이츠 단독 인터뷰를 정리하며 극도의 자긍심과 무거운 책임감을 느꼈다. 그러던 중 과로와 코로나가 동시에 겹쳐 책상 앞에서 사경을 헤맸다. 일이 보람을 준다는 건 분명하지만, 어느 순간 내가 좋아하는 이 일을 잘 해내지 못한다는 불안과 혼란이 내 영혼을 불태웠다. '번아웃'이었다. 밧줄을 잡듯 친구가 소개해 준 정신과 의사에게 상담을 받고, 처방받은 약을 먹으며 그해 여름을 보냈다. 그때 나는 느꼈다. 좋아하는 일을 더 건강하게 하기 위해선 새로운 길을 떠나야 한다는 것을.

아웃사이더, 경계인이라는 지정학적 정체성에도 불구하고, 오랫동안 조직에 길든 50대 회사 인간이, 그것도 늦둥이 초등학생 아이 둘을 둔 가장이 정년이 보장된 직장을 그만두는 결정을 내리는 것은 쉽지 않았다. 무엇보다 나이 들어 후회할 일을 저지르고 가슴을 칠까 봐 그게 두려웠다. 그런 나에게 선물처럼 다니엘 핑크가 나타났고, 그와의 인터뷰는 나에게 전신갑주의 언어로 다가왔다.

인생은 얼마간의 후회를 쌓는 일이다. 우리 몸은 후회의 저장소다. 후회가 두려워 결정을 피할수록 인생의 무대에서는 아무 일도 벌어지지 않는다.

결정적으로 전 세계 후회 프로젝트에 임한 2만여 명 중 많은 사람들이 '직장을 그만두지 않은 것을 후회한다'는 사실을 접하고 나는 성장과 모험의 길을 떠나기로 결심했다. 더 대담한 생으로, 더 친절한 생으로… 후회를 최적화하는 삶으로 안내해 준 다니엘 핑크에게 감사한다.

심리학 교수 **폴 블룸**　고난은
충실한 인생을 위한
귀한 재료입니다

안타깝지만 인간은 행복하도록 만들어지지 않았습니다. 팩트는 우리가 환희와 쾌락 속에 머물지 않고 고통을 통해 더 개선되게 하는 것이 진화의 본질이라는 거죠. 다소 암울한 이 진실을 받아들이면 담담한 희망의 여정이 시작될 겁니다.

알고 보면 우리는 모두 인생이라는 재난 영화의 주인공이다. 여러분처럼 나도 따끈한 목욕물, 여름날의 수영장 같은 안락한 일상에 머물길 원했지만 삶은 늘 그렇듯 굽이치는 파도와 비바람 앞으로 우리를 안내한다. 예일대학교 심리학 교수 폴 블룸Paul Bloom이 쓴 《최선의 고통》은 우리의 예상과는 달리 바로 그 최전선의 고난에 몸을 던지는 것이 인간의 본성이라는 것을 설득력 있게 가르치는 책이다. 내가 못나거나 불운해서가 아니라 더 진실하고 의미 있는 시간을 추구하는 인생 여정에서 고통은 수반될 수밖에 없다는 것.

이 마조히스트의 심리학자는 구약의 욥이 현대의 고난전문가로 환생한 것 같은 치밀하고도 극적인 리포트로 '인생의 베이스는 고통'이라는 사실을 설파한다. 예컨대 그가 '행복한 삶이라는 환상'을 깨는 방식은 매우 다이내믹하다. 우리의 뇌는 쾌락만큼이나 고통을 환대하며, 우리의 본성은 안락한 감각만큼 의미 있는 성장을 추구한다는 것. 고난의 기쁨조차 인지 오류가 아니라 고통과 쾌락의 레시피가 알맞게 조절되었을 때 따라오는 우리 육체의 정상 반응이라는 것. 그가 집중한 것은 이런 것들이다.

'인간은 왜 자발적으로 고난에 뛰어드는가.'

'우리는 정녕 고난을 겪어도 파괴되지 않는가.'

고난과 인간의 애착 관계를 치열하게 통찰한 폴 블룸을 인터뷰했다. 전작 《공감의 배신》으로 국내에 잘 알려진 폴 블룸은 언어심리학 분야의 세계적인 권위자로 현재 예일대학교 심리학과 교수로 재직 중이다. 그는 《최선의 고통》에서 피와 시체에 탐닉하는 잔혹성 쾌락부터 운동 후에 마시는 맥주까지 통증과 행복의 역설적 결합을 총망라한 후 '인생은 가치 있는 만큼 고통스럽다'는 결론을 이끌어 냈다.

단도직입적으로 묻죠. 고난이 뭔가요?

평소에 피하고 싶은 모든 경험을 저는 '고난'이라고 부릅니다.

저를 비롯한 많은 사람이 '내 인생은 고난의 연속'이라고 불평합니다. 당신은 왜 그런 고난에 흥미를 느꼈나요?

쾌락의 욕구는 뻔합니다. 음식과 섹스를 즐기고 안전하고 사랑받고 존경받는 기분을 누리고 싶은 상태죠. 반면 고난은 다채롭고 흥미로워요. 매운 음식을 먹거나 가학 피학적 성적 취향에 빠지거나 끔찍한 공포 영화를 보러 가는 것, 자발적으로 추구하는 이런 불편한 감각을 저는 '고난의 쾌락The Pleasures of Suffering'이라고 부릅니다.

하지만 인간은 쾌락이 없는 고생도 기꺼이 선택합니다. 창업, 등산, 전쟁 참전, 육아 등등. 이 경험이 즐거움보다 위험과 모험, 고생을 더 요구한다는 것을 알면서도, 우리는 이런 과정에 몰입합니다.

인간이 자발적으로 고난을 수집한다는 건가요?

그렇습니다. 이제까지 많은 이들은 착각했어요. 인간이 본래 안락만 좇는 타고난 쾌락주의자라고요. 아닙니다. 의외로 인간에게는 고통과 괴로움에 대한 갈망이 있어요. 마음을 흔드는 더 깊은 목표지에 기울면 자발적으로 크고 작은 고통에 뛰어들고 감내합니다. 우리 뇌는 고통과 쾌락의 최

폴 블룸

인생이 잘 흘러갈 때
우리는 스스로 얼마나 취약한지 잊고 살죠.
그러다 피할 수 없는 고난을 만나면
깨지고 재조립되면서 세계가 확장됩니다.

적점인 '스위트 스팟sweet spot'을 찾으려고 하죠.

고난의 어떤 면이 그렇게 매력적인가요?

인간은 권태를 극복하기 위해 다양한 모험을 시도합니다. 결정적으로 인생이 잘 흘러갈 때 우리는 스스로 얼마나 취약한지 잊고 살죠. 그러다 피할 수 없는 고난을 만나면 깨지고 재조립되면서 세계가 확장됩니다.

제 주장은 이렇습니다. 첫째, 특정 유형의 선택적 고난은 기쁨의 근원이 될 수 있습니다. 둘째, 잘 극복해 낸 삶은 쾌락적 삶보다 많은 의미를 지닙니다.

한국의 103세 철학자 김형석 교수가 한 말이 생각납니다. '긴 세월을 살아보니 사랑이 있는 고생이 가장 큰 행복이었다.' 동의하는지요?

너무 있는 그대로 받아들여서는 안 되겠지만, 정말 아름다운 말이군요!

책에는 《빅터 프랭클의 죽음의 수용소에서》가 중요하게 다뤄지더군요. 빅터 프랭클에게서 어떤 영감을 받았나요?

빅터 프랭클의 인생 전반이 다 제게 큰 영향을 미쳤어요. 프랭클은 1930년대 빈에서 정신과 의사로 우울증과 자살을 연구

　　　　　　　　　　　　　　　폴 블룸

하던 중 수용소로 끌려갑니다. 수용소에서도 동료 수감자를 관찰하며 긍정적인 태도를 유지하는 사람과 모든 의욕을 잃고 자살하는 사람은 어떤 차이가 있는지 연구를 계속했어요. 그는 '의미'가 답이라는 결론을 내렸습니다. 살아남을 절호의 기회를 잡은 사람들은 더 넓은 삶의 목적이 있는 사람들이었습니다. 프랭클 자신도 부모와 아내를 다 잃고도, 수용소에서 나와 삶을 재건했고 재혼해서 손주까지 봤어요.

나중에 프랭클은 "살아야 할 '이유'가 있는 사람들은 거의 모든 어려움도 견딜 수 있다"는 니체의 말을 의역해서 적었습니다. 이 말이 제 연구 전반을 관통하고 있습니다.

우문입니다만, 불운을 감지해서 잘 피해온 사람과 고난을 의연하게 헤쳐 온 사람 중 누구에게 더 많이 배울 수 있나요?

제 연구의 범주를 벗어났네요. 제 관심사는 우리가 자처한 고난입니다. 덧붙이자면, 고난을 겪은 후 이렇다 할 전리품이 없더라도 그 과정을 지나온 인내 그 자체는 명예가 됩니다. 타인의 고통을 이해하고 선악을 분별하는 능력이 생기지요.

과감하게 고난에 뛰어드는 사람도 있고, 원치 않지만 고난을 자주 당하는 사람도 있습니다. 저는 둘 다입니다. 겁

이 많지만 위험에 뛰어드는 모순적 성격이라 평안을 원해도 드라마틱한 삶을 살죠. 그것은 기질과 관련이 있나요? 아니면 고난에서 교훈을 얻는 능력의 부재인가요?

재밌는 질문이네요! 하지만 조심스럽습니다. 당신의 성격이나 기질에 대해 뭐라고 말할 만큼 잘 알지는 못하니까요.

당신은 고난과 관련해서 어떤 기질입니까?

지적인 면에서 위험을 감수하는 사람입니다. 색다른 문제를 찾아보기를 좋아하고 오랫동안 가만히 있으면 조급해지죠. 하지만 사생활에서는 아주 안정적인 편입니다.

영화 〈빅쇼트〉에서 주인공을 표현하는 대사처럼 '불행할 때 행복한 사람'이 있습니다. 이런 부류를 종종 만납니까?

심리학자로서 저는 그런 사람들을 많이 만납니다. 더 정확하게 표현하면 어렵고 도전적인 삶에서 성취감을 느끼는 사람들이죠.

적절한 도전이 쾌와 불쾌의 균형을 맞추기 때문인가요?

네. 자세히 들여다보면 진정한 만족은 쾌락과 역경 사이에 있는 적절한 균형점에서 옵니다. 배가 고플 때 음식이 더없이 맛있고, 고생한 후에 담근 목욕물에서 삶 자체가 아름답

폴 블룸

게 느껴지지 않던가요?

더불어 그는 인간은 고난을 감수해서 미래에 소비하고 싶어 하는 경향이 있다고 했다.

여행 선택지 실험을 해보면 사람들은 환승 공항에서 기다리며 쇼핑하는 것보다 추운 날씨에 시내를 구경하는 것을 더 많이 선택한다. 플로리다에 있는 체인 호텔보다 퀘벡에 있는 아이스 호텔을 더 많이 원한다는 것. '편안하고 즐거운 경험'보다 '힘들지만 추억에 남는 경험'이 더 우세하다는 건 의미심장하다. 뇌가 쾌락만큼이나 의미를 추구한다는 것이다.

제 주위를 돌아보면 베이비부머 등 윗세대들은 고난의 가치를 주장하는 반면, MZ세대들은 워라밸을 비롯해서 더 많은 안락을 추구하더군요. 세대별로 고난에 대한 태도가 달라지나요?

흥미로운 질문이군요. 사람들이 고난의 가치를 어떻게 생각하는지는 사회와 세대 간에 많은 차이가 있습니다. 그에 대한 제 의견은 있지만, 왜 어떤 사람은 고난의 가치를 알고 다른 사람은 그렇지 못한지에 대한 정확한 이론은 없습니다.

추측해 보면 직선적인 성장사회를 살면서 고생에 대한 장기적 피드백을 받은 베이비부머와는 달리, MZ세대는 변

동성이 큰 저성장 사회를 살아가면서 고난의 주기도 단기 프로젝트에 맞춰져 있지 않나 싶습니다. 그런 맥락에서 당신의 말한 '선택적 고난'은 어쩌면 우리가 '과잉의 시대'를 살아가기 때문에 더 필요하다고 이해해도 될까요?

질문을 살짝 비틀어 보지요. 지금 시대는 과거보다 훨씬 진보했나요? 사람들은 더 행복해졌나요? 스티븐 핑커가 《지금 다시 계몽》에서 풍부한 데이터로 언급한 대로 과거보다 나아졌지만, 그렇다고 인간 개개인이 괜찮은 세상이라고 느낀다는 것은 아니죠. 게다가 앞으로는 기후 변화 때문에 더 어려워질지도 모른다는 불안도 강합니다.

생활 여건의 개선은 분명 행복에 기여해요. 그러나 미국은 부유한 나라인데도 2000년 이후 자살률이 30퍼센트 급증했습니다. 《두 번째 산》을 쓴 데이비드 브룩스는 미국이 안고 있는 핵심 문제를 '의미의 위기'로 봅니다. 현대 세계가 과거에 비해 뚜렷한 목적이 없어서 불행한지는 확신할 수 없지만, 저는 의미 있는 (고생을 수반하는) 프로젝트가 불행에 대한 치료제가 될 수 있다고는 생각해요.

저는 분쟁과 가난이 있는 아프리카 등 극빈국의 국민이 행복 지수는 낮지만 '내 삶이 의미 있다고 생각한다'는 의미 지수가 높다는 데이터가 흥미롭더군요.

고통과 의미 사이의 관계는 그만큼 긴밀합니다. 가난한 나

폴 블룸

라 사람일수록 자기 삶이 중요한 목적을 지니고 있다고 말할 가능성이 높았어요. 빈곤은 단기적 행복을 앗아가기 때문에 장기적이고 고귀한 목적을 추구하게 됩니다. 반면 안락한 환경의 국민들은 '목적의식 결여'라는 우울함에 처할 수 있지요.

미국에서 부흥한 긍정심리학의 부작용은 뭐라고 생각하세요?

'인간의 욕구를 쾌락으로 한정한다는 것' 바로 그 자체죠. 저는 인간은 여러 욕구를 지니고 있다고 생각해요. 성적 만족, 배고픔의 충족 등의 쾌락적 욕구와 산에 오르고 공동체에 봉사하고 부모가 되는 것 등의 의미 지향적인 욕구. 두 가지 다 우리의 욕구입니다. 물론 단기적으로는 쾌락을 원해요. 나중에 먹을 두 개의 마시멜로보다 지금 먹을 수 있는 한 개의 마시멜로를 원합니다. 하지만 다양한 선택지를 준다면 인간은 지금 당장이나 먼 훗날이 아닌, 약간 미룬 후를 택합니다. 지연 후 맛보는 보상의 쾌감이 더 극적이니까요.

요는 인간은 더 다양한 동기로 움직인다는 거죠. 무엇이든 원하는 것을 가질 수 있을 때도 종종 끔찍한 세상을 찾아 나섭니다. 타인이 겪는 고통에서 기쁨을 맛보기도 하고, 직접 경험하는 고통을 즐기기도 해요. 매우 복합적인 존재예요. 쾌락만을 추구했다면 '매트릭스'에서 살았겠지요.

직접 연구해 보니, 사람들은 왜 굳이 힘들게 산을 오르고 아이를 낳아 기르던가요?

애착은 삶의 질이 하락하는 상황을 압도합니다. 현실은 '일하는 것보다 육아가 더 피로하다'고 느껴도, 뇌의 기억은 아이로 인해 얻은 기쁨을 더 강렬하게 재생하기 때문이죠. 조사 결과, 자녀를 돌보는 데 더 오랜 시간을 들이는 사람일수록 자기 삶이 더 행복하지는 않더라도 더 의미 있다고 답했어요. 작가인 제이다 스미스는 아이를 키우는 일을 '공포와 고통 그리고 기쁨의 기묘한 혼합'이라고 묘사했죠.

등반에서도 감각적 쾌락은 고려 대상이 아니었어요. 산악 등반에 관한 보고서를 보면 고통의 연속이죠. 가혹한 추위, 탈진, 고통, 배고픔… 그들에게 동기를 부여하는 다른 요소는 자기 능력에 대한 호기심입니다. 정상이 가까워지면 욕구가 압도적으로 커져서 귀환을 거부해 사고가 나기도 하죠. 인간은 끝내 어떤 산이든 오르려는 욕구를 지닌 존재였어요.

하지만 노력은 역시나 고통스럽습니다. 우리의 에너지가 한정적이기 때문이겠지요?

글쎄요. 힘들다는 느낌은 다른 곳에서 할 수 있는 더 나은 일이 있다는 신호예요. 노력에 따른 피로는 다른 기회를 놓칠지도 모른다는 불안에 대한 신경 반응이지요. 결과적으로 원하는 만큼 오래 정신적 작용을 하지 못하는 이유는 유한

폴 블룸

한 자원이 소진되어서가 아니라, 시간이 지나면서 다른 활동의 가치가 높아지기 때문입니다. 똑똑한 진화가 우리가 휴식을 취하고 다른 일을 하도록 유도하는 거죠.

노력을 비교적 오래 쉽게 유지할 방법이 있을까요?

과제를 놀이나 게임으로 볼 때 노력이 즐거워집니다. 톰 소여가 친구들에게 담장을 칠하는 노동을 놀이로 만든 것처럼요. 사실 쾌락의 핵심에는 고생이 있습니다. 밀키트나 조립 가구처럼 사람들은 자기 노동이 가미된 경험을 선호하죠. 노력 자체가 쾌락의 원천이 되는 절정은 '일하는 게 아니라 노는 거라고 말하는' 성공한 사람들에게서 흔히 찾아볼 수 있어요.

여기서 '몰입' 개념이 나옵니다. 힘이 드는데도 힘든 줄 모르고 집중하는 몰입이야말로 쾌락과 노력의 합일이 일어나는 상황인데요. 칙센트 미하이는 《몰입》에서 '자기목적적 성향'을 가진 사람들에 대해 이야기합니다. 그들은 어떤 일을 그 자체로 즐기며 외적 목표를 좇지 않아요. 호기심, 끈기 등 '낮은 자기중심성'이 특징이죠.

일반인에게 몰입 경험은 대개 즉각적인 피드백과 명확한 목표가 주어졌을 때 나옵니다. 너무 쉬운 것(지루해짐)과 너무 어려운 것(스트레스와 불안) 사이에 딱 적절한 정도의 도전이 몰입을 일으킬 수 있어요.

때때로 성격 급한 부모가 실패와 역경을 미리 제거해 줘서 아이가 정상적인 인내를 배우지 못하고 있지는 않은지 걱정도 됩니다.

어떤 우려인지는 알겠습니다. 그러나 보살핌을 잘 받고 자랐다고 해도 성장 그 자체에는 많은 어려움이 있습니다. 부모가 아이의 삶에서 고난을 없앤다는 것은 불가능해요. 간섭이 너무 지나친 게 아니라면 염려할 필요 없습니다.

고난의 기원에 대해 이야기해 볼까요. 기독교에서는 인간의 원죄로 에덴에서 추방돼 출산과 노동의 '고난의 행군'이 시작됐다고 합니다. 이 죄의 문제를 해결한 '예수의 고난'을 가장 고귀한 희생으로 보지요. 겉으로 보면 육체의 고난이지만 핵심은 '단절'이라는 심리적 고난입니다. 고난과 종교의 밀접성을 어떻게 보시나요?

종교가 하는 많은 일 중 하나가 원치 않은 고난, 즉 우리가 청하지도 않은 끔찍한 일을 겪는 데 의미를 부여하는 거죠. 그러나 저는 종교적 서사를 믿지는 않습니다.

한편 과학자들은 죽음이나 슬픔 등에서 뇌가 의미를 찾으려는 노력을 부정합니다. 우주의 물리법칙에는 아무런 의미가 없으니 과도한 의미 찾기를 중단하라고요.

우주의 기원 이론은 몰라도 되지만 고난의 의미를 이해할

폴 블룸

필요성은 있습니다. 우리는 고난이 헛되지 않았다고 믿고 싶어 하죠. 존 로버츠 대법관은 2017년 졸업 연설에서 우리가 선택하지 않은 고난조차 의미가 있다는 근거로 이렇게 말했어요.

"여러분이 외롭기를 바랍니다. 그래야 친구를 당연하게 여기지 않을 테니까요. 가끔 불운하기를 바랍니다. 그래야 삶에서 운의 역할을 인식하고 여러분의 성공이 전적으로 마땅한 것이 아니며, 타인의 실패가 전적으로 마땅하지 않다는 사실을 이해할 테니까요."

로버츠 대법관의 말대로 고난은 객관적 관점을 부여하고 공감 능력을 촉진하죠. 건강한 심리적 기능을 얻는 핵심 수단은 적절한 고난에 노출되는 것입니다. 저는 '가치 있는 만큼 고통스럽다'라는 제이다 스미스의 인용문을 좋아해요. '고통의 도덕적인 중요성'을 아름답게 드러내거든요.

하지만 저는 '타인의 고통'을 즐기는 엽기적 관음증 또한 뇌의 쾌락의 일부라는 사실을 알고 나니 혼란스럽더군요. 재난 현장에 타인을 구하기 위해 뛰어들 때 아드레날린이 솟구치는 것만큼 구경하고자 하는 욕구도 신경학적으로 인간 본성의 일부예요. 우리가 그런 양극의 모순을 지닌 존재라는 걸 알아야 통합적으로 이해할 수 있어요.

**타인이 고통받는 뉴스, 그리고 그 고난을 극복한 뉴스…
오늘날 잘 팔리는 뉴스가 두 가지 타입인 건 이유가 있
군요.**

맞아요. 우리는 다른 사람이 원해서 겪는 고통과 원치 않는
고통 둘 다에 끌립니다. 끔찍한 교통사고, 전쟁 영화와 공포
영화… 혐오성 픽션은 안전한 방식으로 위험하고 힘든 상황
을 탐구하도록 도와줍니다. 악인이 벌 받는 모습을 보는 단
죄의 쾌락도 커요.

**삶의 의미를 묻는 질문은 모든 인간에게 반드시 필요한가
요?**

알다시피 우리 모두는 불완전합니다. 때론 그냥 살아 있는
것만으로도 충분해요. 출석만 하면 A 학점을 받는 수업처럼
말이죠. 하지만 목적이 분명할 때 인생에 활력과 동력이 생
깁니다.

아스퍼거 증후군을 앓다가 기후활동가가 된 그레타 툰베리
는 트윗에서 이렇게 썼어요.

'등교 거부 운동을 시작하기 전까지 나는 활기도 없고 친구
도 없었다… 지금은 그 모든 게 사라졌다… 의미를 찾았기
때문이다.' 의미 있는 활동은 타인과의 교류를 통해서 자아
를 확장시키죠.

우리가 고통을 인생에 어떻게 적용할 수 있을까요?

사계절을 수영장에서만 보낸다면 우리 삶은 만족도가 낮은 경험적 행복으로 가득할 거예요. 쇼핑, 수면, 탐식… 그런 삶은 권태로워질 겁니다. 의미 있는 활동에는 성찰, 봉사, 자기만의 프로젝트 등이 있죠. 학생들을 대상으로 실험한 결과, 의미 있는 활동에 쾌락을 더하자 태도가 느긋해졌어요. 충분히 즐겁다는 학생들에게 의미를 더하자 삶이 고양됐죠. 행복과 의미 사이에는 긴밀한 연관성이 있어요. 행복한 사람은 내 삶이 의미 있다고 말할 가능성이 더 높고, 의미 있다고 말하는 사람은 행복하다고 말할 가능성이 더 높아요.

행복만 좇는 것은 큰 문제가 되나요?

역설적이지만 행복해지려고 너무 노력하면 행복을 망칠 수 있어요. 키스를 얼마나 잘하는지를 생각하느라 키스를 잘하지 못하게 되는 것처럼요. 일례로 행복 추구 경향 조사에서 '행복감이 가장 중요하다'라는 항목에 체크한 사람들이 그렇지 않은 사람보다 우울감과 외로움을 더 많이 느꼈습니다. 무엇보다 행복을 추구하면 지루해진다는 문제가 있어요.

올더스 헉슬리의 《멋진 신세계》에서 인공적으로 쾌락을 극대화하려는 체제 수호자에게 저항자가 하는 말은 인간 본성을 함축하고 있어요. '저는 안락함을 원치 않습니다. 저는 신을, 시를, 진정한 위험을, 자유를, 선을 원합니다. 그리고 저

는 죄악을 원합니다.'

우리가 적극적으로 고난을 찾아 나서야 할까요?

아니요. 당신이 어떤 일을 하든 충분한 고난이 당신과 사랑하는 이를 덮칠 것입니다. 그러니 굳이 더 많은 고난을 찾아 나설 이유는 없어요.

마지막으로 고난과 사이좋게 잘 지내기 위한 조언을 부탁합니다.

안타깝지만 인간은 행복하도록 만들어지지 않았습니다. 팩트는 우리가 환희와 쾌락 속에 머물지 않고 고통을 통해 더 개선되게 하는 것이 진화의 본질이라는 거죠. 다소 암울한 이 진실을 받아들이면 담담한 희망의 여정이 시작될 겁니다.

2022.04.30.

THE GREAT
CONVERSATION+

2021년 나는 휘몰아치는 역경의 한가운데를 지나가고 있었다. 계절은 더할 나위 없이 싱그러웠으나 내 몸과 마음은 찢겨나갈 듯했다. 가족이 해체되는 위기의 중심부를 통과하면서, 동시에 폭풍의 한가운데서 책 쓰는 일에 몰두하는 극도의 생산성 또한 경험했다. 엄청난 몰입과 재조정의 시간이었다. 고난을 겪었으

폴 블룸

나 파괴되지 않았고, 내면에는 더 강렬한 무늬가 만들어졌다. 그때 머릿속에 선명하게 떠오른 활자가 바로 '최선의 고통'이었다. 그로부터 1년 뒤 《최선의 고통》을 쓴 예일대 심리학자 폴 블룸을 인터뷰했다.

"진화의 본질은 고통을 통한 개선"이라는 그의 설명을 들었을 때, 나는 절망하기보다 안도했다. 우리의 뇌는 쾌락만큼이나 고통을 환대하며, 인간 본성은 안락한 감각만큼 의미 있는 성장을 추구한다는 발견은 꽤 믿을 만했다. 폴 블룸과의 대화로 '내가 못나거나 불운해서가 아니라, 더 진실하고 의미 있는 시간을 추구하는 인생 여정에서 고난은 수반될 수밖에 없다'는 사실을 깨달았다. 더불어 그 어둠의 터널 군데군데 친절이라는 튼튼한 등불이 밝혀져 있다는 것도 알게 되었다.

'머리 검은 짐승은 고난을 안고 사니, 서로 친절해야 한다.'
작고한 파독 간호사 출신 화가 노은님은 사는 게 벌서는 것처럼 억울할 때마다 어머니가 들려준 이 말을 붙잡고 타향살이를 견뎠다고 한다. 그러니 아름다운 당신, 더 이상 고통 앞에 주눅 들지 않기를! 설사 고난이 길어지더라도 우리는 안과 밖의 경계가 명확하게 구획된 '개인'이 아니라 필멸의 애틋함으로 상호작용하는 '네트워크' 그 자체로 살아갈 테니까.

작가 **수전 케인**

감정의 디폴트는
편안한 슬픔입니다

훌훌 털고 간 게 아니라 슬픔과 함께 나아간 거예요. 모든 상처가 다 치유되어야 하는 것은 아니에요. 슬픔과 사랑을 동시에 느끼며 다시 웃고 나아갈 뿐이지요.

한여름 저녁에 영화 〈달콤한 인생〉을 다시 보는
건 이병헌의 목소리와 음악 때문이다. 인생은 달
콤한가, 씁쓸한가. 아름다운가, 슬픈가. 나는 약한
가, 강한가. 다정한가, 잔인한가. 쏟아지는 물음표
를 음표에 쓸어 담은 채 유키 구라모토는 피아노
건반 위를 유유히 나아간다. "삶엔 그 모든 속성이
다 있어요." 손가락으로 속삭이듯.

36개 언어로 번역된 세계적인 베스트셀러 《콰이
어트》로 내향인의 저력을 입증했던 수전 케인Susan
Cain이 달콤씁쓸함의 가치를 담은 책 《비터스위트》
로 돌아왔다. 갈피마다 그동안 우리가 부정적으로
여겨온 슬픔의 신비와 슬기로움에 대한 증거가 차
고 넘친다.

당신은 감동적인 TV 광고를 보며 눈물이 핑 돈
적이 있는가? 슬픈 음악을 들으면 고양감이 드는
가? 애늙은이라는 말을 들은 적이 있나? 가슴 아
프다는 말에 강한 울림을 받나? 행복과 슬픔을 동
시에 느끼는 편인가? 몇 가지에 해당한다면 달콤
씁쓸한 기질일 가능성이 높다.

조용필의 노랫말처럼 우리 인생은 '웃고 있어도
눈물이 난다'. 기쁨과 쾌활, 공격성과 승리, 완벽
함이 지배하는 세상에 제동을 걸며 세상을 움직이

는 진짜 힘은 슬픔과 갈망의 하모니라고 주장하는 수전 케인을 인터뷰했다.

그는 건국 이후 아메리칸드림을 지탱해 온 승자 중심의 미국 문화, 번영 신학, 강제된 쾌활함이 포화 상태에 이르렀다고 지적하며 학교와 기업, 리더가 '슬픔의 통로를 터줄 때 놀라운 기적이 벌어질 것'이라고 이야기한다. 연민의 시대, 우월감을 버리고 슬픔을 공부해야 한다는 주장은 매우 설득력이 있다.

프린스턴대학교와 하버드대학교 법대 우등 졸업생이었던 케인은 33살에 월스트리트의 42층 건물에서 로펌 변호사로 일하다 사표를 썼다. 로펌에서 일하던 7년간 그리니치빌리지의 타운하우스를 목표 삼아 달려왔지만, 관건은 부동산이 아니라 고향이었다. 고향을 향한 갈망에 따라 비로소 글을 쓰기 시작했다. 《비터스위트》는 10년에 걸친 그의 저작물이다.

'비터스위트', 일명 달콤쓸쓸함이란 무엇인가요?

갈망과 사무침과 슬픔의 감정에 잘 빠지는 성향입니다. 삶에는 빛과 어둠, 출생과 죽음, 달콤함과 쓸쓸함이 서로 붙어있다는 아이러니를 인정하는 태도지요.

달콤쓸쓸함에 자주 빠지는 멜랑콜리 기질을 타고나는 사람이 따로 있나요?

연구에 따르면 5~20퍼센트의 아기들은 삶의 찬란함뿐 아니라 불확실성에 더 강하게 반응하는 기질로 나타났어요. 고도의 반응성을 타고나는 거죠. 대표적으로 몇 가지 테스트가 있어요. 만약 당신이 단조 풍의 슬픈 음악에 빠져든다면, 비 오는 날을 좋아한다면, 음악과 미술, 자연의 아름다움에 강하게 반응한다면 당신은 달콤쓸쓸한 기질의 사람일 가능성이 높아요. 다행히 이 달콤쓸쓸한 마음 상태는 창의성, 유대, 초월에 이르는 관문이 될 수도 있습니다.

내향인의 가치와 목소리를 찾아준 《콰이어트》도 당신의 이야기였어요. 《비터스위트》도 출발은 당신인가요?

네. 저는 평생 이런 감정을 느껴왔어요. 제가 가장 사랑한 뮤지션도 일명 비관주의 계관시인인 레너드 코헨이죠. 슬픈 음악을 듣고 행복감을 느끼는 이 별난 감정의 정체는 뭔지 궁금했어요. 반면 제 대학 친구는 제게 왜 장송곡을 좋아하냐고 묻더군요. 미국 문화의 무엇이 이런 취향을 농담으로 삼기 좋은 소재로 만든 걸까, 추적해 보고 싶었습니다.

고백하자면 저 또한 레너드 코헨의 음악에 열렬히 반응하는 사람입니다. 완전한 고향에 대한 그리움, 아름답고 눈물겨운 인간에 대한 애틋함… 당신이 찾은 이 감정의 핵심은 무엇인지요?

멜랑콜리의 핵심은 교감을 향한 열망과 귀향을 향한 바람입니다.

나약함이 아니고요?

심리학자, 과학자, 명상가, 경영 연구가들의 수많은 저작물을 분석한 결과 달콤쌉쌀함은 조용한 힘이자 파워풀한 존재 방식이라는 것을 알게 됐어요. 달콤쌉쌀함은 고통에 대응하는 법을 알려줍니다. 슬픔을 창의성, 초월, 사랑으로 전환하죠.

하지만 프로이트는 멜랑콜리를 우울증과 나르시시즘으로 정의했습니다. 실제로 우울이라는 병리적 경계에서 아슬아슬하게 사는 사람이 많습니다.

중요한 질문입니다. 두 상태는 자주 혼동되죠. 우울증은 일종의 막힘이에요. 어둠, 상실, 절망, 열등감, 좌절에 꼼짝없이 막힌 기분이죠. 달콤쌉쌀함은 어둠만이 아니라 빛도 의식해요. 상실만이 아니라 사랑도 의식하죠. 이질적 상태를 동시에 볼 수 있기에 아름다움에 반응하고 호기심과 즐거움을 느낍니다. 플라톤도 찰스 다윈도 링컨 대통령도 재즈 가수 니나 시몬이나 레너드 코헨도 멜랑콜리한 영혼의 소유자였어요.

종종 위대한 시인과 철학자, 예술가와 정치가는 우리와는 다른 먼 곳을 바라본다는 느낌을 받습니다. 지구에 불시착한 것 같은 태도랄까요. 그들의 눈은 무엇을 보는 걸까요?

완벽한 세계(본향), 그 갈망을 일반인보다 뼈저리게 느끼는 것 같습니다. 〈오즈의 마법사〉에서 도로시가 '저 무지개 너머 어딘가'를 찾는 것도 근원은 같아요. 현실에 없는 완전하고 무조건적인 사랑을 향한 갈망은 누구에게나 있죠. 그게 인간성의 본질이거든요. 수많은 종교에서 에덴, 메카, 시온에 영성을 부여하는 것도 같은 이유죠.

수전 케인은 멜랑콜리의 핵심 감정인 슬픔과 갈망은 엄청난 추진력을 만든다고 부연했다. 우리가 월광 소나타 같은 곡들을 연주하고 화성으로 보낼 우주선을 만드는 것도 뿌리는 갈망이라고. 호메로스의 《오디세이》에서 오디세우스가 대장정에 나서도록 견인한 추진력도 향수였다. '해리포터'에서부터 '말괄량이 삐삐'에 이르기까지 우리가 사랑한 동화의 주인공이 대부분 고아인 이유도 여기에 있다. 상실을 겪은 후 아이들은 갈망의 모험을 떠난다.

슬픔은 어떤가요? 당신은 영화 〈인사이드 아웃〉에서 슬픔이의 탄생에 일조했다고 알고 있습니다.

당시 픽사에서 내향적인 영화 제작자들의 재능 활용에 대해 간부 회의를 주재하며, 피트 닥터 감독을 만났어요. 그에게 '감정의 과학'을 가르쳐 준 사람은 캘리포니아대학 심리학 교수 대커 켈트너였습니다. 켈트너는 유년기에 가정 파탄을 겪고 사랑했던 동생과 사별하며 자기 정체성의 핵심 요소를 슬픔이라고 정의했어요.

'소심이'는 나를 안전하게 지켜주고 '버럭이'는 이용당하지 않게 보호해 주지만, '슬픔이'의 힘은 더 거대합니다. 슬픔은 연민을 자극해 서로가 얼마나 소중한 존재인지 느끼게 해주죠. 피트 닥터의 말대로 '슬픔이'가 없었다면 〈인사이드 아웃〉은 망했을지도 몰라요.

나의 슬픔이 어떻게 서로의 연민이 되나요?

연민은 본능입니다. 슬픔보다 먼저죠. 켈트너의 책《선의 탄생》에 요약돼 있듯이 인간은 서로의 어려움에 반응하도록 프로그래밍이 되어 있어요. 아기는 뇌가 완전히 발달하면 산도를 통과하지 못하기에 모든 동물 중 가장 취약한 상태로 세상에 나와요. 오랜 시간 의존적인 어린아이를 돌보기 위해 인간은 연민을 키워야 했죠. 인간은 그 연민을 완전히 새로운 차원으로 진전시켰습니다. 슬픔을 느끼면서도 곤궁에 처한 타인을 돌보는 능력으로 지금의 문명에 이르렀어요.

'적자생존'이 아니고요?

아닙니다. 적자생존은 백인 상류층의 우월성을 선동했던 사회진화론자 허버트 스펜서와 그의 동료들이 처음 사용했어요. 다윈은 오히려 온화하고 멜랑콜리한 영혼의 소유자였어요. 아픈 고양이를 핥아주는 개, 눈먼 동무에게 먹이를 가져다주는 까마귀 등에 주목했죠.

다윈에게 더 맞는 구호는 '선자생존'입니다. 그는 《인간의 유래와 성 선택》에서 가족과 인류를 넘어 다른 종까지 연민 작용을 확대하는 것이 인간의 가장 고귀한 일이라고 주장했으니까요.

연민의 양은 사람마다 다른 것 같습니다. 영향을 미치는 변수는 무엇이죠?

우월감입니다. 내가 특별하다는 우월감은 남들의 슬픔은 물론 자신의 슬픔에도 반응해 주지 못합니다. 자신이 남보다 낮다고 생각하면 굶고 있는 아이를 봐도 연민의 신경계인

미주신경에 불이 붙지 않아요.

우월감을 통제할 방법이 있나요?

누군가를 만날 때 허리를 굽혀 예의를 표하세요. 타인에게
경의를 표하는 이런 단순한 행동이 미주신경을 활성화합니
다. 더불어 자책의 혼잣말을 멈추고 자신에게도 연민을 발
휘하세요. 스스로에게 온화할수록 남에게도 그럴 가능성이
높습니다.

**당신은 미국의 긍정 심리학, 강제적 쾌활함, 번영 신학 등
을 비판했습니다. 그러나 그것이 또한 현재의 우월한 미
국을 만든 힘이라는 것도 부정할 수 없지요. 왜 하필 지금
그 '슬픔의 권리'를 찾아야 합니까?**

언급하신 바처럼 미국의 긍정 문화는 미국의 번영에 중요한
근원이에요. 하지만 현재 미국이 겪고 있는 격렬한 문화 전
쟁과 분열의 근원이기도 합니다.

수전 케인은 이를 '긍정의 횡포'라는 단어로 꿰어냈다. 긍정의
횡포는 미국의 역사에서 기인했다. 아메리카 이주 초기, 칼뱅주
의자들은 천국 지옥 운명 예정설을 믿었고, 미국인들은 부단한
노력으로 자신이 천국에 갈 운명임을 입증해야 했다.
천국 지옥의 운명은 지상에서의 성공과 실패로 정착됐다. '신은

사람들이 번영을 누리기를 바란다'는 번영 신학과 긍정 심리학이 번성했다. 많은 가정에서 불쾌한 감정을 말하는 게 금기시됐고, 아이들도 강제적 쾌활함에 길들여졌다. 부모는 아이가 슬픔을 감추도록 주의를 주었다.

승자로 인정받는 사람들과 패자로 여겨지는 사람의 구별이 심화했고, 패자들은 문화적 천민으로 취급받았다. 이런 분위기는 대학 캠퍼스에도 만연해서, 겉으로는 행복한 승자인 것처럼 보이지만 우울과 불안에 시달리는 학생들이 늘어갔다. 쾌활한 사진을 인스타그램에 게시한 직후 자살하는 사건들이 잇달아 일어났다. 케인은 자신이 다닌 프린스턴대학의 동급생들도 활기찬 모습뿐이어서 내내 괴리감을 느꼈다고 했다.

저는 스콧 피츠제럴드의 《위대한 개츠비》에서 아메리칸 드림의 속물성과 판타지, 몰락의 슬픔을 느꼈어요. 당신은 어떻게 미국 명문대를 지배하는 승리의 분위기, 쾌활함과 투지가 문화적인 압박이 만들어 낸 허황한 이미지라는 걸 알아냈습니까?

멜랑콜리를 연구하면서 프린스턴대학 재학생들을 면담조사했어요. 그들이 답을 주더군요. 노력하지 않아도 승자처럼 보여야 했다고. 공부를 조금밖에 안 한 것 같은데 시험은 잘 봐야 하고, 농담도 잘하고 개성적이되 틀에 맞출 줄도 알아야 했다는 거죠. '노력이 필요 없는 완벽함'이라는 허구

수전 케인

위에서 젊은 승자들은 '모든 것이 좋다'고 웃으며 병들어 갑니다.

직장에서도 절대 눈물을 보여서는 안 되고 화장실에 가서 울어야 해요. 마냥 행복하게 이어지는 이야기는 없습니다. 우리가 진정으로 결속을 이루고 싶다면 진실을 말할 방법을 찾아야 해요. 내면의 패자와 승자를 같이 포용해야 합니다.

슬퍼하는 리더가 화내는 리더보다 구성원에게서 더 높은 충성심을 끌어낸다는 것이 사실인가요?

네. 뮌헨 기술대학의 연구자 슈바츠뮐러가 화내는 리더와 슬퍼하는 리더를 실제로 비교·분석한 결과예요. 리더가 화내지 않고 슬픈 감정을 드러낼 때 구성원은 그가 진실을 말하고 있다고 느껴요. 진정성은 충성심을 분발시킵니다. 직원들은 프로젝트가 망가졌다고 노여워하는 리더보다 "이런 일이 있다니 슬프군!"이라고 반응하는 상사에게 동기부여를 받았어요.

일터에 슬픔의 감정이 필요할까요?

꼭 필요합니다. 멜랑콜리는 성과에 영향을 미쳐요. 재정, 이혼 등 개인적 고민에 서로 마음 써주고 슬픔이 흐르도록 열어주는 문화를 만든 미시간주의 진료비 수금팀과 미드웨스트 빌링팀 연구 사례가 있어요. 팀은 이전보다 수금 속도가

2배 이상 빨라졌고, 이직률은 2퍼센트 대로 떨어졌어요. 우리가 느끼는 감정의 디폴트는 '편안한 슬픔'입니다. 기쁨보다 슬픔이 더 많다는 건 문제가 아니죠.

나이와 멜랑콜리의 상관관계는 어떤가요? 저는 어린 시절부터 저물녘이면 마음 둘 데 없이 슬퍼지곤 했습니다만.

보통의 아이들도 눈부신 지평선을 보면 슬퍼해요. 떠나고 헤어지는 것을 힘겨워하죠. 그럴 때 '언젠가 다시 보게 될 것'이라는 말보다 더 위안을 주는 가르침은 작별의 고통이 삶의 일부라고 말해주는 거예요. 아이들이 우는 이유는 우리가 기만을 가르쳤기 때문입니다.

온전하고 문제없는 게 정상이며 낙담, 병, 이별, 피크닉의 파리떼는 비정상이라는 강박을 버리세요. 덧없음에 대해 알려주는 것은 아이뿐 아니라 어른에게도 위안이 돼요. 시인 제라드 맨리 홉킨스는 〈봄과 가을〉이라는 시에서 소녀에게 이렇게 가르쳐요.

'인간이 태어난 것은 시들기 위해서란다. 네가 슬퍼하는 것도 마거릿, 너 자신인 거야.'

시간이 유한하다는 걸 아는 것이 달콤쌉쓸함이 가르쳐주는 궁극의 지혜일까요?

그렇습니다. 나이가 들수록 더 차분해지고 만족감도 커져

수전 케인

사랑하는 모든 것은
언젠가는 잃게 되지만
사랑은 결국 다시
다른 모습으로 돌아옵니다.

요. 그 감정의 답이 '사무침'입니다. '사무침'은 행복과 슬픔을 동시에 느낄 때 일어나는 감정이며 끝이 임박할 때 몰아쳐 오는 충만감이죠. 안 좋은 것도 좋은 것도 다 지나가고 우리는 모두 죽는다는 사실에 편안함을 느끼는 상태. 사무침은 노년층이 닿을 수 있는 정서적 발전입니다.

사랑하는 이가 먼저 떠나는 사별의 큰 슬픔은 어쩔할까요?

작가 노라 맥키너니가 TED 강연에서 한 말이 떠오르네요. 남편 아론을 뇌종양으로 잃은 뒤 다른 사람이 슬픔을 위로한다고 해준 말 중 가장 싫었던 게 '훌훌 털고 가라'였답니다. 그녀는 재혼해서 살고 있지만 여전히 삶 속에는 아론이 있다고 해요. 훌훌 털고 간 게 아니라 슬픔과 함께 나아간 거예요. 모든 상처가 다 치유되어야 하는 것은 아니에요. 슬픔과 사랑을 동시에 느끼며, 다시 웃고 나아갈 뿐이지요.

알랭 드 보통은 한국인들이 멋진 멜랑콜리를 갖고 있다고 표현한 적이 있어요. 희망도 두려움도 공유할 줄 안다고요. 마지막으로 어떻게 하면 우리가 더 높은 차원의 슬픔의 기쁨을 누릴 수 있을까요?

저도 알랭 드 보통의 말에 공감해요. 한국인의 그런 면을 좋아하죠. 당신들은 이미 더 높은 차원의 연민의 행복을 누리고 있어요. 한국의 영화와 음악은 참 아름다워요. 파국의 상

수전 케인

실을 견뎌내고, 빛과 어둠, 슬픔과 기쁨을 다 포용하고 있죠. 일상적으로 조언하자면 '사무침'에 가닿기 위해 단조 음악을 가까이하길 권합니다. 세계의 모든 민요는 멜랑콜리를 반영한 곡이 가장 많습니다. 바흐와 모차르트의 많은 곡, 알비노니의 아다지오 G단조를 들으며 패배와 불완전함과 깨어짐이 얼마나 큰 관대함으로 우리를 묶고 있는지 느껴보세요.

2022.08.13.

THE GREAT
CONVERSATION+

수전 케인으로 인해 '슬픔을 공부하는 기쁨'을 배웠다. 이제야 유년기 어린 지수가 왜 그토록 해질녘에 떠나고 싶어 했는지, '태어나기 전 세상'을 고향처럼 갈망했는지, 영화 〈인터스텔라〉에서 아버지와 딸 사이에서 뭉텅이째 사라진 시간과 블랙홀의 랑데부에 몸을 떨었는지, 나이 들수록 왜 '사무침'이 용서의 단서가 되는지… 비밀이 풀렸다. 땡큐, 수전 케인. 그리고 단조 음악과 검은 옷을 사랑하는 나의 소울 프렌드, 모든 내향인들에게 축배를!

작가 **도리스 메르틴**

탁월함은
완벽함이 아닙니다

탁월함은 변화에 민첩하게 대응하고, 불완전해도 과감하게 시도해 보고, 모른다고 인정하고, 타인의 요구에 반응해서 방향을 수정하는 등 모든 형태의 포용 능력입니다. 우리가 지닌 최고의 보물이죠.

우리는 누구나 탁월함을 갈망한다. 탁월한 존재만이 대체되지 않고, 탁월한 사람만이 박수받을 가치가 있다고 믿기 때문이다. 나 또한 오래도록 탁월함을 지향했다. 나에게 탁월함은 어떤 순간에도 흔들리지 않는 완성도와 높고 안정된 경지를 의미했다.

드높은 이상과는 달리, 나는 오랜 세월 외다리로 선 홍학처럼 머리에 김이 나는 붉은 얼굴로 꼿꼿한 자세를 유지하려고 지나치게 애를 썼다. 일종의 탁월함 연기랄까. 그러다 한번 심하게 고꾸라진 후에야 그것이 얼마나 아슬아슬한 포즈였는지 깨달았다.

탁월함은 곡예도 아니고 우월감도 아니며 완벽함은 더더욱 아니다. 계속할 수 없다면, 공감받을 수 없다면 탁월함이 아니다. 다행히 언제부턴가 조금씩 인터뷰이들에게 배운 '즐거움과 잘함과 계속함'의 삼각대로 균형을 잡으며, 조금씩 하루하루의 일을 해나가고 있다. 그럼에도 여전히 의문이 남는다. 탁월함이란 평생 지속 가능한가? 탁월함의 수혜자는 누구인가?

전작 《아비투스》로 엘리트들의 특징을 낱낱이 파헤치고 재조립했던 독일의 자기계발 전문가 도리스 메르틴Doris Martin은《엑셀런스》에서 탁월함을 '더 나아지려는 투지와 습관'으로 정의했다. 출발은 호기심이지만 주요 동력은 성실성이다.

과거의 나처럼 탁월함을 연기하느라 번아웃된 평범한 사람들, 우월함과 완벽함 사이에서 길을 잃은 천재들에게 그가 제시한 해법은 매우 희망적이다.

'독서로 야생의 감각을 살려라'
'자극과 반응 사이에 공간을 두라'
'우연을 자본화하라'

지속 가능한 탁월함의 세계를 이야기하는 도리스 메르틴을 인터뷰했다.

탁월함이란 무엇인가요?

오늘의 상태를 뛰어넘어 더 성장하려는 노력입니다. 특정 상태가 아니라 최정상에 가까워지려는 의지 그 자체죠.

탁월함은 출중한 능력 그 자체가 아니던가요?

아닙니다. 타이거 우즈가 말했어요. 자신이 언제나 완벽한 스윙을 하는 완벽한 골퍼가 될 수 없음을 안다고. 최선을 끌어내려는 노력이 직업적 탁월함이라고요. 탁월함은 능력보다 습관에 가깝습니다. 이를테면 변화에 민첩하게 대응하고, 불완전해도 과감하게 시도해 보고, 모른다고 인정하고, 타인의 요구에 반응해서 방향을 수정하는 등 모든 형태의 포용 능력입니다. 우리가 지닌 최고의 보물이죠.

당신은 언제 스스로 탁월하다고 느끼나요?

최근에 저는 자전거 사고를 당한 후 저의 탁월함을 느꼈어요. 평범한 나였다면 다시는 자전거를 타고 싶지 않았을 테지만, 점차 두려움을 극복했고 다시 안장에 올라타 페달을 밟았죠.

탁월함은 영웅적 업적과는 무관해요. 이런 작은 일상의 결정에서 탁월함이 드러납니다. 거의 모든 상황에서 우리는 더 간단한 해결책과 더 탁월한 해결책을 갖고 있죠. 얼마나 친절할지, 무엇을 노력할지, 어떻게 자제할지 등등.

도리스 메르틴

코로나 이후 탁월함이라는 키워드가 더 자주 언급되는 이유가 있나요?

우리는 코로나와 디지털화가 주는 압박을 온몸으로 겪었습니다. 지금은 이른바 VUCA 세계입니다. VUCA는 변동성 Volatility, 불확실성Uncertainty, 복잡성Complexity, 모호성Ambiguity 의 첫 글자를 딴 신조어예요. VUCA 세계에서는 기후 변화 같은 메가 트렌드도 보통 사람에게 영향을 미칩니다. 변화를 요구받죠.

요는 익숙한 생활 양식은 한계에 부딪혔고, 우리가 알던 지식과 가치의 유효기간이 끝났다는 겁니다. 표준화된 솔루션이 사라졌기 때문에 과거에 소수에게 필요했던 탁월함이 이제는 모든 사람에게 필요해진 거죠. 수영장에서 물장구만 치던 감각으로 거대한 파도를 넘을 수는 없으니까요.

도리스 메르틴은 VUCA 세계에서는 전문 역량보다 정서 역량이 더 큰 성공 동력이 된다고 강조했다.

당신은 《엑설런스》에서 탁월함의 잣대로 호기심, 자기성찰, 공감, 의지력, 평정심, 민첩성, 공명 능력 등을 제시했는데요. 보통 사람이 능력을 다 갖출 수는 없어요. 혹 우선순위가 있습니까?

어떤 능력이 가장 중요한지는 각자의 성격과 직업적 환경에 따라 다를 거예요. 사람마다 어떤 능력은 이미 충분히 갖췄고 어떤 능력은 부족할 겁니다. 여기서 공감, 정서적 주권, 의지력은 시대를 초월한 능력이고 공명, 민첩성, 리더십은 새롭게 우선순위를 차지한 능력이죠. 저는 개인적으로 공명과 정서적 주권을 중요하게 꼽습니다. 조직에서는 신뢰로 뭉친 다양한 사람이 서로 공명해야 공동체의 미래가 밝습니다. 개인에겐 무엇보다 정서적 주권이 중요하죠. 감정을 통제할 수 있을 때 우리는 훌륭하게 행동할 수 있어요.

2022년에 윌 스미스는 오스카 시상식장에서 남우주연상을 받고도 부적절한 폭력 논란에 휩싸였다. 탁월함의 절정에 이르렀을 때조차 자제력과 평정심을 잃기가 얼마나 쉬운가.
감정은 급행열차와 같다. 조심하지 않으면 그것에 깔릴 수 있다. 도리스 메르틴은 모든 자극에 즉각적으로 반응할 필요는 없다고 했다. 자극과 반응 사이에 공간을 만들면, 자극이 우리에게 강요하는 것보다 더 탁월한 반응을 찾을 수 있다고.

'자극과 반응 사이의 공간'을 어떻게 인지하죠?
멈춰서 질문해야 합니다. 무엇이 중요한가? 어떤 사람이 되고 싶은가? 다른 사람이 쳐다보듯 나를 관찰해야죠. 미셸 오바마는 청소년기 이후로 자신에게 두 가지 질문을 던졌다고 합니다. 나는 충분히 우수한가? 이것은 내게 충분히 유익한가? 이런 식의 자문자답이 자극과 반응 사이에 공간을 만들어 줄 수 있습니다.

끓어오르는 감정을 단번에 가라앉히기는 쉽지 않습니다만.

일단 물러서면 많은 일은 저절로 조정됩니다. 물을 한 잔 마시고 심호흡을 하세요. 적나라한 분노를 쏟아내면 주목은 받겠지만 탁월함과는 거리가 멀어져요. 최악의 상황을 그려 본 후 서서히 압력을 낮추세요.

제 생각에 그런 정서적 주권을 쥔 대표적인 사람은 버락 오바마입니다. 그는 자부심과 기쁨은 자연스럽게 표현하고, (트럼프 시대에조차) 좌절과 분노는 적절하게 제어했어요. 반응의 적정 온도는 뜨겁지도 차지도 않은 따뜻함이에요.

그는 감정 제어에 유용한 나침반으로 스토아 철학을 받아들일 것을 권유했다.

스토아 철학의 어떤 점이 평정심에 도움을 주죠?

스토아 철학의 기둥은 최악의 상황을 예상하는 겁니다. 선거에 패배하고 금메달을 놓치고 베스트셀러가 되지 않더라도 세상 끝난 것처럼 굴지 말자. 왜? 애초에 그것은 개인이 통제할 수 없는 영역이니까요. 부정적 감정의 파도를 타지 않으

창조성은 세계와 마찰할 때 생깁니다.
'하던 대로' 하지 않는
개방성만이 재능을 확장하죠.
호기심 많은 사람은
호시탐탐 즐거운 기회를 노립니다.
다른 공간의 아이디어도 순식간에
스위치 해서 자기 분야에 적용하죠.

려면 내가 통제 가능한 선에서 목표를 세워야 합니다. 할 수 있는 일에 최선을 다하고, 나머지는 운명에 맡기는 거죠.

인스타그램 게시글에 반응이 없으면 세상이 끝난 것 같고, 택배가 늦으면 머리에서 김이 나는, 이런 상황을 제어하려면 평소에 작은 역경을 초대해 면역력을 키워야 해요. '자발적 포기'를 훈련하는 것이 도움이 됩니다. 일주일 동안 커피 없이 살아본다든가, 차를 타지 않고 몇 정거장 걷는다든가… 스스로 선택한 결핍이 정신을 단단하게 만들어 줄 겁니다.

어쩌면 자제력이 탁월함의 마지막 방어선일 수 있겠습니다. 그렇다면 탁월함의 시작인 호기심은 어떤가요?

《팩트풀니스》를 쓴 한스 로슬링이 그랬죠. 호기심이 있다는 것은 새로운 정보에 열려 있다는 것이고, 그 정보가 자신의 세계관과 맞지 않아도 이해하려고 애쓰는 것이라고요. 대개 사람들은 자신이 개방적이라고 생각하지만 실제로는 달라요. 새로운 맛의 요거트, 새로운 장르의 음악조차 싫어합니다. 낯선 정보는 기존의 틀을 흔드니까요.

하지만 창조성은 세계와 마찰할 때 생깁니다. '하던 대로' 하지 않는 개방성만이 재능을 확장하죠. 호기심 많은 사람은 호시탐탐 즐거운 기회를 노립니다. 다른 공간의 아이디어도 순식간에 스위치 해서 자기 분야에 적용하죠. 가령 월트 디즈니는 딸이 놀이터에서 그네를 타는 모습을 보고 어른들에게도 저런 놀이터가 필요하다고 생각했어요. 그 결과물이 디즈니랜드죠. 설계자의 시선으로 세상을 보다가 결정적인 순간에 훅 낚아챈 겁니다.

그런데 호기심과 모험에서 MZ세대가 뒤처진다고 해서 놀랐습니다.

저도 놀랐어요. 사람들은 Z세대가 혁신과 모험을 좋아하고 열린 마음을 가졌다고 생각하죠. 아쉽게도 아니었어요. 저성장 시대가 오래 지속되면서 젊은 세대는 비관주의라는 방어적 태도를 습득했어요. 지금의 Z세대는 예측 가능하고 안전한 생활방식, 여행과 가족, 직업과 여가의 균형에 기대치가 높습니다.

이즈음에서 세렌디피티 이야기를 해볼까요. 모험과 우연에 몸을 맡길 때 누릴 수 있는 것이 세렌디피티의 축복인데요. 요즘엔 이 세렌디피티도 능력이라는 말이 있습니다.

세렌디피티 Serendipity 는 뜻밖의 상황에서 좋은 기회를 포착하는 재능입니다. 압박과 표준이 없는 환경에서 더 많이 일어나죠. 코로나 이후 세계는 아프리카의 야생과 비슷한 환경입니다. 불확실성, 변동성이 높아서 야생의 감각이 필요하죠. 야생의 감각을 키우는 데는 무작위적인 독서가 좋습니다.

도리스 메르틴

빌 게이츠는 1년에 50권이 넘는 책을 읽어요. 그런 태도야말로 세렌디피티의 전제 조건이죠. 구글이나 페이스북의 필터 버블Filter bubble, 알고리즘 환경과는 확연히 다르니까요.

세렌디피티의 마법을 자주 누리시나요?

저는 매일 글을 쓸 때 이런 '세렌디피티'를 경험해요. 완전히 다른 맥락의 어휘, 이야기, 주장들이 나의 주제에 맞게 배열되고 신선한 표현들로 뿌리내려요. 우연한 자극을 감지했을 때 작은 영감조차 알뜰하게 가져다 쓰죠.

여기서 슈퍼 인카운터링super-encountering이 필요해요. 슈퍼 인카운터링은 정보를 찾을 때 그 가치를 알아보고 적재적소에 활용하는 행위입니다. 세렌디피티의 수혜를 누리려면, 일단 그런 우연한 목격의 가치를 알아차려야 해요. 그다음 자신의 프로젝트나 제품에 통합하는 추진력이 필요하죠.

> 우연은 오직 그 가치를 알아차리고 끈기 있게 자본화하는 사람에게만 유용하다고 했다. 그 자신, 뭔가 흥미로운 것이 발견되면 온몸에 전율이 일어난다고.

그만큼 다른 지식에 열려 있고 민첩해야 가능한 일이 아닐까요?

그렇죠. 이젠 일도 사생활도 100퍼센트 계획할 수가 없어요. 과거의 솔루션이 통하지 않기에 훨씬 더 자주 케이스 바이 케이스로 대응해야 합니다. 그동안 민첩성을 약삭빠름이나 기회주의로 혼동해 왔지만 이제는 '유연한 대처'만이 살길입니다. 새 마음으로 계속 앞을 확인하면서 운전하는 법을 배워야죠.

계속 낯선 상황에 열려 있어야 한다면, 저 같은 안정추구형은 매우 버겁습니다. 대본에 따라 플레이하는 클래식 연주자가 어떻게 재즈 뮤지션처럼 반응할 수 있을까요?

탁월한 비교네요! 민첩한 사람 역시 안정추구 계획형처럼 나침반을 가지고 있습니다. 말씀하신 예로 보면, 목적지는 감동을 주는 콘서트가 되겠지요. 클래식 연주자는 리허설을 거친 꼼꼼한 프로그램을 가진 반면, 재즈 뮤지션은 주로 대략적인 방향을 따릅니다.

큰 그림을 보면서 순간순간 분위기를 파악해서 청중과 속도를 맞추죠. 무엇보다 너무 치밀하게 계획하지 않아야 유연하게 반응할 수 있어요. 그렇게 합을 맞추려면, 사실 언제든 불러낼 수 있도록 전문성이 높아야 합니다.

전문성의 바탕은 재능인가요? 성실인가요?

성실이죠. 성실성이야말로 전문성의 기본 연료이자 내적 시스템입니다.

도리스 메르틴

성실성은 어떻게 길러지나요?

성실을 시스템화한 것이 좋은 습관이죠. 우리가 반복하는 행동이 바로 우리 자신입니다. 우리의 일상을 잘라보면 삶에서 이룬 것 혹은 이루지 못한 것은, 많은 소소한 습관들의 영수증입니다. 안타깝게도 좋은 습관은 쉽게 몸에 붙지 않아요. 몸에 배게 하겠다는 스포츠 정신으로 장착해야죠.

말콤 글래드웰의 '1만 시간의 법칙'과 앤절라 더크워스의 '그릿'이 여전히 탁월함의 근육을 만드는 데 절대적이라고 보나요?

그럼요. 스포츠, 음악, 문학… 어떤 분야를 막론하고 우수한 능력을 갖추고, 매너리즘을 통과하는 데는 많은 시간이 필요합니다.

일을 할 때 결과물의 탁월함은 누가 결정합니까?

고객이죠. 고객의 소망이 세밀하게 반영되었는가가 탁월함의 잣대입니다. 내가 최고라고 생각하는 것이 아니라, 우리가 노력을 쏟으려는 그 사람이 최고라고 생각하는 것만이 탁월합니다. 아무리 고매한 건축가라도 고객의 라이프스타일에 맞는 집을 설계해야 하고, 의사는 병원이 아닌 환자를 위한 최상의 치료법을 찾아내야 해요.

여기서 완벽함과 탁월함은 구분되어야 합니다. 완벽주의는 개인의 이상에 초점을 맞추죠. 반면 탁월함을 추구하는 사람에게 더 중요한 기준은 고객입니다. 고객에게 최적화되어 있느냐를 봅니다. 자신의 관점을 고객에게 투사하지 않고, 고객의 피드백을 반영해서 솔루션을 찾죠.

고객과의 공감이 너무나 중요한 시대죠. 어떻게 하면 공감을 보다 선명하게 감각할 수 있을까요?

공감의 특성을 이해하는 것이 도움이 됩니다. 공감에는 3가지가 있어요. 같은 기분을 느끼는 정서적 공감, 상대의 입장에 동의하지 않아도 그 감정과 반응을 이해할 수 있는 인지적 공감, 트렌드와 사회 전반의 분위기를 파악하는 사회적 공감입니다.

마이크로소프트의 최고경영자 사티아 나델라는 3가지 공감 능력이 다 탁월했어요. 자신의 성공 비결을 '공감'이라고 했죠. 마이크로소프트는 장애인을 위한 기술을 개발하면서 혁신 능력을 장착했어요. 가령 화상회의 때 배경을 흐리게 만드는 기술은 시각장애인을 위해 개발되었지만, 지금은 비장애인들이 사생활 보호를 위해 더 많이 사용하고 있죠.

공감 능력도 노력으로 얻을 수 있나요?

나에게 친절해야 타인도 존중할 수 있어요. 그다음 타인을 즉흥적으로 단정하고 조언하려는 자세를 유보하세요. 내 잣대

도리스 메르틴

를 내려놓고 그의 세계관을 이해한 후, 그 기분에 공명해야죠.

공감과 공명은 또 어떻게 다른가요?

공명의 필수 조건은 '다름'입니다. 다양할수록 더 많이 공명하죠. 가령 초보자와 숙련자, 모험가와 안전제일주의자, 기혼자와 미혼자가 함께 스키를 타러 간다고 상상해 보세요. 엉망진창이 될 수도 있지만 서로를 존중한다면 그 다름이 더 흥미진진해질 수 있어요.

함께 진동하려면 친절해야 합니다. 진정한 관심으로 다가가면 타인의 파동이 느껴지고, 서로 공명하기 시작합니다. 잘 공명하려면 '제 생각으로는' '혹 다른 의견을 내도 된다면' 등의 위험을 완화하는 '헤지Hedge 표현'을 쓰는 것이 좋습니다.

최고가 되기 위해서 필요한 것은 '끈기와 품위'라고 한 배우 메릴 스트립의 말에 깊게 공감했어요. 저는 영화 〈미나리〉와 애플 TV의 〈파친코〉로 주목받은 윤여정과 〈노매드랜드〉의 프랜시스 맥도먼드가 연이어 떠오르더군요. 성실과 자제력으로 인생의 조종대를 잡은 여성들이죠.

맞아요. 그분들은 수십 년에 걸쳐 최고 수준의 경력을 유지하고 있죠. 멋진 주인공뿐 아니라 우스꽝스럽거나 히스테릭한 역할까지, 크고 작은 역할들을 '자기화'해서 수행해 왔다는 데 그들의 탁월함이 있습니다.

매일매일 자신의 한계를 넘어서려는 사람은 삶 자체가 작품이 됩니다.

탁월함이 높은 경지의 성취가 아니라 투지와 자제력 그 자체라면, 평범한 우리 모두 제 각자의 탁월함을 경험 중이겠군요.

물론입니다. 어제의 나를 넘어섰다는 것은 내가 가장 잘 알 거예요. 설사 높은 연봉, 지위, 유명세 같은 큰 성공이 외적으로 드러나지 않더라도 탁월함은 삶을 변화시켜요. 한 발 더 나아가기로 결정할 때, 당신은 이미 이전과는 다른 사람이 되어 있을 테니까요.

더 나은 나를 구체적으로 느끼는 방법이 있을까요?

반성하고 기록하는 사람은 발전을 느낄 수 있어요. 콜센터 직원을 상대로 한 연구에서, 마감 후 그날의 상담 내용을 검토하고 배운 점을 기록한 팀이 그렇지 않은 팀보다 23퍼센트나 실적이 높았습니다. 그런데 반성 기록을 그만두자 우수했던 실적도 사라졌어요.

앙겔라 메르켈도 주말에 반성의 시간을 따로 정해서 판단의 질을 높였다고 합니다. 활동과 성찰의 리듬을 찾는 게 중요해요. 평범함에서 탁월함으로 가는 길은 대개 반성이라는 내면의 청소를 통해 활짝 열립니다.

마지막으로 '민첩함'과 '투지'로 탁월한 K 콘텐츠를 만들어 냈지만 '평정심'은 갈 길이 먼 한국인들에게 조언을 부탁드립니다.

한 분야의 탁월함이 모든 분야의 탁월함을 높입니다. 그 힘과 작동방식으로 다른 것도 해낼 수 있거든요. 평정심과 공감을 위해서는 자극과 반응 사이의 공간, 타인의 세계관을 받아들일 공간이 필요하다는 걸 잊지 마세요. 의식적으로 나와 타인을 돌볼 공간을 만드세요. 같이 일하는 사람에서 같이 생각하는 사람으로 다가서세요. 자기계발의 길에 끝은 없습니다.

2022.04.02.

THE GREAT
CONVERSATION+

도리스 메르틴은 근대의 훈련된 세련된 노예로서의 '탁월함'을 이야기하지 않는다. 그가 이야기하는 탁월함은 우주라는 신성한 별들의 정원에서 산책하고 길을 잇는 야생의 감각으로서의 탁월함이다. 정해진 소비자의 길로 안내하는 디지털 알고리즘에 길들여지지 않기 위해, 우리의 야생의 감각을 복원하는 데 무작위 독서만 한 것이 없다는 것을 명심하자. 오직 세계와 마찰할 때 창조성이 생긴다는 것, 내가 초대한 작은 역경이 나의 자제력을 키운다는 사실도!

상대방을 설득하려는 생각에는 '내가 옳고 당신은 그르다'는 전제가 깔려 있습니다. 늘 내가 옳고 상대방은 그르다고 설득하려고 하나요? 남을 설득하기 전에 먼저 이해해야 합니다. 이해하려면 경청해야죠.

저널리스트 **아만다 리플리**

타인을 설득할 수 있다는 착각을 버리세요

로스앤젤레스의 미라클마일 지구에는 선사시대부터 내려온 죽음의 함정이 존재한다. 검은색 호수인 타르 웅덩이에는 300만 개가 넘는 동물 뼈가 묻혀 있다. 아스팔트 덩어리에 빠져 죽은 동물의 사체가 다른 짐승을 불러들여 그 수는 기하학적으로 늘어났다. 타르 웅덩이는 헤어 나올 수 없는 재앙의 함정이다.

미국의 저널리스트이자 갈등 전문가 아만다 리플리Amanda Ripley는 갈등이 점점 고조되어 특정 지점을 지나면 이 타르 웅덩이처럼 된다고 지적한다. 이름하여 '고도 갈등'이다. 건전한 갈등은 뭔가 진전이 이루어진다. 그러나 고도 갈등은 그 자체가 목적이다. 정치적 양극화, 이혼, 이웃 간의 층간소음 분쟁, 노동 쟁의에 이르기까지… 옴짝달싹할 수 없는 고도 갈등의 풍경을 보라. 문제는 교착 상태! 시야가 좁아지면 상대를 악마화하고 결국 가장 소중한 것에 해를 입힌다. 가족이든 나라든 심지어 자신의 목숨까지도.

노련한 갈등 전문가는 경고한다. "충돌이나 슬픔 없이 사는 건 불가능합니다. 그러나 갈등이 고도 갈등으로 변하면 마음의 집을 태워버립니다. 당장 원하는 대로 되고 짜릿한 도파민이 분출된다고 해도 곧 양육권 분쟁, 무례한 방문, 폭력, 비방전 등이 뒤를 잇습니다. 고도 갈등에 승자는 없어요."

아만다 리플리가 쓴 《극한 갈등》에는 고도 갈등을 건전한 갈등으로 변화시키는 패턴과 다양한 해법이 등장한다. 책에는 40년 관록의 중재 변호사 게리 프리드먼이 지역 정치에 관여하면서 고도 갈등의 함정에 빠진 상황이 소개된다. 게리는 교착 상태에서 빠져나오기 위해 놀랄 만한 행동을 한다. 자신의 오랜 정적들에게 찬성표를 던져 정치 시스템을 흔든 것. 게리의 고백은 매우 시사적이다.

"저는 옳고 그름보다 무엇이 더 생산적인 방법일까로 관심을 옮겼습니다. 40년의 중재 경험에 따르면 내 관점을 다른 사람에게 강요하는 것은 소용없는 일이었어요."

이 사례에 영감받아 나 또한 최근 개인적인 고도 갈등에서 극적으로 빠져나올 수 있었다. 감사한 마음으로 《극한 갈등》의 저자 아만다 리플리를 인터뷰했다. 그는 말콤 글래드웰 등 최고의 언론인에게 수여하는 〈타임〉 매거진어워드를 두 번 수상했다. 저널리스트로서 테러에서 허리케인, 산불에 이르기까지 모든 종류의 재난과 갈등을 다뤘다.

고도 갈등은 무엇입니까?

고도 갈등은 교착 상태에 빠져, 도저히 헤어 나올 수 없는 상태의 갈등입니다. 모든 이슈가 대결의 양상을 띠고, 시간이 갈수록 상대의 미스터리가 커지죠.

사실 우리는 싸우려는 본능만큼 평화를 추구하는 마음도 간절해요. 하지만 고도 갈등의 노예가 되면 자신이 소중히 여기는 가치를 갈등의 제물로 바치게 됩니다. 돈과 피, 우정 등 모든 면에서 큰 대가를 치르죠.

건전한 갈등과 어떻게 구별되나요?

갈등 그 자체가 나쁜 것은 아닙니다. 살아가면서 겪는 마찰, 즉 건전한 갈등은 우리를 더 나은 상태로 이끕니다. 스트레스와 분노를 동반하지만 자존감이 꺾이진 않아요. 반면 고도 갈등은 우리를 비참하게 만듭니다.

남보다 유난히 더 자주 갈등에 빠지는 사람이 있나요?

네. 갈등형 성격의 소유자가 있습니다. 파국적 사고에 쉽게 빠져들고 무엇보다 남 탓을 많이 하죠. 하지만 특정 상황에 내몰리면 누구나 그럴 수 있습니다.

한국의 고도 갈등 수준은 어느 정도인가요?

영국 킹스칼리지 런던의 조사에 따르면 한국인 중에는 진보

아만다 리플리

와 보수 사이에서 '상당한 정도의 갈등'이 존재한다고 생각하는 사람들이 조사 대상인 28개국 2만 3,000명 중 가장 많은 것으로 나타났습니다. 에델만 신뢰도 조사에서도 한국인은 언론과 기업에 대한 신뢰도가 매우 낮은 수준이었어요. 신뢰 수준이 낮은 사회일수록 갈등 수준은 높아집니다.

그렇다면 미국의 갈등 양상은 어떤가요?

미국도 만만치 않습니다. 2020년 5월, 46세의 흑인 조지 플로이드가 9분 동안 목이 짓눌려 죽었어요. 경찰과 시위대가 부딪쳤고 폭력은 더 큰 폭력을 정당화했습니다. 2021년 1월에는 트럼프 지지자들이 국회의사당을 점령하는 사태가 벌어졌죠. 그야말로 고도 갈등의 악순환입니다.

선거 결과를 놓고 친구나 가족과 대화가 단절된 미국인도 무려 3,800만 명에 이릅니다. 뉴스를 피하는 사람, 뉴스에 몰입해 격분하는 사람이 늘어만 가죠. 수많은 합의를 이뤄낸 전통에도 불구하고 현재 민주당과 공화당 지지자는 상대 진영을 인간 이하로 봅니다. 유럽도 다르지 않아요. 유럽인 가운데 절반 이상은 10년 전에 비해 관용 정신이 후퇴했다고 느끼고 있어요.

아만다 리플리는 고도 갈등은 이제 이 시대의 보이지 않는 손이 되었다고 탄식했다.

한 사회의 갈등 정도는 어떻게 진단할 수 있나요?

스스로 질문을 던져보세요. 우리 사회는 '다른 편'의 고통을 즐기는가? 갈등을 묘사하기 위해 언론이 거창하고 폭력적인 언어를 사용하는가?

우리는 왜 점점 더 서로를 괴물로 보게 되었을까요?

고도 갈등은 일종의 시스템이죠. 유튜브, 페이스북, 트위터가 불쏘시개 역할을 했어요. 증오도 증상의 일부입니다. 고도 갈등에 대한 증상. 적대적인 법률체계, 정치 뉴스, 소셜미디어 플랫폼… 이런 시스템이 고도 갈등을 교묘히 이용하고 이윤을 극대화하는 과정에서 수백만 개의 주식시장과 거대한 갈등 산업복합체가 탄생했어요.

주변을 둘러보세요. 갈등이 반복된다면 분명 당신 주변에 그 갈등의 촉진자들이 있을 겁니다. 정치적 갈등에서 벗어나려면 케이블 방송과 SNS를 줄이고, 이혼을 앞둔 부부라면 싸움을 붙이는 사람들과의 접촉을 줄여야 합니다.

그는 《극한 갈등》에서 고도 갈등에 빠졌다가 탈출한 여러 인물을 소개한다. 갱단의 일원이었다가 어느 날 아들의 졸업식 노래를 듣고 마약 운반책에서 빠져나온 커티스, 반군 게릴라로 정부군에게 쫓기다 언니의 도움으로 탈출에 성공한 산드라… 그러나 피부에 와닿는 현실적인 사례는 냄비 하나로 치고받고, 레고

아만다 리플리

장난감 한 세트를 양보하지 못해 교착 상태에 빠진 이혼 법정의 부부들이었다.

뛰어난 중재 변호사 게리 프리드먼의 사무실에서 벌어진 이야기는 갈등의 덫에 빠져 제자리를 맴도는 우리 모두의 속사정을 거울처럼 비추고 있다. 게리는 40년간 2,000쌍의 부부를 중재했다. 그는 질문을 통해 각자 불만에 가려 보지 못하던 소중한 것을 대면하도록 도와준다. 냄비를 서로 가져야겠다고 싸우면 그 냄비가 왜 중요한지를 질문한다. 돈 때문에 양보 없이 싸우는 것 같지만 그 액수의 의미를 파고들어 가면 각자의 고통과 소망이 보인다. 그리고 눈을 감고 10년 후 각자가 어떻게 살아갈지 상상해 보라고 한다.

"원하는 것을 얻을 경우, 인생에서 달라지는 점은 무엇이죠?" 게리의 결론은 설득력이 있다. "인생의 위기를 맞이한 사람에게 다른 사람으로부터 이해받는 것보다 중요한 것은 없습니다."

성경은 '화평케 하는 자는 복이 있나니'라고 했습니다. 그런 면에서 갈등 촉진자는 매우 우려스럽더군요. 그들을 어떻게 분별할 수 있지요?

한탄을 내뱉을 때마다 맞장구를 치고, 아무도 생각하지 못한 잘못을 지적하는 사람이 누군지 보세요. 이런 사람이 눈에 띄면 심리적·물리적으로 멀리하세요. 갈등 촉진자는 어

타르 웅덩이를 빠져나오려면
진짜 들어야 해요.
비록 사실과 다른 말을 하더라도
정성을 다해 들어주는 것만으로
갈등의 악순환을 멈출 수 있습니다.

디에나 있어요. 가장 친한 친구, 형제, 동료가 갈등 촉진자가 될 수도 있죠. 갈등 촉진자는 대개 내 삶에서 중요하고 집단에서도 카리스마 있는 주요 인물일 경우가 많아요. 그럼에도 갈등 촉진자를 인식하고 그의 감정이 '나의 감정'과는 다르다고 생각하는 것만으로도 실제로 많은 도움이 됩니다.

고도 갈등에서 빠져나올 수 있는 좀 더 주도적인 해법은 없습니까?

최고의 해법은 경청입니다. 게리 프리드먼이 제게 그러더군요. 남의 말을 듣는 것과 듣는 척 연기하는 것은 다르다고. 사람들은 남에게 이해받기를 너무나 갈망합니다. 상대가 내 말을 듣는다는 느낌을 받으면 마법이 일어나요. 스스로 모순을 인정하기까지 하죠.

타르 웅덩이를 빠져나오려면 진짜 들어야 해요. 비록 사실과 다른 말을 하더라도 정성을 다해 들어주는 것만으로 갈등의 악순환을 멈출 수 있습니다. 들은 후에는 이게 맞는지 재확인 과정을 꼭 거쳐야 합니다. 들은 데서 그치지 않고 그 내용을 정확히 표현해 주면 상대의 눈빛이 달라질 거예요. "맞아요! 그거예요!" 그게 바로 이해의 순환고리죠.

경청하고 내용을 재확인하는 습관은 건전한 갈등을 유지하는 최고의 방법이라고 했다. 아만다 리플리는 이 훈련은 초등학생 때부터 가르쳐야 한다고 강조했다. 의사소통에 환상이 끼어들기 때문이다.

의사소통에 환상이 있다는 건 무슨 말인가요?

자신의 의도를 제대로 전달하지 못해놓고 그렇게 했다고 착각하는 거죠. 문제는 우리는 자신의 욕망조차 정확히 모른다는 겁니다. 스스로의 위선조차 깨닫지 못하죠. 그뿐 아닙니다. 화를 낼 때 우리 두뇌에서는 경이로움을 느낄 수 있는 영역이 자동으로 멈춰요. 그래서 제3의 중재자가 필요하죠.

갈등 전문가인 당신도 고도 갈등에 빠진 경험이 있습니까?

물론이죠. 저는 미국 사회에서 갈등이 가장 첨예한 현장인 교육 분야를 오래 취재했어요. 수많은 공격을 받아봤지만 가장 저속한 욕설이 담긴 것은 교육 개혁에 관해 쓴 제 기사에 한 교사가 보낸 메일이었습니다.

다행히 제 무의식에는 갈등을 무난하게 넘겼던 유년의 기억이 남아 있습니다. 저희 부모님은 많이 다투셨는데, 그때마다 저는 방 안에서 장난감을 갖고 놀았어요. 놀다 보면 어느새 갈등은 가라앉고 집안은 평화로워졌죠. 갈등에서 한 발짝 물러나 관찰하려 했던 그때의 습관이 지금까지 영향을 주고 있습니다.

언론이 갈등의 중재보다 생산에 몰두한다는 비판이 어느 때보다 거셉니다. 저 또한 글을 쓰는 기자이기에 '훌륭한 기사는 양극의 갈등이 아니라 복잡한 이야기에서 나올 때가 더 많다'는 당신의 통찰이 반가웠어요. 독자들이 복잡성을 반긴다는 게 사실인가요?

네. 저는 전적으로 확신해요. 복잡함을 선호하는 독자들의 능력을 언론은 과소평가했어요. 입체적인 앵글의 뉴스는 신선하고 놀랍고 더 진실해요. 뉴스가 그 역할을 하지 않기 때문에 수백만 명의 사람들이 뉴스보다 더 복잡 미묘한 허구의 TV쇼를 소비하고 있지요.

저는 묻고 싶어요. 저널리즘은 현실 세계에서 그러한 복잡성을 포착할 수는 없는 걸까요? 모든 갈등이 다 복잡한 것은 아니지만, 사람은 누구나 복잡한데 말이죠.

혹 그런 입체적 르포르타주로 정치 진영 간의 양자 구도를 완화할 수는 없었나요?

기자로서 저는 정치 양극화를 여러 방식으로 보도했습니다. 그러나 아무리 새로운 기사를 써도 누구도 생각을 바꾸지 않더군요. 모든 문제는 진영이라는 색안경을 투과했어요. 양자 구도는 뿌리가 깊어요. 영화 〈혹성탈출〉 촬영장에서도 침팬지와 고릴라를 연기한 배우들은 끼리끼리 점심을 먹는 걸 편안해했다죠. 하지만 선택이 복잡해지면 이분법은 힘을 잃을 수 있어요. 국민투표도 '예, 아니요' 말고 '무의미하다부터 위험하다까지' 다양한 답이 가능하다고 생각해요. 여러 정당이 다양한 이슈에 따라 동맹할 수 있어야 합니다. 우리 편과 상대편 사이의 경계를 흐리면 갈등이 일어나도 건전하게 관리할 수 있죠.

일례로 〈타임〉에서 일할 때 저를 포함한 작가 집단은 글을 다듬는 편집자들을 무시했지만, 우연한 계기로 그들의 일을 우리가 대신하게 되면서 그 어려움을 알게 됐어요. 역할을 바꿔보니 진영 구분이 모호해지더군요.

저는 나사NASA의 우주인들조차 시뮬레이션 임무 때마다 지상팀과 갈등을 피할 수 없었다는 사실이 의미심장하게 느껴졌습니다. 우주에서 얻은 교훈은 무엇이지요?

지상 통제팀과 우주 비행팀은 다른 장소에서 다른 압력을 경험하는 그룹입니다. 우주에서 얻은 핵심 교훈은 이거예요. 문자나 이메일 등 메시지를 사용하는 것보다 항상 실시간 육성으로 이야기하는 것이 더 낫다는 것이죠. 우주에서는 힘들어도 지구에서는 가능합니다. 저마다 감정의 중력이 다르겠지만 차이를 좁히려면, 할 수 있을 때마다 육성으로 소통해야 합니다!

게리, 빌리, 커티스, 마크 라이너스, 산드라… 책에 등장하는 당신의 취재원 중 특별히 더 큰 영감을 준 사람이 있나요?

저는 갱단원이었던 커티스의 이야기에서 큰 영감을 얻었어요. 그는 다른 갱단원과 싸우다가 총에 맞을 정도로 고도 갈등을 겪는 사람이었습니다. 그러다 아들이 성가대에서 부르는 노래를 듣고 타르 웅덩이에서 빠져나가기로 결심합니다. 아들과 자신의 미래가 얼마나 깜깜한지 보였기 때문이죠. 갈등 상황에 빠졌을 때 저는 이런 생각을 해요. '커티스도 했는데, 나라고 못 할 게 뭐 있어.'

고도 갈등에서 탈출한 사람들의 공통점은 무엇이지요?

그들은 모두 높은 정신력을 가지고 있었어요. 무엇보다 포화점을 놓치지 않았어요. 포화점Saturation point이란 갈등으로 인한 손실이 이득보다 더 커지는 지점을 말합니다. 너무 지치면 어느 순간 포화점이 오지요. 일종의 해탈 상태라고나 할까요.

포화점은 누구에게나 찾아옵니까?

아니요. 포화점은 반드시 깨닫고 붙잡아야만 알 수 있어요. 그렇지 않으면 모르고 지나가 버립니다. 이를테면 부모님과 너무 심하게 다투다가 이대로는 더 안 될 것 같다고 느낄 때가 있죠? 그 느낌이 바로 포화점입니다.

이 포화점이 고도 갈등을 해결할 절호의 기회라고 했다. 생각해 보면 내가 최근 고도 갈등에서 빠져나올 수 있었던 것도 포화점에 다다랐기 때문이었다.

서로 의견이 달라도 고도 갈등에서 빠져나올 수 있을까요?

동조하는 것과 이해하는 것은 다릅니다. 멸종위기에 처한 늑대가 마을의 농작물을 해칠 때 환경론자와 마을 사람들 사이에 의견 대립이 일어났어요. 그들은 서로 자신의 신념을 굽히지 않았어요. 다만 흥미로운 일이 일어났죠. 입장에 동의하지 않지만 이해하려는 마음이 생긴 겁니다. 낯선 외국어를 학습하듯 낯선 의견에 귀를 기울이면서요. 서로 적이 아니라는 안전 신호 속에서, 서식지에 집라인을 설치해 관광 상품화를 하자는 재미난 아이디어도 나왔어요.

우리가 타인을 설득할 수 있다는 건 착각인가요?

착각입니다. 상대방을 설득하려는 생각에는 '내가 옳고 당신은 그르다'는 전제가 깔려 있습니다. 늘 내가 옳고 상대방은 그르다고 설득하려고 하나요? 이제는 제발 소셜미디어에 그런 글을 올리지 마세요. 그런 행동은 역풍을 불러옵니다. 남을 설득하기 전에 먼저 이해해야 합니다. 이해하려면

아만다 리플리

경청해야죠.

언어가 중요하다. 결혼 연구의 권위자인 가트맨 박사는 수많은 임
상 연구를 통해 '경멸적 언어를 쓰는 부부는 99퍼센트 이혼한다'는
사실을 발견했다고 한다. 싸움의 횟수와 상관없이 그렇다.

아만다 리플리는 무심결에라도 젊은 기자들을 혐담하면서 다른 언
론인과 유대감을 강화하지 않으려고 노력한다고 했다. 다른 사람들
을 한데 묶어서 '그들' '저 사람들'이라고 부르지 않으려고도 조심
한다고. 범주category라는 영어 단어는 비난kategoria이라는 그리스어에
서 기원했다.

갈등을 연구하기 이전과 이후 당신은 어떤 점이 달라졌습
니까?

명상하는 습관과 사람들의 말을 주의 깊게 듣는 습관이 새
로 생겼습니다. 명상하면 갈등 상황을 마음속으로 재평가할
수 있어요. '정신적·감정적 발코니'로 물러나 갈등 상황을
조용히 바라보죠. 상상 속의 발코니는 고요하고 자기절제가
가능하며 오로지 이 관계의 진정한 목적에만 집중할 수 있
는 곳입니다.

마지막으로 스스로 갈등 촉발자가 되지 않기 위해서 어떤
태도가 필요합니까?

역사를 통해 얻은 큰 교훈이 있다면 사람은 너무도 쉽게 서로를 악마로 만들 수도 있고 반대로 협력할 수도 있다는 사실이죠. 스스로 갈등 촉발자가 되지 않으려면 다양한 논조를 읽으세요. 복잡한 글을 읽은 사람은 더 많은 질문을 던지고 높은 수준의 아이디어를 내놓습니다. 복잡성은 전염돼요. 호기심도 전염되죠. 갈등이 극한에 달했다고 할지라도 더불어 살아가려는 태도가 있으면, 갈등은 반드시 극복됩니다.

2022.09.17.

THE GREAT
CONVERSATION +

아만다 리플리 또한 내 인생을 변화시킨 또 한 명의 '위대한 대화자'다. 인터뷰 당시 나는 전남편과 딸의 면접 교섭을 두고 심각한 고도 갈등에 빠진 상황이었다. 아만다 리플리와의 인터뷰가 끝난 후 나는 '상대를 악마화하는 교착 상태'에서 빠져나와 '아이의 평안'이라는 가장 큰 목표를 위해 내 모든 권리와 자존심을 내려놓았다. 분노의 설득을 멈췄고 저자세로 오직 경청했다. 모든 게 해결되지는 않았지만, 정기적으로 만나 해결책을 향해 나아가고 있다. 모든 것이 더 나아질 거라는 희망을 품고서.

아만다 리플리

저널리스트 **말콤 글래드웰**

마음을 열고
타인을 만나세요

우리는 은연중에 알고 있어요. 타인을 믿는 만큼 발전하고 기회가 생긴다는 사실을요. 당신이 신뢰 상태에서 출발하지 않는다면 의미 있는 사회적 만남을 기대할 수 없습니다. 진실기본값과 투명성 가정에 맞게 행동하지 않는 사람들은 언젠가는 그 대가를 치릅니다. 평범한 보통 사람들이 주인공이 되는 시대에서 이 두 가지 룰은 여전히 유효하고 유익해요.

흑인에 대한 경찰의 폭력 진압으로 전 세계적인 성토가 일어난 조지 플로이드 사망 사건. 참사는 백인 경찰 데릭 쇼빈이 조지 플로이드의 절규를 무시하는 순간 벌어졌다. 공개된 보디캠 녹취록을 보면 참담하다. '숨 쉴 수 없다'고 호소하던 플로이드는 "엄마 사랑해요. 내 아이들에게 사랑한다고 말해줘요, 나는 죽어요"라고 유언하지만, 쇼빈은 그의 말을 진실로 받아들이지 않는다. "소리 그만 질러. 말하는 데 산소 엄청나게 든다고."

쇼빈은 왜 플로이드의 고통에 찬 육성을 믿지 않은 걸까. 왜 이런 소통의 재앙이 일어난 걸까. 말콤 글래드웰Malcolm Gladwell의 《타인의 해석》은 플로이드 사건이 벌어지기 5년 전인 '텍사스 간선도로 현장'으로 우리를 데려간다. 백인 경찰 엔시니아는 깜빡이를 켜지 않았다는 이유로 흑인 여성 운전자 블랜드를 도로 갓길에 불러 세워 위협하고, 말싸움 끝에 체포된 블랜드는 감옥에 갇힌다. 그녀는 사흘 뒤 유치장에서 자살했다.

미국의 스타 저술가 말콤 글래드웰은 이 모든 참사가 '우리가 타인을 극단적 위험 신호로 간주했기 때문에 벌어진 일'이라고 증명해 간다. 한쪽은 백인이고 한쪽은 흑인이었다. 한 명은 경찰관이었고 한 명은 민간인이었으며, 이쪽에는 무기가 있고 저쪽에는 무기가 없었다. 그들은 서로에게 낯선 이였다. 만약 우리가 낯선 이에게 접근하는 방법을 성찰했다면 플로이드가 질식해서 사망하는 일, 블랜드가 텍사스 유치장에서 죽는 일은 없었을 것이라고 그는 말한다.

요는 경찰이 낯선 이를 대할 때 좀 더 신중해야 한다는 것이다. 플로이드는 "밀실 공포증이 있어 경찰차에 탈 수 없다"고 했지만, 쇼빈은 그가 거짓말을 하고 있다고 생각했다. 플로이드는 "죽을 것 같다"고 소리쳤지만, 쇼빈은 그 말을 동료 경찰관과 행인을 선동하는 신호로 오해했다.

말콤 글래드웰은 심리학자 팀 러바인의 '진실기본값' 이론을 이 재앙의 현장에서 교훈을 끌어내는 주요 근거로 제시한다. 인간은 '타인이 진실하다'는 가정하에 협력하고 진화해 왔다. 가끔 배신도 당하지만 사기꾼은 보통 사람과 비교해 극소수이며, 그 위험의 정도가 종의 생존을 위협하지 않는다. '상대가 사실을 말한다'고 믿는 인간의 본능을 완전히 무시하면 경찰관들은 낯선 이를 과잉 공격하고, 건초더미에서 바늘을 찾아내려 하고, 지역사회는 신뢰를 잃고 초토화된다.

말콤 글래드웰은 《아웃라이어》《다윗과 골리앗》《티핑포인트》 등의 세계적인 베스트셀러를 저술한 저널리스트 출신 작가다. 2020년에 출간된 《타인의 해석》에서 그는 타인을 오해한 수많은 엘리트의 사례를 언급한다. 히틀러를 직접 만나고도 전쟁광임을 간파하지 못한 영국의 정치가 체임벌린부터, 오랜 기간 내부 스파이에게 우롱당한 미 정보국까지.

오랜 시간 인간의 머릿속을 탐사해 온 저널리스트의 결론은 하나다. 우리는 낯선 사람을 쉽게 알 수 없다. 낯선 사람에게 어떻게 말을 걸고 어떻게 다가가야 하는지 모르기 때문에 우리가 취할 수 있는 최상의 태도는 '타인이 정직하다'는 훈련된 본능을 믿는 것이다. "거짓말에 취약해지는 대가로 우리는 효율적인 의사소통과 사회적 조정을 얻어 왔다. 이득은 크고, 그에 비해 비용은 사소하다. 그마저 기회비용일 뿐"이라고 그는 지적한다.

심도 높은 지식 콘텐츠로 한국인의 사랑을 받는 저술가 말콤 글래드웰을 전격 인터뷰했다. 그는 "세상에서 아름답고 의미 있는 일들의 대부분은 낯선 사람과 과감하게 말을 터보면서 시작된다" 며 "속이려 드는 사람을 당해내긴 어렵지만, 위험은 감수할 가치가 있다"고 전했다.

깊은 곳을 흐르는 마음

타인을 믿어야 유익하다고 진심으로 믿나요?

물론입니다. 7년 전 처음 한국을 방문했을 때 호텔 로비에서 한 낯선 남자가 나에게 말을 걸었죠.

"괜찮다면 오늘 저녁 저희 부부와 친구 몇 명과 함께 저녁을 드시는 건 어떻습니까?"

저는 그의 차에 올라탔고, 그날 이후 그와 친구가 됐습니다. 내성적이고 낯을 가리는 성격에도 불구하고 인생에서 낯선 이들의 대화와 요청을 거절하지 않고 받아들여서 예상치 못한 관계의 확장과 즐거움을 얻었습니다. 저는 환대와 호의를 믿어요. 경험적으로 보면 그 혜택이 위험보다 훨씬 더 큽니다.

코로나바이러스는 타인에 대한 우리의 입장을 더욱 복잡하게 만들었습니다. '타인은 지옥'이라며 위험 요소로 간주하는 쪽과, '우리는 서로의 환경'이라며 연대하는 쪽으로 나뉘었지요.

어려운 문제죠. 전염병학자들에 의하면 코로나바이러스 감염은 구성원들 사이에서 일어납니다. 스쳐 지나가는 낯선 사람들은 안전한 사람들입니다. 오히려 우리가 걱정해야 하는 존재는 직장 동료, 절친한 친구, 가족 구성원이에요.

연인들이 타인처럼 얽히고설키며 오해를 부르는 영화

말콤 글래드웰

**〈클로저〉의 첫 대사는 "Hello, stranger"였지요. stranger
는 the others와 어떻게 다른가요?**

극적 긴장을 만드는 문장 표현을 좋아합니다. 'talking to
strangers'가 완벽한 예시죠. 나를 제외한 집합 무리로서의
타자가 아니라, 정체를 모르는 '낯선 사람'에게 말을 건다는
그 상태가 중요합니다.

구체적으로 어떤 사람에게 흥미를 느꼈나요?

스파이! 저는 늘 스파이가 궁금했습니다. 스파이에 관한 글
을 많이 읽었어요. 스파이는 왜 즉시 잡히는 법이 없을까, 그
들은 어떻게 타인이 자신을 믿도록 완벽에 가까운 연기를
할 수 있을까. 몇 년 혹은 몇십 년간이나! 그들이 침투해서
기밀을 빼내는 장소는 고도로 훈련받은 정보기관인데도 말
이죠.

타인을 의심하고 추적하는 정보기관조차 낯선 사람의 진위
를 분별해 내지 못한다면 우리들이야 말해 뭐하겠어요? 그
런 관점에서 타인과 소통한다는 게 무엇인지에 관한 연구가
진척됐습니다.

**수많은 판단오류 중 가장 충격적인 사례는 무엇이었습니
까?**

아만다 녹스 사건입니다. 룸메이트의 죽음에 대한 반응이

기괴하다는 이유로 그녀가 살인자로 몰렸었죠. 우리는 보편적인 몸짓이나 언어, 표정을 바탕으로 타인의 감정과 선악을 판단합니다. '표정은 내면을 반영한다'는 투명성 가정에 입각해서.

그러나 드물게 태도와 내면이 불일치하는 사람도 있어요. 대중이 기대하는 대로 놀람과 애도의 감정을 표현하지 않았다는 이유로, 범죄자로 오인받고 감옥에 간다면 얼마나 끔찍한가요.

'낯선 사람에게 가는 가장 올바른 방법은 조심스럽고 겸손하게 대하는 것이다'라는 구절이 인상 깊었습니다. '우리는 타인을 모른다'는 자세를 유지하는 게 왜 중요한가요?

아이러니하지만 삶의 한 영역에서 구축한 통찰력은 다른 영역에 가면 거의 쓸모가 없어요. 당신도 나도 자주 말을 섞고 지낸 친구나 가족, 동료는 그나마 좀 알고, 여러 각도로 공감하려 애씁니다. 안타깝게도 그와 비슷한 자신감을 낯선 사람에게 적용하면 실패할 확률이 높아요. 그것이 내가 재앙을 일으킨 '특정 상호작용'을 탐색하고 얻은 결과입니다. 인정하기 싫지만 사실입니다.

신뢰의 문제로 확장해 보죠. 사회심리학자 데이비드 데스테노의 《신뢰의 법칙》에서 신뢰는 선악이 아니라 이익의

단언컨대, 신뢰는
모든 의사소통 전략 중에서
가장 효율적입니다.
그래야 우리가 소통하고,
협력하고,
친구를 만들고,
복잡한 업무를 수행할 수 있어요.

균형을 찾는 문제라고 하더군요. 믿을 만한 사람은 없으니 무조건 상황을 보라고. 동의하시나요?

저는 동의하지 않아요. 우리의 뇌는 '우리가 상대하는 사람들이 정직하다'는 진실기본값과 '태도와 내면은 일치한다'는 투명성 가정에 우선해서 타인을 판단합니다. 단언컨대, 신뢰는 모든 의사소통 전략 중에서 가장 효율적입니다. 그래야 우리가 소통하고, 협력하고, 친구를 만들고, 복잡한 업무를 수행할 수 있어요.

암묵적인 신뢰에서 오는 혜택이 얼마나 대단한지 인류 공동체는 진화의 경험으로 알고 있습니다. 이런 신뢰는 가끔 일어나는 사기나 배신을 보상해 주고도 남아요. 다양한 샘플을 통해 제가 내린 결론은 '언제 믿고 믿지 말아야 할지 알아내는 것은 사실상 불가능하다'는 것입니다. 신뢰를 주었다 뺏었다를 자유자재로 결정할 만큼 우리는 타인에 대해 절대로 알지 못하니까요.

진실기본값과 투명성 가정이 진화의 결론이라면, 앞으로도 정직성과 투명성이 시대정신으로 더욱 확장되리라 보시나요? 생각해 보면 숙박, 차량 등 IT 기반의 수많은 공유 산업도 '신뢰'라는 거대 인프라가 없었다면 불가능했을 것 같습니다.

물론입니다. 우리는 은연중에 알고 있어요. 타인을 믿는 만

말콤 글래드웰

큼 발전하고 기회가 생긴다는 사실을요. 당신이 신뢰 상태에서 출발하지 않는다면 의미 있는 사회적 만남을 기대할수 없습니다. 진실기본값과 투명성 가정에 맞게 행동하지않는 사람들은 언젠가는 그 대가를 치릅니다. 평범한 보통사람들이 주인공이 되는 시대에서 이 두 가지 룰은 여전히유효하고 유익해요.

미국의 저널리스트들은 당신을 출판계의 스필버그라고도부르더군요. 어떻게 지속적으로 창의적일 수 있나요? 거대한 인간 다큐멘터리처럼 설계된 글은 어떤 방식으로 쓰고 계신가요?

스필버그라니! 고마운 말이네요. 하지만 저는 독자들이 제게 무엇을 기대하는지 깊이 생각하지 않으려 해요. 저만의통찰을 따르는 편입니다. 스스로에게 묻죠. '말콤! 뭘 하고싶지?' 제가 관심이 있다면 다른 사람들도 그 주제에 흥미를느낄 거라는 확신이 있어요. 창의적인 많은 사람이 균형을잃고 슬럼프에 빠지는 이유는 타인이 나에게 무엇을 원하는지에 너무 많이 신경을 쓰기 때문입니다.

1만 시간의 법칙을 세상에 알린 《아웃라이어》도 재밌게읽었습니다. 《아웃라이어》는 이후 '불굴의 투지'를 의미하는 앤절라 더크워스의 《그릿》으로 변주되어 세상에 더

욱 확고하게 정착했습니다. 탁월한 사람은 하루 3시간 10년 동안 자기 일에 투자한 사람이라는 생각에는 변함이 없으신가요? 이 이론이 전 세계에 미친 영향에 만족하시 나요?

글쎄요. 이제 그 이론은 맥락을 다소 벗어났다고 생각합니다. 제가 말하고자 한 바는 그 어떤 재능이든 완전하게 발달하고 표현되기 위해서는 엄청난 양의 연습이 필요하다는 것이에요. 완벽한 재능을 타고난 사람은 없습니다. 우리가 인지적으로 복잡한 과업을 평가할 때 1만 시간의 연습은 매우 중요한 역할을 합니다. 몸이 기억하게 만드니까요.

하지만 이것이 누구나 충분히 연습하면 무엇이든 잘 할 수 있다는 뜻은 아닙니다. 오! 그건 정말 말도 안 되죠. 제가 골프를 2만 시간 친다고 해도 절대 타이거 우즈가 될 수 없고, 첼로를 20년 켠다고 해도 요요마처럼 연주할 수는 없습니다. 예체능 분야에서 타고난 소질은 필수적입니다. 기본적으로 탁월함은 1만 시간과 재능의 결합 상품이죠. 어떤 것도 과소평가할 수는 없습니다.

현재 21세기 인류는 한 치 앞도 알 수 없는 재난의 시대를 살고 있습니다. 역경이 최고의 역량이 될 수 있다는 걸 증명한 《다윗과 골리앗》, 극적인 전환을 포착한 《티핑 포인트》《아웃라이어》《타인의 해석》 등 당신의 여러 뛰어난

저작을 통해 우리가 얻을 수 있는 공통의 교훈이 있다면 무엇일까요?

제가 가진 근본적인 생각은 하나입니다. 인간의 행동과 인식, 그리고 성과는 자기 자신을 벗어난 어떤 힘에 강력하게 뿌리내리고 있다는 사실입니다. 바로 문화, 역사, 이념, 가족, 맥락, 환경과 같은 것들이죠. 우리는 역사와 공동체의 융합의 결과물입니다.

달리 말하면, 제 저술 작업은 인간의 관점을 자기 안의 작은 영역에서 자기 밖의 세상을 향해 옮겨가려는 것입니다. 코로나바이러스가 준 교훈도 마찬가지 아닐까요? '당신이 누구인가'가 아니라 '누구에게 노출되어 왔느냐'가 감염에 있어 중요한 문제죠.

'내가 누구인가'가 아니라 '내가 누구에게 노출되어 왔느냐'… 그 질문이 말콤 글래드웰 저술의 DNA에 있는 것 같네요.

맞아요. 당신이 말한 그것이 바로 '저널리스트'의 DNA입니다.

당신은 어떤 양육방식을 가진 부모에게 노출되어 왔나요?

아버지는 올곧은 수학자였고, 어머니는 자메이카 출신으로 서구 사회에 성공적으로 뿌리내린 작가였습니다. 어머니는 명쾌하고 평이하게 글 쓰는 법을 알려주셨어요. 무엇보다 두 분은 제게 타인에게 편견 없이 마음을 여는 것과 정직의 중요함을 강조하셨습니다. 간혹 오류와 함께 당신들이 무엇인가 더 알아야 할 게 있다면, 언제나 기꺼이 인정하셨고요.

특별히 《타인의 해석》을 아버지 그레이엄 글래드웰에게 헌사한 이유는 무엇인가요?

책을 쓰는 동안 아버지가 돌아가셨습니다. 아버지는 평생 낯선 이를 경계 없이 대하셨어요. 최고의 대화는 서로를 전혀 알아보지 못한 채 끝나는 대화라고 말씀하셨죠.

수많은 타인을 탐색한 후 당신이 내린 최종 결론은 무엇인가요? 위험은 줄이고 기회는 늘리기 위해 모르는 사람과 맞닥뜨렸을 때 우리가 할 수 있는 최선의 행동은 뭘까요?

누군가를 '안다'고 자만하지 말고 일단 들어주라는 것, 그리고 결론을 내리기 전에 한 템포 더 기다리라는 것입니다.

마지막으로 이념 갈등은 크지만 타인을 향한 욕구 또한 강한 현대인들에게 조언을 부탁드립니다.

이념적으로 반대편에 선 사람들과 당신은, 당신이 생각하는 것보다 공통점이 훨씬 더 많습니다. 마음을 열어야 그 사실

을 발견하고, 인내심을 발휘해야 그 사실을 인정할 수 있습
니다.

2020.07.11.

THE GREAT
CONVERSATION+

점점 더 '내가 누구인가'보다 '내가 누구에게 어떻게 노출되어
왔는가'가 중요해지고 있다. 오직 세계와 마찰할 때 창조성이
생긴다는 도리스 메르틴의 언어를 기억하시길! 그런 시점에서
'타인을 믿어야 유익하다'는 말콤 글래드웰과의 대화는 우리 몸
에 각인된 의존적 유전자의 힘을 더욱 선명하게 드러낸다.
낯선 공항에서 먼 길로 안내하는 나쁜 택시 기사나 광장의 소매
치기범보다, 서툴고 지친 나를 위해 맛 좋은 식당과 깨끗한 숙
소, 지름길을 알려주는 인심 좋은 사람들이 훨씬 더 많다는 걸
믿고 우리는 여행길에 나선다. 가끔 배신도 당하지만 사기꾼은
보통 사람과 비교해 극소수이며 그 위험의 정도가 종의 생존을
위협하지 않는다는 걸, 우리는 알고 있다. 말콤 글래드웰이 그
믿음에 확신을 더해주어 고맙다.

카피라이터 사와다 도모히로

내가 편한 세상을
만들기 위해 일해도
괜찮습니다

사람들은 모두 무언가의 소수자입니다. 누군가의 약점 덕분에 사회 구성원 전체가 수혜를 누릴 수 있어요. 구부러진 빨대는 누워서 생활하는 환자를 위해 발명됐지만 누구나 편리하게 쓰고 있죠. 소수자를 기점으로 보면 세계를 더 살기 좋은 곳으로 디자인할 수 있습니다.

절실한 인간일수록 자신의 일그러진 부분과 잔혹하게 대결하면서, 또는 어루만지고 돌보면서, 앞으로 나아간다… 당신이 지닌 소수자성, 즉 약점이나 콤플렉스는 극복이 아니라 활용해야 하는 것이다.-《마이너리티 디자인》중에서

보람 있는 일을 하고 싶어 하는 카피라이터가 있었다. 재능도 있어 시부야역에 그의 광고 카피가 도배되기도 했다. 그에게 보람찬 날들이 계속될 줄 알았지만, 생후 3개월 된 아들이 눈이 보이지 않는다는 사실을 알게 됐다. 순간 머릿속 불이 꺼지고 세상이 캄캄해졌다.

'다 끝났다! 내가 아무리 아름다운 광고를 만들어도 내 아들은 볼 수 없구나!'

32살에 그의 일과 보람은 껍데기가 되어버렸다. 아들과 어떻게 소통해야 할지 알아보려고 장애 당사자들을 직접 만나보기로 했다. 직장 상사에게 아들의 시각장애를 알리고 업무의 90퍼센트를 줄였다. 장애 당사자와 가족, 장애인 고용자 등 200명이 넘는 사람들을 만나서 그들의 이야기를 들었다. 어둠이 걷히기 시작했다.

알고 보니 라이터는 한 손만 쓸 수 있는 사람을

위해 발명되었고, 구부러진 빨대는 누워서 생활하는 장애인을 위해 만들어졌다. "못 하는 일이 있는 건 당사자 잘못이 아니야. 사회를 바꾸면 돼"라는 생각이 들었다.

《마이너리티 디자인》의 저자 사와다 도모히로를 소개한다. 그는 아들에게 장애가 있는 것을 알고 강점만으로 싸우기를 그만두었다. 20대 시절엔 필사적으로 강점을 갈고닦았지만 장애가 있는 아들과 친구들이 그를 구해주었다.

"약점도 나다운 거야."

그는 지금 모든 강점과 약점을 두루 써서 일하고 있다. 카피를 쓴다는 강점, 운동 신경이 둔하다는 약점, 광고회사 직원이라는 강점, 아이에게 장애가 있다는 약점… 모든 것을 그러모아서 '소수자 시장'을 개척했다. 운동치들을 위한 대체 스포츠 '유루스포츠'를 비롯해 그의 역발상이 히트시킨 아이템들이 일본 사회에 건강한 변화를 만들어내고 있다.

예컨대 공을 거칠게 다루면 응애응애 울음소리가 나는 '갓난아기 농구', 가운데 구멍이 뚫린 라켓을 쓰는 '블랙홀 탁구', 손에 미끌미끌한 비누를 묻혀서 하는 '핸드소프볼', 고령화 문제를 역으로 활용한 할아버지 아이돌 그룹 '지팝', 지체장애인의 두 눈과 시각장애인의 두 다리를 서로 빌려주는 신체 공유 로봇 '닌닌'…

"약점을 버리고 강점만으로 경쟁했다면 지금도 광고 카피밖에는 못 썼을 겁니다"라고 그는 고백한다. 소수자의 '사회적 시력'으로 섬세한 역발상 시장을 개척한 《마이너리티 디자인》의 사와다 도모히로를 인터뷰했다. 질문에 답을 준비하며 '마이너리티 디자인 2'를 쓰는 기분이라고 했다.

**아들의 핸디캡으로 자기 안의 소수성을 발견하는 과정이
놀랍습니다. 어떻게 그런 선순환이 일어났나요?**

장애 관련인들을 만나서 도움을 받았어요. 장애 덕분에 사
회가 더 좋은 방향으로 나아갈 수 있었던 좋은 사례가 많았
어요. '굿 뉴스'를 만난 덕분에 저와 아들은 구원받았습니다.

**아들의 장애를 이해하기 위해 200여 명의 사람을 만났다
고요. 그들에게 구체적으로 무엇을 물어봤습니까?**

눈이 보이지 않는 아이를 어떻게 키워야 할지, 어른이 되면
무슨 일을 할지, 어떻게 성장했는지, 꿈은 무엇인지, 다른 분
을 소개해 줄 수 있는지… 정말 큰 공부가 됐어요. 왜 지금까
지 그들과 관계 맺지 않았을까.

우리가 착각하는 게 있어요. 모든 정보를 검색으로 손쉽게
구할 수 있다는 거죠. 하지만 정말 중요한 정보는 사람에게
있어요. 검색하는 대신 사람을 만나 질문하면 디지털에 없
는 정보가 술술 흘러나와요. 실제로 장애 당사자와 관련인
들을 만나보니 제가 찾아 헤매던 온갖 단서와 아이디어가
가득했어요. 조금씩 아들의 인생이 그려졌죠.

'장애가 있다＝불쌍하다'는 등식 대신 다른 해법이 생겼다. 못
하는 일을 억지로 하는 대신 사회를 더 좋게 바꾸면 된다… 그
해법이 마이너리티 디자인이었다.

마이너리티 디자인의 수혜자는 누구죠?

누군가의 약점 덕분에 사회 구성원 전체가 수혜를 누릴 수 있어요. 구부러진 빨대는 누워서 생활하는 환자를 위해 발명됐지만 누구나 편리하게 쓰고 있죠. 소수자를 기점으로 보면 세계를 더 살기 좋은 곳으로 디자인할 수 있습니다.

장애가 있는 내 아이와 '운동치'라는 내 약점이 겹치면서, '혹시 잘못은 운동이 한 거 아닐까?'라고 생각했다고요. 어떻게 그런 발상을 할 수 있었죠?

사회복지를 공부해 보니 두 가지 모델이 있어요. 휠체어를 타는 사람에게 '곤란의 원인은 당신에게 있으니 재활해서 건강한 상태로 만듭시다'가 의료적 모델이고, '곤란의 원인은 사회에 있으니 문턱을 없애고 엘리베이터를 만듭시다'가 사회적 모델입니다.

그렇다면 운동을 못하는 건 제 탓이 아니라 운동 경기 시스템의 문제일 수도 있는 거죠. 저는 저를 위해 제 능력을 쓰기로 했어요. 운동을 못하는 제 아이와 제가 함께 즐길 수 있는 스포츠를 만들자. 그래서 처음으로 만든 것이 버블 축구예요. 거대한 튜브를 장착한 선수들이 축구를 한다면? 해보니 서로 부딪힐 때마다 튕겨 나가고, 스릴과 폭소가 쏟아졌어요.

결국 나를 위해 일할 때 가장 쓸모 있고 아름다운 물건이

사와다 도모히로

만들어지는 것 같습니다.

한국에서는 어떨지 모르겠습니다만, 일본의 교육에서는 학생이 무언가를 못할 때 "네게 책임이 있다" "노력해서 극복해야 한다"고 합니다. 저도 체육을 정말 못해서 선생님이 "더 달려야 해"라며 연습을 시켰지만 전혀 빨라지지 않았죠. 당시에는 제 잘못이라고 생각했어요. 하지만 사람은 환경과 상호작용하는 존재입니다. 물고기가 강에서 좀처럼 나아가지 못한다면 물고기뿐 아니라 물살이 거센 강에도 책임이 있는 거죠. 물고기가 아니라 강을 바꾸면 모든 사람이 '물 만난 물고기'가 될 수 있습니다. 유루스포츠라는 새로운 강이 생겨나자 저와 아들 같은 약한 물고기들도 술술 헤엄칠 수 있게 되었어요.

물고기가 아니라 강을 바꿔야 한다는 말은 대담하고 힘이 있었다.

약자도 즐길 수 있으려면 스포츠에 어떤 설계가 필요한가요?

핸디캡을 공유해야 해요. 가령 버블 축구는 몸에 대형 튜브를 끼고 해요. 잘하는 사람도 못하는 사람도 공통의 '핸디캡'을 갖고 있으니 다 함께 웃고 즐기게 돼요. 그래서 저는 더 다양한 핸디캡을 생각했죠. 핸드볼을 하는 데 공이 미끌미끌하면? 비누를 뜻하는 '핸드 소프'와 '핸드볼'을 합쳐서 핸드소프볼이 탄생했어요.

또 어느 날엔 휠체어를 사용하는 사람도 집에서는 기어 다니며 생활한다는 것을 알게 됐어요. 그 순간 아이디어를 내서 애벌레 옷을 입고 기면서 하는 '애벌레 럭비'를 만들었죠. 경기를 해보니 비장애인보다 하반신 마비자가 훨씬 빠르고 화려한 플레이를 보여줬어요.

중요한 건 다들 애벌레로 변신해서 맘껏 웃으며 땀에 흠뻑 젖었다는 거죠. 서로의 핸디캡과 실수에 한없이 너그러워졌어요. 공에 충격 감지기가 달려 '응애응애' 소리를 내는 아기 농구도 있어요. 이 경기는 공을 천천히 조심스럽게 아기 다루듯 움직여야 해요. 속도를 못 내니 모두가 서투른 사람이 되고, 모성이 있는 사람이 유리해요.

모두를 서툴게 만드는 이유가 있나요?

다양한 장소에서 다양한 출발선을 긋기 위해서예요. 그러면 누구나 긴장하지 않고 자기만의 경주를 할 수 있어요. 주류 세계의 승리의 룰을 무효화하면 스포츠는 즐거운 카오스가 됩니다. 기존의 스포츠 룰에서 강하거나 빠르거나 높은 사람이 피라미드 위쪽에 있었다면, 잘 기거나 모성이 있는 사람에게도 기회가 생기는 거죠. 유루스포츠는 운동 약자를 우대하지 않아요. 다만 이제까지 최강자만 살아남는 방식을 바꿨어요. 승리하는 방식이 다양해지도록. 상어만 살기 좋

사와다 도모히로

은 바다가 아니라 새우도 문어도 살 만하도록.

시합에 참여한 사람들은 '이기면 기쁘다. 져도 즐겁다'고 즐겁
게 합창했다. 넘어지고 구르면서 웃다 보면 점수도 실수도 대수
롭지 않은 일이 된다. 사와다 도모히로는 대단한 일을 한 게 아
니라 모든 일을 좀 더 느슨하게 만든 것뿐이라고 했다.

주류 질서 안에 소수자를 세우는 것에서 모든 일이 시작되는 것
같았다. 각자의 내면에 '아직 발견되지 않은 신대륙'이 있다고
그는 믿었다.

**이를테면 당신은 각자의 약점에서 신대륙을 발견하는 탐
험가로군요!**

예를 들어 의족을 한 여성에게는 패션이라는 분야에서 활용
할 수 있는 신대륙이 있습니다. 할아버지들에게는 그 독특
한 저음을 살려서 EDM 같은 음악과 접목할 수 있는 신대륙
이 있었죠.

'상대방에게 반드시 신대륙이 있다.' 이런 집념이 '절단 비
너스 쇼'나 할아버지 아이돌 그룹 같은 기획을 낳았습니다.

발견되지 않은 신대륙을 찾기 위해서 당사자의 목소리를 직접
듣는 게 중요하다고 했다. 신체 공유 로봇 '닌닌'도 그런 인식으
로 만들어졌다.

신체 공유 로봇 '닌닌'은 가장 인간적인 '휴머노이드'의 모델이 될 것 같습니다. '보디 셰어링 시스템'으로 시각장애인은 닌닌의 안내를 받으며 홀로 거리를 걸을 수 있고, 신체장애인은 외출한 듯한 경험을 한다니… 어떻게 장애인들이 서로를 돕는다는 호혜적 발상을 했나요?

시각장애인 지인이 신호등 앞에서 늘 불안에 떤다고 해서 놀랐어요. 음성 안내기도 비가 오면 들리지 않는다고요. 가까운 사람이 곤란을 겪는다고 하면 해결책을 찾아 나서죠. 시각장애인의 어깨에 앉은 작은 로봇 닌닌이 "빨간불이야!" "택시 오니까 손 흔들어" 같은 정보를 알려줍니다. 안내자는 AI가 아닙니다. 누워서 생활하는 장애인이 모니터를 보고 말해주는 거죠.

그 덕에 닌닌을 사용해 본 시각장애인들은 "헤어지려니 쓸쓸하다" "나도 누군가에게 도움을 주어 기뻤다"는 감상을 들려줍니다. 앞으로는 다리가 불편한 할아버지가 '닌닌' 속에 들어가 손주와 함께 여행을 떠날 수도 있을 거예요.

'닌닌'은 곧 개인을 대상으로 서비스를 시작할 거라고 했다. 아들의 장애 이후 '모든 약점은 이 사회의 가능성'이라는 사와다 도모히로의 생각은 점점 더 확고해졌다. 바야흐로 약점의 우주가 열렸다. 주류 세계에 균열이 생길수록 세상은 더 친절해지고 다양해지고 재밌어졌다.

　　　　　　　　　　　　사와다 도모히로

주위에 다양한 소수자 친구가 있을수록 경쟁력도 커지겠군요?

그렇죠. 누군가의 약점과 누군가의 강점이 손을 잡을 때 다양성의 불꽃이 일어납니다. 제가 눈이 보이지 않는 아들을 두었다는 약점과 카피를 쓴다는 강점을 조합한 것처럼.

제 지인 중에는 일본에서 성장한 영국인으로 휠체어를 타는 여성이 있어요. 소수자 덩어리 같은 사람인데 자신을 '1인 UN'이라 부르면서 그 특성을 적극적으로 활용하고 있어요. 그녀의 독자적이고 포용적인 시선이 기업의 차별화에 큰 도움이 되고 있죠.

주류에 올라타지 않았기에 소수자는 우리 사회의 핵심 잠재력입니다. 불편을 감지하는 사회적 시력이 탁월하죠. 그들이 "이건 위험해요" "이건 이렇게 고치면 더 좋아요" 개선점을 알려주고 우리가 잘 받아들일수록 사회는 더 다정해지고 안전해져요.

핸디캡이 있는 소수자에 너무 포커스를 맞추면 시장 자체가 작아지진 않을까요?

그 반대예요. 알고 보면 사람들은 모두 무언가의 소수자입니다. 모든 개인 안에는 다수성과 소수성의 양자가 공존하고 있어요. 제가 체육을 가장 싫어하는 운동치였던 것처럼 말이죠. 그리고 제가 '나는 운동 약자다'라고 소리 내어 말

알고 보면 사람들은
모두 무언가의 소수자입니다.
모든 개인 안에는
다수성과 소수성의 양자가
공존하고 있어요.

하는 순간, 이 세계는 변하기 시작했어요. 통계를 보니 일본 1억 인구의 절반 이상이 '운동하지 않는 사람들'이었어요. 시장이 놓치고 있던 구멍이 있었던 거죠. 저처럼 약점을 노출하면 소수자를 중심으로 계속 새로운 시장이 만들어져요. 승부의 과한 긴장을 없앤 대체 스포츠 시장도 점점 커지고 있습니다.

내 안의 소수성을 발굴하는 것도 중요하겠어요. 저는 저널리스트로서 저를 늘 경계인이라고 느꼈습니다. 당신은 언제부터 스스로를 아웃사이더로 인지했나요?

사실 저는 태어난 순간부터 저는 외부인(아웃사이더)이라고 생각했어요. 아버지의 일 때문에 오랫동안 영국, 프랑스 등 해외를 전전했거든요. 일본에서는 외국인, 해외에서는 일본인… 모국과 타국 어디에도 속하지 못한 채 발이 땅에서 떨어져 둥실둥실 떠 있는 것처럼 괴로웠어요. 어디에도 속하지 못해서 일어난 굴절이었죠.

글을 쓰면서 조금씩 깨달았어요. '아무리 불편한 세계라도 내 말로 바꿀 수 있을지도 몰라. 내가 좋아하는 세계로.' 광고 카피에는 사람을 움직이는 힘이 있으니까요.

외부자의 지정학이 독특한 뷰를 만들어 내는 것 같습니다.

맞아요. 20대에 미국과 일본 느낌을 섞은 인디 밴드 보컬을 했는데, 어메이징하다는 평가를 받았어요. 솔직히 제 노래나 기타 실력이 뛰어나지는 않았지만 일본과 미국 사이의 경계선 위에 서 있는 것 자체가 독특한 가치를 부여해 준 거죠. 그 뒤 기업과 일을 할 때도 아웃사이더의 눈으로 매사를 관망하며 전체를 파악할 수 있었어요.

'타인을 위해 자신을 뒤로 미루지 말자'는 노동 구호도 산뜻했어요. 어떻게 나왔지요?

사회에 뛰어들어 보니 업계의 모든 크리에이터가 지쳐 있더군요. 우수한 사람을 옆에서 보면 떠오르는 생각이 있어요. 한정된 시간을 남을 위해 너무 많이 쓰는 거 아닌가? 어쩌다 보니 다들 자본주의라는 강자의 페이스메이커가 되어 톱니바퀴를 굴리고 있는 거 아닌가? 자기 능력을 스스로의 인생과 소중한 이들에게 더 직접 연결하면 좋을 텐데… 그래서 저는 과감히 멈추고 나 자신을 의뢰인 삼아 기획서를 써보라고 해요.

'나라는 의뢰인'은 어디에 있나요? 클라이언트, 소비자, 상사에게 맞춰온 삶이 길수록 '나를 향한 촉수'는 다 퇴화된 것 같습니다만.

나다운 게 뭔지 모르겠다고 생각하는 사람은 인생 구간별로 '희로애락 도표'를 만들어서 들여다보세요. 저는 '왜 내 아이

사와다 도모히로

에게 장애가?'라는 슬픔과 '왜 나는 스포츠에서 배제되어야 하지?'라는 분노가 강렬했어요. 내 강점과 내 약점을 모두 포함해 자신과 마주하면 나라는 의뢰인이 태어납니다. '이 사람을 위해 뭔가 해주고 싶다'는 생각으로 기획서를 써보세요. 나를 위한 기획서를 쓰는 것은 나라는 냉장고의 문을 열고 무슨 재료가 있는지 꼼꼼히 살펴보는 것과 같습니다.

20대 내내 저는 출구 없는 회전문에 들어간 듯이 일했습니다. 미움받을 각오로 회전문을 뛰쳐나가 보니 드넓은 경치가 펼쳐져 있었어요. 나를 포함해서 못하는 게 많아서 매력적인 사람들, 지금껏 만난 적 없는 사람들과 마주쳤어요. 경이로운 약점의 신세계였죠.

정말 내가 편한 세상을 만들기 위해서 일해도 괜찮습니까? 그러기 위해서 필요한 것은 용기인가요?

아니요. 용기를 내기보다 정직해지세요. 자기 자신에게 거짓말하면 안 돼요. 저 또한 일하는 방식을 새롭게 전환하는 과정에서 '이렇게 일해야 한다'는 기존의 납품 노동 개념으로 되돌아갈 뻔한 순간이 있었어요. 상식대로 사는 게 편하니까요. 하지만 자문자답하면서 찾아낸 제 내면의 답은 같았어요. '내가 편한 세상을 만들기 위해서 일해도 괜찮다.'

사람은 어릴 적부터 거짓말을 하면 안 된다고 배우지만, 실은 자기 자신에게 거짓말을 많이 해요. 여러분은 부디 자신의 마음에 정직해지면 좋겠어요.

정직해진 다음엔 용기를 내야겠군요!

아니요. 그다음에 필요한 건 유머입니다. 유루스포츠는 신흥 세력 같은 존재라 기존의 스포츠 업계 관계자들이 경계할 때가 있어요. 그럴 때 농구공이 갓난아기처럼 울음을 터뜨리는 '아기 농구'나 라켓에 한가운데 구멍이 뚫려 있는 '블랙홀 탁구'에 대해 이야기하면 상대방이 픽 웃어버립니다. 그 '픽' 하는 웃음소리는 마음속 얼음이 녹는 소리예요. 상대방이 마음을 여는 순간이죠.

저희는 기존 스포츠의 반대편이 아닙니다. 대안이나 대체재라고 할 수 있죠. 그런 자세를 이해할 수 있도록 상대방과의 사이에 불꽃이 아니라 웃음을 일으키는 게 중요합니다. 유머의 역할이 크죠.

당신이 만든 약점의 생태계는 앞으로 어떻게 성장할까요?

저는 모릅니다. 저뿐만 아니라 관여하는 모든 사람이 생태계가 어떻게 성장해 갈지 몰라야 해요. 육아와 마찬가지죠. 아이의 성장을 계획할 수 있고 계획대로 자란다면 부모는 육아에서 손을 뗄지도 몰라요. 내가 아이를 돌보는 과정에서 아이가 어떤 변화를 겪고 어떻게 성장할지 모르기 때문에 부모는 육아에 대한 동기를 잃지 않을 수 있죠.

사와다 도모히로

아들은 잘 지내고 있습니까? '보이지 않아. 그뿐!'이라는 당신의 카피는 진실한가요?

아들은 눈이 보이지 않는 것 외에는 평범합니다. 아침에 일어나면 옷을 갈아입고, 아침을 먹고, 학교에 가고, 집에 돌아와서는 숙제하고, 놀고, 씻고, 저녁을 먹고, 잠자리에 들지요. 사람들은 장애가 있는 사람을 대할 때 '장애'라는 한 가지 면만 지나치게 클로즈업해서 바라보곤 합니다. '장애가 있지만, 장애가 있을 뿐'이라는 다면성을 봐주지 않는 경우가 많지요. 그래서 저는 당시 '시각장애인 축구' 포스터 카피에서 '그뿐'이라는 말을 사용했어요.

살면서 누구에게 가장 큰 영향 혹은 영감을 받았나요?

아들입니다. 그만큼 저를 극적으로 (거의 하룻밤 만에) 변화시킨 사람은 없습니다.

"다시 태어나도 농인으로 태어나고 싶다"는 이야기를 청각장애인에게 들은 적이 있어요. 고요하고 좋은 세상이라고요. 눈을 가리고 시각장애인 축구를 했을 때 당신 몸에 비친 세상은 실제로 어땠나요?

시야를 'OFF'로 전환한 순간, 부드러운 담요로 몸을 감싼 듯한 기분이 들었어요. 시각을 빼앗기는 무서운 경험이 아니라 시각이 닫히는 안도감이 들었죠. 우리는 수많은 자극에 노출된 채 살아가고 있습니다. 기업은 상품을 판매하기 위해, 미디어는 시선을 끌기 위해 요란한 시각 자극으로 사람들을 에워쌉니다. 그런 시각적 포위 상태에서 풀려나 'OFF'가 상태가 되니 해방감이 느껴지고 자연스럽게 내 감각에 집중할 수 있었어요.

"폐를 끼쳐줘서 고마워"는 당신의 책에서 제가 발견한 가장 보석 같은 말입니다. 일본 사회는 폐 끼치는 걸 극도로 싫어하는 사회로 알고 있는데, 당신이 큰 변화를 일으키는 것 같습니다. 어떤가요?

아시다시피 일본은 초고령 사회로 진입했습니다. 모든 사람이 누군가에게 폐를 끼치지 않으면 살아갈 수 없는 방향으로 사회가 점점 전환되고 있죠. 사람들이 일찍부터 타인에게 폐를 끼치고, 타인의 폐를 기꺼이 받아들이는 습관을 들이면 나이를 먹었을 때 주위와 원활한 '민폐 관계'를 맺을 수 있겠지요.

문득 사회관계 자본을 이루는 화폐의 단위가 '민폐'라는 생각이 들었다. 욕망의 화폐 대신 관계의 자원인 '민폐'가 돌고 돈다면 우리는 서로에게 훨씬 더 귀엽고 뻔뻔해질 수 있을 텐데.

한국에서 벌어지는 장애인 이동권을 둘러싼 논쟁에 대해

사와다 도모히로

보탤 의견이 있으신지요?

일본에서는 1970년대 이후 장애 당사자들이 이동권을 계속 주장해 왔습니다. 그 결과 장애인이 혼자 탈 수 있는 버스 등이 늘어났어요. 하지만 지금은 노동자가 부족하다는 이유로 무인 전철역이 많아졌죠. 역무원의 도움을 받지 않으면 이동할 수 없는 장애인들이 다시 목소리를 높이고 있습니다.

지금까지 역사를 돌이켜보았을 때 완벽한 사회는 어떤 국가에서도 실현된 적이 없습니다. 그 때문에 당사자가 '계속' 목소리를 높이는 것이 중요해요. 포기하지 않고 목소리를 높이는 것. 멀리 돌아가는 길 같겠지만 그보다 짧은 길을 저는 모릅니다.

'일하다'는 '남을 돕기 위해 내가 잘하는 것을 한다' 혹은 '더 잘하기 위해 수련한다'로 알고 있었어요. 마지막으로 '일하다'에 대한 당신의 생각을 듣고 싶군요.

저는 모든 일이 '케어care(돌봄)'라고 생각합니다. '케어'는 일본어로 옮기기 어려운 말인데, 저는 '마음을 쓰다'라고 여기고 있습니다. 무언가 힘든 일이 있는 사람에게 자신의 마음을 공유하는 것. 구체적인 도움이 필요한 사람에게는 손을 내미는 것. 그렇게 제가 지닌 것을 상대방에게 내주고, 반대로 상대가 지닌 것을 받기도 합니다. '일하다'란 그렇게 내어주고 받으며 서로의 인생을 포개어 가는 것이 아닐까요?

도움과 민폐를 주고받으며 서로의 인생을 포개어 가는 것, 그것이 일하는 것이라는 말에 머리가 멍해졌다. 나를 기쁘게 하는 행위가 곧 남을 돕는 결과로 이어지는 마법의 순간들. 그 마법의 스위치가 바로 각자의 '약점'들이다.

인생 희로애락 중 내가 느꼈던 슬픔과 분노의 장면을 외면하지 않고, 정중하게 해결해 주려고 애쓰는 것. 그게 일이라면, 우리는 평생 숨을 헐떡이며 살다 졸도하는 자본주의의 페이스메이커가 아니라 가슴 뛰는 자기 인생의 해결사로 살 수 있지 않을까.

2022.05.28.

THE GREAT CONVERSATION +

오랜만에 눈물도 웃음도 넘치는 인터뷰를 했다. 창조의 꼭짓점은 약점이라는 시대정신의 정점에 사와다 도모히로가 있다. 폐 끼치는 걸 극도로 싫어하기에 고령화와 장애로 인한 간병 살인이 사회문제로 부각되는 폐쇄적인 일본 사회에, 사와다 도모히로 같은 경쾌한 아웃사이더가 나타난 것은 축복이다. 어린 시절부터 메이저리그인 서양에서 아시아 이민자로 살아온 개인의 전력에 장애를 가진 아들의 탄생이 플러스 되면서 '어나더 레벨'의 빛나는 언어들이 탄생했다.

'보석 같은 민폐를 끼쳐줘서 고맙다.'

'상대방에게는 반드시 신대륙이 있다.'

'내가 편한 세상을 만들기 위해 일해도 괜찮다.'

약점을 노출할수록 타인이라는 신대륙에 더 많은 선의의 신작
로가 생긴다. 선택지가 많아질수록 생은 호기심과 경이로 더욱
살 만해지지 않겠는가.

경영사상가 **사이먼 시넥**

무한게임을 해야
더 단단한
플레이어가 됩니다

변동성, 복잡성, 모호성이 극에 달한 지금의 세계에선 정해진 결승선도, 당장의 승자도 중요하지 않습니다. 단기 승패 위주의 사고방식은 또 다른 위기를 불러낼 뿐입니다. 점점 플레이어는 탈진하고, 윤리는 퇴색되며, 분위기는 살벌해집니다. 누가 승자이고 최고인지 집중하던 과거의 습관을 버리고 멀리 봐야 해요.

통찰력 있는 지식인은 우리가 산발적으로 느끼고 있던 세상의 변화를 선명한 언어로 정돈해 주고, 더 나은 룰이 있는 세계로 우리를 데려간다. 세계적인 경영저술가 사이먼 시넥Simon Sinek 은 《인피니트 게임》에서 본격적으로 이 세계의 룰이 바뀌었다고 선언한다. 승자도 패자도 결승점도 없는 무한게임으로의 진입이 그것이다.

우리는 이제까지 1등, 최고, 숫자를 목표로 달리며 '이기는 게임'이 진리라고 말하는 세상을 살았다. 그러나 넷플릭스 드라마 〈오징어 게임〉의 세트장처럼 시야가 좁은 유한게임 세상에선 1등도 꼴등도 불안에 떤다. 성과는 찰나에 불과하고, 플레이어가 탈진할 때까지 경기는 살벌하게 계속되기 때문이다.

그는 묻는다. '당신은 무한게임 플레이어가 될 것인가, 유한게임 플레이어가 될 것인가.' 무한게임의 목표는 승리가 아니라 플레이의 지속이다. 이제껏 윤리와 대의명분, 지속 가능성에 대한 수많은 논의가 있었지만 시넥은 그것을 시야의 한계를 없애는 '무한게임'이라는 새로운 세계관에 담아냈다.

주가가 곤두박질치는 와중에 환호받을 이야기는 아니지만 그는 월스트리트의 유한게임식 경영

압박에 대해서도 강하게 비판한다. 주식시장은 평범한 시민이 국가의 부를 나누어 가진다는 원래의 취지대로 작동할 때 최적의 상태를 유지하지만, 지금은 유한게임의 단기 성장 도구로 전락해 균형과 신뢰도를 잃었다는 것.

미국인의 주식투자 비율은 최근 20년간 가장 낮은 수치를 기록하고 있고, 중산층은 대거 빠져나갔다. 기업도, 개인도 하루빨리 유한게임 트랙에서 나와 무한게임 세계관으로 리셋해야 한다는《인피니트 게임》의 사이먼 시넥을 전격 인터뷰했다.

무한게임의 주목적은
게임을 계속해 나가며
그 게임을 오랫동안 유지하는 것입니다.

무한게임이란 무엇인가요?

말 그대로 시간이 무한대로 주어지는 긴 게임입니다. 참여자도 규칙도 정해져 있지 않고 명확한 종료 지점도 없어서 사실상 '이긴다'라는 개념도 없죠. 무한게임의 주목적은 게임을 계속해 나가며 그 게임을 오랫동안 유지하는 것입니다.

지금 시대에 왜 무한게임 세계관이 중요한가요?

변동성, 복잡성, 모호성이 극에 달한 지금의 세계에선 정해진 결승선도, 당장의 승자도 중요하지 않습니다. 우리는 일상에서 점점 더 많은 무한게임을 경험합니다. 일례로 학교 교육은 유한하지만 교육 자체에는 승패가 없죠. 좋은 학교를 나와 빨리 취업해도 성공의 룰은 바뀌고 결승점은 다른 곳으로 이동해 버립니다.

단기 승패 위주의 사고방식은 또 다른 위기를 불러낼 뿐입니다. 점점 플레이어는 탈진하고, 윤리는 퇴색되며, 분위기는 살벌해집니다. 누가 승자이고 최고인지 집중하던 과거의 습관을 버리고 멀리 봐야 해요. 역설적이지만 그래야 단기적으로 더 단단한 플레이어가 될 수 있습니다.

> 사실 살면서 얼마나 성공했든 몇 번을 실패했든, 죽을 때 인생에서 이겼다고 공표되는 사람은 없다. 비즈니스도 마찬가지일 것이다. 승리란 존재하지 않는다. 하지만 어쩌면 이것은 기준점

의 충돌이다. 대개 인간은 단기적인 좌표로 움직이고 거기서 안
정을 찾으려 하지 않던가.

**무한게임 세계관과 유한게임 세계관이 맞붙으면 어떤 일
이 일어나나요?**

베트남전을 예로 들어볼게요. 미국은 베트남전을 유한게임
이라고 생각했고 베트남은 무한게임이라고 생각했어요. 미
국은 이기기 위해 싸웠지만 북베트남은 자신을 지키기 위해
싸웠습니다. 숫자상으로 모든 것이 우세했음에도 미국은 수
렁에 빠졌죠. 유한게임 방식으로 무한게임에 참여했기 때문
입니다. '미국이 베트남전에서 졌다'는 말보다 전쟁을 지속
할 의지력과 자원을 소진해서 그만둘 수밖에 없었다는 표현
이 정확합니다.

유한게임 리더는 무한게임 리더를 이길 수 없습니까?

질문이 틀렸습니다. 무한 리더는 유한 리더와 싸우지 않아
요. 포용해서 더 나은 판을 만들 뿐. 유한게임 리더는 실적
에 유리한 모든 짓을 합니다. 정리해고, 인수합병을 통한 외
형 성장, 자사주 매입 등이죠. 직원들은 그 누구도 실적 앞에
안전하지 않다는 사실을 깨닫습니다. 반면 무한게임 리더는
승패가 아니라 시장 전체와 대의명분을 중요하게 생각해요.
지난 10년간 매출이 10배 증가한 파타고니아의 전 CEO 로

즈 마카리오는 "지구를 되살리는 일을 했고, 이를 통해 새로운 시장을 발견했고 수익도 증가했다"고 말했습니다. 2006년 포드 자동차에 부임한 CEO 앨런 멀러리는 경쟁자였던 GM과 크라이슬러를 위한 구제 금융에 찬성했습니다. 선의의 라이벌이 있어야 게임이 중단되지 않고 계속된다는 걸 알았기 때문입니다.

하지만 현재 비즈니스 업계에는 유한게임 세계관의 영향력이 훨씬 우세합니다. 그들에게 달라진 세계와 바뀐 규칙을 어떻게 설득할 수 있을까요?

두 참여자를 예로 들어보죠. 한 회사는 경쟁자를 물리치는 것에, 한 회사는 이상 실현에 집착했습니다. 한때 마이크로소프트의 CEO였던 스티브 발머는 유한게임으로 애플을 이길 수 있으리라 확신했고, 애플의 아이팟을 겨냥해서 준Zune을 만들었어요. 유한게임 리더는 자신이 이기는 결말을 만들기 위해 플레이합니다. 그래서 누군가는 반드시 져야 하죠. 준은 훌륭했습니다. 그런데 제가 애플의 한 임원에게 "아이팟 터치보다 준이 훨씬 낫던데요"라고 말했을 때, 그는 미소를 띤 채 대답하더군요. "그렇죠?" 그게 다였습니다. 그의 반응은 무한게임 사고방식에서 비롯된 것이었어요. 애플의 목표는 애플 자신을 뛰어넘는 것이었고, 준이 출시된 지 약 1년 뒤에 애플은 첫 번째 아이폰을 출시했습니다. 유한게임 참여자는 사람들에게 팔 수 있는 제품을 만들지만, 무한게임 참여자는 사고 싶어 하는 제품을 만듭니다. 결과적으로 게임 전체에 좋은 선택을 하지요.

그는 무한게임 리더라면 다음의 5가지를 지켜야 한다고 했다.

1. 가슴 뛰게 할 대의명분을 추구하라.

2. 신뢰하는 팀을 만들라.

3. 선의의 라이벌을 항상 곁에 두라.

4. 근본적 유연성을 가져라.

5. 선구자적 용기를 보여주라.

특히 대의명분 추구는 무한게임 세계관의 본질이자 근거가 된다고 강조했다. 대의명분의 바탕은 2가지. 미래의 방향을 제시하는 비전과 봉사 정신이다. 시넥은 기업의 리더는 자신이 추구하는 세상이 어떤 모습인지 정확히 그려지도록 '대의명분'을 공표할 의무가 있다고 했다.

대의명분이 있는 리더와 없는 리더는 어떻게 구분할 수 있죠?

명확한 구분점이 있어요. 유한게임 리더는 '좋은 일을 하려면 돈을 벌어야 한다'고 하는 반면 무한게임 리더는 '좋은 일을 하면 돈이 벌린다'고 생각합니다. 이것은 공식이라기보다는 리더의 삶의 방식이고 사고방식입니다. 특히 봉사

정신이 중요해요. 대의명분과 봉사 정신은 곁다리가 아니라 회사 의사 결정의 핵심 기준입니다.

대의명분은 비전선언문과 어떻게 다릅니까?

대의명분에는 반드시 공적인 헌신과 꿈이 있어요. 자기중심적인 비전선언문에는 교만과 야망이 어른거립니다. 우리는 업계 최고이고 우리 제품이 뛰어나서 모두가 원한다는 내용이죠. 그런 선언문은 시선을 잠재 소비자보다 회사 내부로 돌립니다. 그런 기업의 리더는 뛰어난 선수, 히트 상품, 잘나가는 앱을 보유하면 1등이라고 착각하지요. 그러나 1등은 계속 바뀝니다. 게다가 제품 자체에만 집중하면 기업 문화가 망가집니다. 그래서 시야가 좁은 IT 기업은 개발자가 아닌 일반 직원을 소외시키고, 실적이 부진할 때도 가장 먼저 직원을 탓하죠. 유한게임 리더에게 직원은 비용이지만 무한게임 리더에게 직원은 한 명의 인간입니다.

경영사상가 찰스 핸디는 '인적 자원'이라는 용어를 써서는 안 된다고 하더군요. 직원을 비용으로 보는 것과 한 명의 인간으로 보는 것은 어떤 차이가 있나요?

어떤 게임이든 플레이하려면 의지력과 자원이라는 2가지 요소가 필요합니다. 자원은 수치화하기 쉽지만 의지력은 측량하기 어려워요. 그러나 의지력에 대한 가치를 자원보다 낮게 보면 안 됩니다. 한정된 자원에 비해 의지력은 무한해요. 위기 상황이 되면 무한게임 리더는 직원 감축이 아닌 다른 대안을 찾습니다. 휴가를 준다거나 퇴직연금 동결을 제안한다거나요. 직원이 퇴사할수록 비용이 더 들기 때문이죠. 애플은 판매 사원과 일반직 직원에게 동일하게 완전보장 의료 보험 등의 혜택을 제공해서 이직률을 현저하게 줄였습니다. 추가 비용은 신규 채용과 연수 비용을 아껴서 충당했고요. 코스트코는 계산원에게 높은 시급과 보험 혜택을 제공해서 고객 서비스와 매출도 늘어났습니다.

무한게임을 하고 싶으면 직원들을 잘 보살펴야 합니다. 그래야 직원들이 고객을 보살필 수 있어요. 그게 바로 무한게임 기업이 진정한 주주가치를 창출하는 방법입니다.

문화가 건강하면 관계에 기대고 건강하지 않으면 규칙에 기댄다는 당신의 통찰에 동의합니다. 무한게임 스타일의 신뢰를 끌어내기 위해서 리더가 가장 먼저 할 일은 무엇인가요?

자신의 취약성을 내보이는 결단을 해야 합니다. 10억 달러 규모의 해상 석유 굴착기인 URSA를 도입했던 석유 기업 쉘의 팀 리더 릭 폭스가 대표적이죠. 그는 아들과의 상담 경험을 계기로 직장에 카운슬러를 초빙해서 팀원들이 서로의 감정과 취약점을 터놓을 수 있도록 도왔습니다. 결과는 놀라

사이먼 시넥

웠죠. 현재 쉘의 URSA는 석유 산업 전체를 통틀어 가장 훌륭한 안전 관련 기록을 보유하고 있습니다. 이 모든 것이 바로 팀 리더였던 릭 폭스가 먼저 취약성을 내보이는 용기를 냈기 때문에 이루어진 일입니다.

새로운 세계관이 정착되려면 가장 시급한 것이 리더의 변화인가요?

그렇습니다. 리더가 먼저 선구자적 용기를 보여주면 직원들도 따라서 용기를 냅니다. 아이들이 부모를 따라 하듯 직원들은 리더를 따라 하니까요.

저는 맥가이버 칼로 유명한 스위스의 빅토리녹스의 CEO 칼 엘스너의 발언에 감동을 받았습니다. "영원히 좋을 수도 없고 끝없이 나빠지기만 할 수도 없다. 우리는 다음 분기가 아닌 다음 세대를 바라본다." 뛰어난 리더 한 사람의 결심이 시장의 분위기를 바꿀 수 있겠더군요.

물론이죠. 빅토리녹스는 9.11테러가 발생하자 경영에 직격탄을 맞았습니다. 경영진은 직원을 단 한 사람도 해고하지 않았고 오히려 신제품 개발에 투자를 확대했어요. 빅토리녹스는 9.11테러 이전과는 다른 기업이 되었습니다. 스위스 아미 나이프의 비중이 매출의 95퍼센트에서 35퍼센트로 줄었습니다. 대신 여행용품, 시계, 향수를 새로 판매하면서 매출

이 두 배 이상 상승했죠. 무한게임 리더는 안정적인 기업이
아니라 회복탄력성이 높은 기업을 만들어요.

**반대로 유한게임 리더들이 저지르는 잘못 중에 당신은 윤
리적 퇴색을 큰 문제로 거론했습니다. 윤리적 퇴색이란
무엇인가요?**

비윤리적인 행동을 하면서도 자신이 윤리적이라고 믿는 현
상입니다.

**윤리 문제는 기업의 존립을 위태롭게 하는 예민한 사안임
에도 필터링이 잘 되지 않는 이유가 뭐죠?**

윤리적 퇴색에 젖은 리더는 사악하기보다 자기기만에 빠진
거예요. 자기기만에 빠진 뇌는 인과관계에서 나를 빼고 제
도를 탓합니다. 2015년 중증 알레르기 치료제 에피펜EpiPen
을 판매하는 회사 마일란은 주가를 올리기 위해 에피펜의
가격을 폭등시킨 적이 있어요. 이윤 때문에 윤리를 저버린
CEO 헤더 브레시에게 반성하느냐고 물었지만, 그는 "현 의
료보험 제도에 합당하게 회사를 운영한 행위에 대해 사과할
생각은 없습니다"라며 잘못을 인지조차 못 했습니다.
인스타그램, 스냅챗, 페이스북과 다수의 게임 회사들 또한
중독성 강한 서비스를 공급하면서 관련 법이 없다는 이유로
발을 뺍니다. '자동 추천 기능'을 사용자 경험 증대를 위해

서라고 말하죠. 이런 행동이 사회적으로 용인되면 업계 표준이 되는 것입니다.

나아가 유한게임의 리더는 보상체계 자체에 비윤리적인 행동을 장려하는 구조를 만들어요. 2016년 중반 웰스파고은행 직원들이 350만 개 이상의 유령 계좌를 만드는 불미스러운 일이 일어났죠. 그 일로 직원 5,300명이 해고됐습니다. 윤리적 퇴색이 만연한 곳에서 일하면 보통 사람도 규칙을 위반합니다. 그 가운데는 어김없이 실패한 리더십이 있어요.

CEO들도 부임 초기에 어떤 세계관으로 기업을 운영할지 기로에 설 것 같네요. 그런데 창업자가 무한게임 세계관으로 시작했어도 중간에 유한게임으로 변질되는 기업도 많지 않습니까?

페이스북도 시작은 무한게임이었어요. '모두가 가까워지는 세상'이라는 대의명분이 부끄럽게도, 지금은 가짜뉴스와 사생활 침해를 방관하고 있습니다. 그래서 저는 창업자의 대의명분을 반드시 종이에 적어서 보이는 곳에 두라고 조언합니다. 나침반을 자주 봐야 혼돈에 빠지지 않으니까요.

임원들이 자주 겪는다는 유한게임 탈진증후군이란 무엇인가요?

대의명분과 가치가 사라진 성장의 쳇바퀴를 설치류처럼 돌리다 무기력과 탈진에 이르는 병입니다. 유한한 방식으로 무한을 플레이하면 자신을 파괴하게 됩니다. 인생을 즐긴다는 명목으로 디저트를 너무 많이 먹고 당뇨병에 걸리는 것과 비슷하달까요.

사이먼 시넥은 기업의 리더에게 유한게임을 부추기는 월스트리트의 영향력을 강하게 비난했다.

기업의 평균 수명이 계속 줄어드는 데 월스트리트가 악역이었다고 보시나요?

사실입니다. 매킨지의 연구에 따르면 1950년대엔 기업의 평균 수명이 61년을 기록했는데 오늘날엔 불과 18년밖에 되지 않아요. 월스트리트 기업들이 유한게임 리더십을 도입했고 경영대학원도 그것을 표준으로 가르쳤습니다. 대표적으로 제너럴 모터스, 시어스, 이스턴 항공, 블록버스터는 한때 강한 기업이었지만 리더가 유한게임으로 경영해서 쇠퇴의 길을 걸었습니다.

스타트업 기업가 역시 우려스러워요. 월스트리트의 압박으로 성장에 불쏘시개가 되어줄 벤처캐피탈이나 사모펀드의 투자를 받은 후 3~5년이 지나 회사를 되팝니다. 수순처럼 기업은 혁신 동력을 잃고 문화는 파괴됩니다.

헨리 포드가 '오로지 돈만 버는 기업은 형편없는 기업이다'라고 말했다죠. 무슨 뜻입니까?

비즈니스가 돈에만 집착했던 적은 역사상 한 번도 없었어요. 위대한 기업들은 언제나 어떤 제품을 판매하는지보다는 어떤 목적을 수행하는지에 따라 결정되어 왔습니다. 자본주의는 삶의 질, 기술 향상, 그리고 함께 살아가고 일하는 인류의 능력 전반에 걸친 '진보'를 포괄해요.

당신은 자본주의라는 욕망의 시스템을 너무 이상주의적으로 해석하는 것은 아닌지요?

20세기 중반까지 미국의 기업은 실제로 건전했습니다. 애덤 스미스는 무한게임 방식으로 자본주의 시장에서 기업의 책임을 정의했어요. 그런데 1970년대에 노벨경제학상 수상자인 밀턴 프리드먼이 한 기고문에서 주주가치가 최우선이라는 주장을 펼치기 시작했습니다. '기업의 유일한 목적은 합법적인 틀 안에서 수익을 극대화하는 것'이라는 그의 주장이 유한게임 경영의 기초가 됐죠.

프리드먼 이후, 임원들은 스스로를 위대한 가치를 추구하는 기업의 관리인으로 생각하지 않고 주주들의 대리인으로 인식하기 시작했습니다. 프리드먼식 비즈니스 관행에 찬성하는 사람들은 그 주장 덕에 이익을 본 소수의 사람들입니다. 인류 역사와 주식시장 폭락 사태를 가만히 돌이켜보세요.

불균형이 모든 문제의 근원이었습니다. 유한게임 경영을 막기 위해 도입된 글래스-스티걸 법안Glass-Steagall Act이 폐지된 이후 주식시장에는 세 번이나 대폭락이 있었어요. 1987년 블랙먼데이, 2000년 닷컴버블, 2008년 금융위기가 그것이었죠. 시장이 균형을 잃으면 반드시 조정이 일어납니다. 그것이 무한게임이 작동하는 방식이에요. 지금처럼 월스트리트가 주도하는 유한게임 경영이 지속된다면 기업의 자원과 의지력은 바닥나고 말 것입니다.

주주가 자본주의의 주인공이 되는 것이 왜 나쁩니까?

현실에서 주주는 전혀 기업의 주인처럼 행동하지 않으니까요. 오히려 기업을 빌린 사람처럼 행동하죠. 경제 방송도 거래 전략과 단기적인 시장 동향만을 다룰 뿐입니다. 단기 수익만을 노리는 투자자들이 회사를 렌터카처럼 생각한다면, 기업의 리더가 그들을 주인으로 대접해 줄 필요가 있을까요? 냉정하게 들리겠지만, 주주들 또한 자신을 기업을 위해 헌신하는 사람으로 여기는 것이 바람직합니다.

기업의 책임이 재정의되어야 한다고 보시나요?

기업의 책임은 목적 추구와 인류 보호이고, 가장 마지막이 이익 창출입니다. 이런 기준으로 운영했을 때 오래가고 이익을 얻습니다.

당신은 오래 전부터 애플을 무한게임 기업으로 존중했습니다. IBM과 블랙베리, 구글, 페이스북과 달리 애플은 어떻게 무한게임을 계속 지속할 수 있었던 거죠?

IBM이 PC를 출시했던 1981년 8월, 애플은 월스트리트 저널에 전면광고를 냈습니다. "IBM을 환영합니다. 진심으로." 애플은 IBM과의 경쟁에서 한 단계 높은 수준을 택했죠. 경쟁자는 고객을 확보하고자 애씁니다. 하지만 선의의 라이벌은 애호가를 만들어요. 애플 애호가들에게 IBM은 과거였고 애플은 미래였습니다.

1970년대 후반으로 돌아가 보면 PC 업계의 혁명을 일으키고 있던 사람은 스티브 잡스와 스티브 워즈니악뿐만이 아니었습니다. 그 둘만이 유독 똑똑한 사람인 것도 아니었죠. 오히려 이 둘은 사업에 대해서는 별로 아는 게 없었어요. 애플을 특별한 회사로 만든 것은 빠른 성장, PC에 대한 색다른 생각이나 능력이 아닙니다. 애플을 특별하게 만들어 준 것은 바로 같은 패턴을 몇 번이고 반복할 수 있는 점이었어요. 다른 경쟁자들과 달리 애플은 컴퓨터 산업, 소규모 전자기기 산업, 음악 산업, 휴대전화 산업, 그리고 광범위한 엔터테인먼트 산업에 이르기까지 전통적인 사고방식을 뒤집어 놓는 데 성공했습니다. 그것이 가능했던 이유는 간단합니다. 애플은 목적이 있는 회사이기 때문이죠. 그들은 항상 'why?'로 돌아가 다시 시작합니다. 사용자의 움직임을 추적해 개

인정보를 파는 구글과 페이스북과 달리 애플은 지금도 개인
정보의 수호자 역할을 자처하고 있어요.

**당신이 생각하기에 무한게임 플레이어가 되기 위해 꼭 필
요한 태도는 무엇인가요?**

겸손과 인내입니다. 무한게임의 플레이어는 선의의 라이벌
이 사라진 후에도 겸손함을 유지해요.

**마지막으로 다이내믹한 속도전으로 유한게임의 마지막
성장 신화를 통과하고 있는 한국인들에게 조언을 부탁드
립니다.**

우리는 인생에서 다수의 무한게임에 참여하는 플레이어라
는 사실을 기억하세요. 커리어는 그중 하나입니다. 양육, 우
정, 학습 같은 게임에서는 절대 승자가 될 수 없어요. 이기면
즐겁고 지면 고통스럽지만 계속해서 게임을 이어나갈 수 있
습니다. 우리는 생명이라는 무한게임의 유한한 플레이어입
니다. 우리가 떠난 뒤 자녀가 타인에 봉사하는 삶을 살도록
양육하는 것으로 우리는 다음 세대의 무한게임에 기여할 수
있습니다. 궁극적으로 베푸는 활동이 인생 게임에 득이 됩
니다.

2022.08.06.

사이먼 시넥

2022년 여름,《인피니트 게임》을 쓴 사이먼 시넥을 인터뷰하면서 나는 마치 인문판 히어로로 영화를 보는 듯 가슴이 뛰었다. 사이먼 시넥의 언어를 대면하면 여러 면에서 '숫자와 승부보다 사람과 우정을 중요하게 생각하라'던 찰스 핸디가 떠오른다. 그들은 마치 DC 확장 유니버스의 배트맨과 슈퍼맨 같다. 두 사람 모두 미국의 베트남전 실패와 맥나마라의 숫자의 오류를 지적한 것은 우연이 아니다. 사람은 자원이 아니라 예측하기 힘든 의지력을 지닌 존재라는 사실을 우리는 종종 잊는다.

특히 그가 월스트리트가 주도한 유한게임이 그동안 주식시장에서 기업과 금융 소비자를 얼마나 스포일드 시켜왔는지 조목조목 지적할 때는, 마치 의사가 어긋난 뼈를 바로 세우듯 신랄하고 시원하다. 시넥은 '무한게임' 세계관을 우리 삶에 적용하는 두 개의 줄기로 대의명분과 봉사를 이야기한다. 우리는 더 큰 맥락 안에 던져진 작은 존재이지만, 그 맥락의 선한 질서를 이해하고 우리가 못한 것을 다음 세대가 해낼 것이라고 믿고 힘을 조절할 때, 서서히 그 맥락의 일부가 된다.

지난 몇 년간 다정함이 우리 신체에 미치는 다양한 데이터를 수집했어요. 그 데이터는 정확히 한 방향을 가리키고 있었습니다. 건강의 본질적인 요소는 의학 서적에 있는 것이 아니라 사람들 간의 일상적인 관계에 있다는 것을요. 서로를 어떻게 대하느냐가 건강 문제의 본질이라는 거죠.

ⓒ Private

의사 **켈리 하딩**

친절은
증폭되고
전염됩니다

벨라와 데이지라는 두 환자가 있었다. 70세의 벨라는 췌장암에 걸렸지만 토요일마다 마당의 꽃을 돌보고 아들과 산책을 즐기고 이웃과 쿠키를 구워 나눠 먹었다. 반면 43세의 데이지는 건강검진 결과는 깨끗했지만 생기가 없고 나이 들어 보였다. 데이지는 원인 불명으로 아파서 회사를 자주 빠지는 바람에 점점 고립되었다. 의료적으로 문제가 없는 데이지의 몸 상태는 갈수록 나빠졌지만 벨라는 그녀에게 암을 진단한 종양학자보다 오래 살았다. 왜 누구는 병에 걸렸는데도 건강하다고 느끼고, 누구는 병이 없어도 몸이 안 좋다고 느끼는 걸까? 병과 병이 아닌 상태의 애매한 회색지대는 어떻게 설명할 수 있을까?

1978년 〈사이언스〉에 특이한 토끼 실험 논문이 실렸다. 로버트 네렘 박사 연구팀은 토끼들에게 고지방 사료를 먹이고 콜레스테롤 수치를 확인했다. 몇 달 후, 모든 토끼의 콜레스테롤 수치가 높아졌고 심장병에 걸릴 확률이 증가했지만 유독 한 무리의 토끼만 혈관에 쌓인 지방이 60퍼센트나 적었다. 변수는 건강한 토끼들을 돌본 한 다정한 연구원이었다. 그는 토끼에게 먹이를 줄 때마다 말을 걸고 쓰다듬으며 귀여워해 줬다. 병에 걸리는 토끼와 건강을 유지하는 토끼를 나눈 것은 식단이나 유전자가 아니라 바로 '애정'이었다. 일명 '토끼 효과Rabbit Effect'다.

컬럼비아 의대 켈리 하딩Kelli Harding 교수는 '토끼 효과'와 '벨라와 데이지'의 임상에 주목해서 '다정함'이 건강에 미치는 효과를 정밀하게 증명해 냈다. 수천 건의 사례와 데이터를 통해 유대와 친절이 우리의 건강에 미치는 놀라운 효력을 담은 책 《다정함의 과학》을 썼다.

실비아, 랜디, 산드라, 토미, 줄리… 켈리 하딩 교수는 임상 현장에서 불러온 수많은 생생한 이름과 병동, 실험실을 교차편집하며 사려 깊은 메디컬 드라마처럼 질병의 사회적 맥락을 짚어낸다. 병원의 렌즈를 폭넓게 확장해서 의학계의 찬사를 받고 있는 켈리 하딩 교수를 인터뷰했다.

병에 걸렸지만 건강하게 오래 산 '벨라'와 병에 걸리지 않았지만 아픈 '데이지'··· 의료 현장에서 이런 경우를 종종 목격합니까?

네. 의학적으로는 건강하지만 아프다고 호소하는 환자들을 자주 만났어요. 의사로서 난감한 일이고 그 일이 저를 '토끼 효과'로 이끌었어요. 병에 걸리는 토끼와 건강을 유지하는 토끼를 나눈 것은 식단이나 유전자가 아니라 돌본 사람의 '애정'이었습니다.

'토끼 효과'가 의사로서 당신 삶에 지대한 영향을 미친 것 같더군요.

토끼 효과는 의사들이 의학에서 놓치고 있는 걸 보여줬습니다. 건강하지 않은 생활 방식의 토끼에게 말을 걸고 안아주자 식단의 많은 부작용이 사라졌어요. 놀랍지 않나요? 저는 지난 몇 년간 다정함이 우리 신체에 미치는 다양한 데이터를 수집했어요. 그 데이터는 정확히 한 방향을 가리키고 있었습니다. 건강의 본질적인 요소는 의학 서적에 있는 것이 아니라 사람들 간의 일상적인 관계에 있다는 것을요. 서로를 어떻게 대하느냐가 건강 문제의 본질이라는 거죠.

건강을 이해하려면 한 사람의 신체뿐만 아니라 인생 전체를 봐야 한다고 했다. 인간관계, 직장, 집··· 일상의 수많은 사소한 순간에 건강의 신호가 숨겨져 있다고.

의학계와 동료들은 건강에서 다정함의 변수를 크게 본 당신의 결론에 어떤 반응을 보이나요?

많은 동료들이 지지해 주고 있어요. 이 데이터는 의사들이 임상 실습에서 보았던 수많은 사례를 과학으로 입증하고 있으니까요. 진짜 의사들은 환자들이 병원 밖에서 더 잘 살 수 있도록 도와줍니다.

특별히 직장인의 건강 부분이 흥미로웠어요. 심장질환 사망의 가장 강력한 예측 요인이 콜레스테롤이나 혈압이 아니라 그들의 고용 등급이었다고요. 이것이 의미하는 바가 뭐죠?

런던의 화이트홀 지역에서 10년간 공무원을 관찰하던 중 밝혀진 사실입니다. 책임에 대한 스트레스 때문에 윗사람이 심장마비 위험이 높을 것으로 생각했지만 데이터는 정반대였어요. 급사 위험은 사장이 아니라 낮은 직급에 있는 사람들에게 많았고, 심장마비로 사망할 확률이 높은 직급에 비해 3~6배가량 높았어요.

이걸 통해서 알 수 있어요. 직장에서의 존엄성이 건강에 얼마나 큰 영향을 미치는지. 과장을 좀 섞자면, 저는 인사부 지침을 모두 지워버리고 그냥 '서로에게 친절하자'로 바꾸자고 해요.

좋은 의사보다 좋은 상사가 질병 예방에 도움이 된다고 생각하시나요?

좋은 의사만큼 좋은 상사를 만나는 건 정말 중요해요. 연구 결과에 따르면, 상사에게 지지를 받고, 일하는 동안 독자적인 결정을 내릴 수 있고, 인정과 보상을 받는다고 느낄 때 면역 시스템이 개선되고 질병 저항력이 커집니다. 얼마나 공정하고 따뜻한 상사를 만나느냐에 따라 개별 직원의 건강은 좋아질 수도 나빠질 수도 있습니다.

번아웃 관련한 위험 신호를 어떻게 파악할 수 있습니까?

지속적으로 지지받지 못하고 위협받는다는 느낌이 들 때, 존엄성이 침식당한다고 느낄 때죠. 장기적으로 스트레스를 받으면 과도한 호르몬 작용으로 신체에 마모가 일어나고 염증이 촉진되어 나이 들어 보이고 생활 습관도 나빠집니다. 번아웃은 심각한 문제예요. 우리는 일생의 3분의 1을 직장에서 보내는데, 일상적으로 독이 되는 환경은 위험해요. 우리는 안전하다고 느낄 때 더 높은 창의력을 발휘합니다. 마음이 편안할 때 두뇌 피질 기능이 활성화되어 문제 해결에 몰입할 수 있어요.

켈리 하딩

매일 포옹을 받은 사람이 병에 걸릴 확률이 낮았다는 통계도 신선했습니다.

포옹에 관한 데이터는 저도 놀랐어요! 감기 바이러스 노출 실험을 했을 때, 매일 포옹을 받은 사람이 병에 걸릴 확률이 32퍼센트 낮아졌고 회복 속도도 빨랐습니다. 위안을 주는 모든 손길은 생명에 중요한 역할을 해요. 친구가 어깨를 토닥여 주는 행위부터 포옹, 악수, 마사지나 미용사의 머리 손질까지요.

혼자 사는 사람에겐 반려동물이 그 역할을 대신하죠. 때론 무게감이 있는 묵직한 담요나 전기 마사지기 등도 도움이 됩니다. 타인과의 접촉이 어렵다면 전화 통화나 공동 야외 활동이라도 하세요. 신체가 닿지 않아도 같은 공간에 있는 것만으로 '뇌의 동기화'가 발생합니다. 여름밤의 반딧불이처럼, 같은 파장 안에 있게 되죠.

아이들의 경우 '부모의 다정함'이 생명을 살리거나 DNA 서사를 바꾸기도 한다면서요?

네. 그런 미스터리한 기적 앞에서 의사들은 한없이 겸허해집니다. 쌍둥이를 출산한 엄마가 숨이 멈춘 한 아이를 안고 말을 걸었어요. 제이미라는 이름의 뜻을 설명해 주고 지켜줘야 할 여동생이 있다고 말해줬죠. 그 순간 사망 판정을 받은 아이가 움직였고 살아났어요. 부모의 사랑은 흥미로운 방식으로 아이의 생명 활동에 영향을 미쳐요. 아이들과 나누는 신체 온기는 치유의 절정을 보여줍니다.

많이 핥아주는 어미 쥐가 유순한 새끼를 기르고, 적게 핥는 어미 쥐가 공격적이고 불안한 새끼를 기른다는 발견은 후성유전학의 발견과 포개집니다. 환경이 인간 DNA의 서사를 바꾼다는 결론을 부모가 양육 과정에서 어떻게 적용할 수 있을까요?

아이에게 선택권이 있다면 차가운 엄마보다 다정한 엄마를 선호할 거예요. 사랑받는다는 느낌은 생존에 절대적이거든요. 우리는 어미 쥐처럼 핥아주지는 못하지만 애정 어린 손길로 아이의 운명을 바꿀 여러 방법이 있어요.

진심을 편안하게 느낄 만큼 아이에게 애정을 표현하세요. 더 눈을 깊게 바라보고 더 애정을 담아 웃고 함께 누워서 이야기를 나누거나 산책을 하세요. 가끔 온몸으로 힘 있게 안아주세요. 그렇게만 해도 아이는 다른 사람으로 성장할 거예요. 그 영향은 유전 형질에도 영향을 주고 손주와 증손주에게까지 영향을 미칠 수 있습니다.

글쓰기와 건강의 효능도 인상적이었습니다. 쓰는 것만으로 통증이 완화된다는 게 사실인가요?

네. 실험에 의하면 어린 시절의 트라우마를 글로 쓰는 것만으로 주관적 고통이 줄어들고 면역기능의 혈청 지표가 개선됐어요. 3일 동안 하루에 15분씩 글을 쓰는 것처럼 간단한 방법이 스트레스와 트라우마를 재구성한다는 사실이 놀랍죠?

글쓰기는 우리의 이야기에서 의미를 찾도록 도와줍니다. 이것을 외상 후 성장post traumatic growth이라고 해요. 그러한 경험으로 당신이 어떻게 강해졌는지를 깨닫는 거죠. 이런 과정을 통해 감사를 느끼고, 타인과 가까워지고, 삶의 우선순위가 바뀝니다.

당신 책에서 모델 클로에 세비니와 《더 라스트 걸》을 쓴 노벨평화상 수상자 나디아 무라드를 만나리라고는 상상도 못했습니다. 만나는 모든 개인들에 대한 당신의 진심 어린 서술에 감동했어요. 의사가 그렇게 개별자로 인간을 본다는 것은 매우 숭고한 일입니다. 특별히 기억에 남는 환자가 있나요?

살인을 저지르고 대부분의 삶을 감옥에서 보낸 나이 든 환자를 만난 적이 있어요. 지적장애를 앓고 있었고, 유일하게 지지해 주던 사람인 어머니가 어릴 때 돌아가셨더군요. 다정하게 보살펴 준 한 사람만 있었더라도, 그 사람의 상황은 달라졌을 거예요.

뉴욕의 한 뷰티숍에서 미래의 노벨평화상 수상자 나디아를 만난 기억도 여전히 선명해요. 제게 화장을 해주던 나디아에게 말을 걸지 않았다면, 그 소녀가 IS 성노예에서 여성 인권의 대변자로 거듭난 사실을 몰랐겠죠. 제가 사람들에게 자주 묻는 첫말은 "오늘 하루는 어땠나요?"예요. 이렇게 시작하면, 낯선 이와도 다정하고 의미 있는 대화를 나눌 수 있어요.

의료적인 차원에서 볼 때 다정함의 중요한 디테일은 무엇인가요?

공감과 연민의 차이를 인지하는 겁니다.

공감과 연민은 어떤 차이가 있습니까? 그것을 분별하는 게 왜 중요하죠?

공감과 연민의 차이를 알아야 번아웃과 독이 되는 스트레스를 다룰 수 있어요. 공감은 필터 없이 온전히 타인의 고통을 강렬하게 느끼는 것이고, 연민은 타인의 감정 상태를 인지하고 완화해 주려는 노력입니다.

공감은 힘을 주는 관계에서는 훌륭하지만 부정적인 상황에서는 받아들이기 힘거울 수 있죠. 그래서 공감 능력이 뛰어난 사람들이 번아웃을 경험할 위험도 큽니다. 다행히도 연민은 지적 각성 능력입니다. 타인과 유대감을 느끼고 스트레스 경험으로부터 성장할 수 있게 도와주죠. 두 개의 감정은 서로 다른 뇌 영역을 사용합니다.

켈리 하딩

대화할 때도 "너한테 무슨 문제가 있는 거야?"에서 "너에게 무슨 일이 일어났던 거야?"로 질문을 바꾸라고요. 작은 차이인데도 뉘앙스의 진폭이 꽤 커서 놀랐어요.

간단한 관점의 변화로 더 연민이 깃든 세상이 만들어지죠. 모든 사람은 상처를 갖고 각자만의 방식으로 고군분투하며 살아요. 우리가 길에서 마주치는 사람 중 절반이 부정적 아동기 경험ACE: Adverse Childhood Experiences을 갖고 있습니다. 그 슬픔과 억하심정의 영향이 모든 곳에서 나타난다는 뜻이죠. "너한테 무슨 문제가 있는 거야?"라는 말로 가둬서 판단하지 말고, "너에게 무슨 일이 일어났던 거야?"라고 친구의 힘든 상황에 사려 깊게 동참해 보세요. 트라우마를 편견 없이 인식하는 것이 우선입니다.

건강을 위해 친구는 많을수록 좋은가요?

옥스퍼드대 진화심리학 교수인 로빈 던바의 연구에 따르면, 세 명에서 다섯 명 정도의 가까운 친구가 건강을 위해 가장 좋지만, 당신을 지켜줄 단 한 명의 친구만 있어도 도움이 됩니다. 친한 친구가 아니더라도 동네에서 만나는 이웃과 나누는 눈인사 등의 미세 친절이 점점 더 중요해지고 있어요.

모든 생명체는 잘 살기 위해 그 주변 환경을 잘 탐색할 수 있어야 하는데, 인간에게는 그게 바로 사는 동네라고 했다.

아침에 침대에서 일어날
이유를 갖는 것은
우리 건강에 중요한 역할을 합니다.

먼저 인사하고 미소를 짓고 가만히 얘기를 들어주는 미세 친절에는 위대한 힘이 있어요. 용기가 필요한 일이죠. 저도 얼마 전에 불행한 얼굴을 하고 걸어가는 한 여성에게 "좋은 하루 되세요"라고 인사했더니, 얼굴이 환해지면서 제게 화답하더군요. 그 순간 제 에너지도 좋아졌어요. 친절에는 증폭성과 전염성이 있어요.

한 사회의 다정함 척도 같은 것을 지수화할 수 있을까요?
그렇게 될 수 있다면 좋겠네요. GDP 대신 다정함 지수가 한 나라의 평가 기준이 되면 좋겠어요.

우리는 어떻게 하면 더 건강해질 수 있을까요?
스트레스를 줄여주는 다정한 선택을 하면 됩니다. 건강은 일상의 수많은 사소한 순간들 속에 숨어 있죠. 엄마가 아기를 안을 때, 형제자매에게 전화를 걸 때, 친구들과 볼링을 칠 때도 존재해요. 건강의 파급 효과에서 사랑의 중요성만은 변하지 않죠.

무엇보다 뚜렷한 삶의 목적을 갖고 있을 때 심장마비, 뇌졸중, 치매 등 각종 사망 위험률이 감소해요. 저는 그 데이터를 확인한 후 왜 같은 진단을 받고도 어떤 환자들은 더 나은 생활을 하는지 이해했어요. 아침에 침대에서 일어날 이유를 갖는 것은 우리 건강에 중요한 역할을 합니다.

의사로 사는 게 행복한가요?

환자들이 외롭지 않도록 도울 때 행복합니다.

마지막으로 변동성이 큰 사회를 사는 한국인들에게 건강한 삶을 위한 팁을 부탁드립니다.

첫째, 자신의 감정을 터놓고 얘기하세요. 마음이 힘들 때 누군가의 도움을 받는 걸 당연하게 생각해야 합니다. 동료나 이웃에게 "오늘 아침 기분이 어때요?"라고 간단한 질문을 던지는 것부터 시작해 보세요. 저는 모든 회의나 수업을 시작할 때 5분 동안 서로의 안부를 물어봅니다. 안부를 묻는 것만으로도 흐름이 좋아지고 문제 해결의 열쇠가 생깁니다. 둘째, 한숨 돌리세요. 대화에 참여하기 전에 10초라도 의도적으로 잠시 멈추고 천천히 말해보세요. 연구 결과에 따르면, 우리가 서두르지 않을 때 더 다정하고 덜 편향되는 경향을 보입니다.

2022.02.12.

THE GREAT
CONVERSATION+

"좋은 상사가 좋은 의사보다 건강에 더 중요하다"는 켈리 하딩의 인터뷰 메시지는 사회에 기분 좋은 파장을 불러일으켰다. 조직의 리더는 당황했고 번아웃으로 속앓이하던 구성원들은 속으

로 쾌재를 불렀다. 내가 속한 작은 개척교회의 티타임 모임에서
도 유머러스한 젊은 목사가 '요즘은 좋은 의사보다 좋은 상사가
건강에 더 중요하대요'라고 말해서 실핏줄까지 도달한 언어 수
액의 파급력을 실감했다.

그것만으로 켈리 하딩은 의사로서 우리 사회에 가장 적절한 언
어를 처방했다. 특히 부모의 언어가 아이의 유전자 배열을 바꾸
고, 트라우마를 글로 쓰는 것만으로 고통이 완화된다는 임상 실
험과 포옹 등 접촉만으로 감기 발병률이 줄어든다는 의학 뉴스
는 나에게도 실용적인 가이드가 되었다.

나는 오늘도 하교 후 문을 열고 들어오는 아이를 온몸으로 덥석
안는다. 체중을 실어 무릎을 파고드는 반려묘에게 "고마워, 너
무 고마워" 감사를 표한다. 다정함의 과학은 도처에 있다.

우정은 상대의 말에 귀를 기울이면서 시작됩니다. 비슷하게 느끼고 소중한 경험을 나누며 떠오르는 대로 떠들 수 있는 누군가가 존재한다는 사실, 그 자체가 주는 희열이 대단합니다. 그런데 그 문이 더 활짝 열리는 때가 있어요. "나 혼자서는 안 돼. 네 도움이 필요해!" 정직한 고백이 관계에 스파크를 일으키지요.

심리전문가 **이름트라우트 타르**

최고의 성취는
우정입니다

"나를 키운 8할은 친구였다"는 청년 시절 나의 단골 멘트였다. 험난한 가정사 덕에 일찍 가슴에 바람구멍이 뚫린 나에게 친구는 안전한 병풍이었고 신나는 유원지였다. 첫 등교, 첫 출근, 낯선 여행지에서조차 순진한 동류를 찾아내는 생존본능, 곧잘 위험을 무릅쓰고 도움을 거절하지 않는 결핍의 기질 덕에 생의 고비마다 지금까지 넘치도록 우정의 수혜자로 살았다.

그래서일까. 드라마 〈우리들의 블루스〉나 〈슬기로운 의사생활〉 심지어 영화 〈탑건: 매버릭〉을 볼 때도 내 눈에 잡히는 부러운 장면은 죄다 훈훈하고 인심 좋은 친구들이었다. 서로의 목숨을 지켜내는 제주 해녀 삼춘들도, 바닷가 한집에 같이 살며 늙어가던 김혜자와 고두심도, "내가 부르면 달려오는 제일 만만한 친구"라던 엄정화와 이정은도, 벼락 치듯 정신없는 생사의 틈바구니에서도 신나게 수술하고 노래하던 '슬의생'의 5인방 의사 친구들도, 한때 경쟁자였다 둘도 없는 동반자가 된 발 킬머와 톰 크루즈도 한결같이 보여준다. '친구와 우정이 인생의 전부'라고. 결국 '다정한 인간이 살아남는다'고.

그렇게 '적자생존'은 결국 '선자생존'이었다는

다윈의 최종 팩트는 고도로 불안한 인간 생태계에 친구와 우정의 가치를 극적으로 부활시켰다. 경영 사상가 찰스 핸디조차 생애 마지막 인터뷰에서 여러 번 반복했다. 삶에서 가장 중요한 건 친구라고. 부디 정직한 친구에게 시간을 투자하고, 그에게 일찌감치 장례식 추도사를 부탁하라고 말이다.

코로나 후유증으로 외로움 경제가 폭발할 거라는 '고립의 시대'에 《그럴수록 우리에겐 친구가 필요하다》로 고요한 반향을 일으킨 독일의 심리전문가 이름트라우트 타르Irmtraud Tarr를 인터뷰했다. 함부르크대학에서 음악과 신학을 공부한 이력답게, 그녀의 책은 거의 모든 문장이 오페라의 노랫말처럼 리드미컬하다. 35년간 유럽인의 마음을 치유해 온 타르 박사는 "팬데믹은 우정에도 큰 시련"이었지만 "우리는 친구의 도움으로 죽기 전까지 '자기 됨'을 이뤄간다"고 강조했다.

영국의 경영사상가 찰스 핸디를 인터뷰하며 '인생의 대부분은 우정에 관한 것'이라는 말을 듣고 깜짝 놀랐습니다. 친구란 어떤 존재인가요?

친구는 내가 직접 캐스팅한 인생극장의 공동 주연입니다. 내가 지금의 나인 것도 친구들 덕분이죠.

우리는 각자의 방식으로 우정을 누리고 있어요. 우정 없이 사는 사람은 없습니다. 우정은 가족과 친척, 사랑과 지인 그 중간쯤에 자리해요. 제가 생각하기에 진정한 우정은 인간이 누린 성과 중 가장 위대합니다. 인생에서 제일 중요한 성취죠.

왜 친구를 인생에서 가장 중요한 성취라고 표현하나요?

인간은 평생 소속감을 나눌 수 있는 거울 같은 존재가 필요해요. 그게 친구예요. 부모는 먼저 세상을 떠납니다. 직장, 돈, 젊음, 성공도 언젠가는 의미를 잃어요. 화목한 가정도 소중하지만 불확실성으로 낙차가 큰 인생의 고비마다 기적처럼 나타난 친구가 우리를 끌어줍니다.

특히 나이가 들수록 친구의 중요성이 제대로 보여요. 남편이 죽었을 때 저를 구원해 준 이도 친구들이었어요. 친구는 또 다른 자유, 더 활짝 열린 귀, 따뜻한 손길로 다가왔죠. 일례로 손자를 키우거나 고양이를 기르는 사람보다 친구가 많은 사람이 더 건강하고 행복하다고 해요. 작가 볼테르의 통찰이 탁월했어요. '우정을 빼고 나면 삶에 중요한 것은 별로 없다.'

대개 우정은 어떻게 시작되나요?

상대의 말에 귀를 기울이면서죠. 떠오르는 대로 떠들 수 있는 누군가가 존재한다는 사실, 그 자체가 주는 희열이 대단합니다. 그런데 그 문이 더 활짝 열리는 때가 있어요. "나 혼자서는 안 돼. 네 도움이 필요해!" 정직한 고백이 관계에 스파크를 일으키지요.

> 도움을 청하면 상대의 애정을 잃을 것이라는 믿음은 오해라고 했다. 폐 끼치고 싶지 않다는 생각도 잘못된 전략이라고. 진정한 친구라면 상대를 배려 있는 인간으로 거듭나게 도와주어야 한다고.

현대인은 신세 지기 싫어서 웬만한 일은 스마트폰으로 처리하는 소심한 사람들이죠. 부탁을 하는 행위는 관계에 부담이 되지 않을까요?

모든 우정은 '상호 주고받기'로 유지됩니다. 어떻게 주고받을 것인가? 어떻게 나를 지키고 네 곁에 있어줄 것인가? 그 과정에서 나도 몰랐던 그릇의 크기가 드러나죠. 물론 예의가 필요해요. 가령 친구가 의사라면 디스크가 문제일 때 도움을 청할 수 있어요. 그 정도의 부탁은 괜찮아요. 하지만 자동차를 판매하는 친구에게 주말에 차를 무료로 빌려달라고 하는 것은 과하죠. 중요한 건 상호 간에 '네가 필요해'라는 신호가 오가는 겁니다. 신뢰를 보여주되 너무 많이 기대하지는 마세요. 자신에게도 상대에게도 너무 큰 기대는 금물입니다. 친구는 가족이나 상사가 아닙니다. 서로 돕는 존재지만 또 자유로운 존재죠.

인생 시기마다 친구의 영향력이 달라지는 듯해요. 특히 청소년기의 우정은 매혹적이고도 아슬아슬해서 평생 가는 것 같습니다. 저만 해도 친구 손을 잡고 부모의 세계에서 나의 세계로, 더 크고 낯선 세계로 껑충껑충 나아갔지요.

10대 시절엔 궁금한 게 너무 많고 이해 못할 일이 너무 많아요. 한 인간이 되어가는 기쁨이 크고 확인받고 싶은 욕망이 강하죠. "너도 그래?" "응, 나도 그래." 친구들과 집 밖을 싸돌아다니지 않는다면 우리는 넘치는 감정과 감각을 소화하기 힘들 겁니다. 이해하기 힘든 게 많은 나이이기에 마음을 나눌 친구가 꼭 필요한 거죠.

그렇게 교환 일기를 쓰고 엉터리 밴드를 결성하던 시절이 지나가면 우리를 이어주는 것들도 달라져요. 화려하고 북적였던 시간, 사람들이 썰물처럼 빠져나간 뒤의 상실과 공허의 감정이 또 서로를 이어줍니다. "다 지나갔다"는 우정의 속삭임이 쓸쓸함을 달래주죠.

책에서 그는 괴테와 실러의 편지를 예로 들며 과거에 사람들이

얼마나 정성을 다해 우정을 가꾸었는지를 이야기한다. 머나먼 길을 마다하지 않고 감수했고, 감정을 잘 다스렸고, 특히 대화에 많은 시간과 공을 할애했다고.

우정이란 끊임없이 이어지는 대화라는 표현이 인상적이었어요. 생각해 보면 자주 끊어지는 대화만큼 진땀 나는 관계도 없지요.

니체가 결혼이 긴 대화라고 한 것처럼 우정도 아주 오랜 대화입니다. 진정한 우정이란 대화를 멈추고 싶지 않은 마음과 같아요. 때로는 들어주고 때로는 독려하고 상대에게 건너갈 다리를 짓는 거죠. 그래서 만났을 때 "잘 지내?"라는 닫힌 말보다 "요즘 어때? 무슨 생각해?" 같은 호기심 어린 질문을 하는 게 좋아요.

물론 침묵도 중요합니다. 압박감을 느끼지 않고 조용히 침묵할 수 있느냐로 친구인지 아닌지를 가르기도 해요. "밥 먹으러 갈까? 커피 한 잔 마실래?" 정확한 순간에 던진 작은 한마디가 넘어진 친구를 일으켜 세우기도 합니다. 어쩌면 우정에 필요한 기술은 두 가지예요. 현명하게 말하고 제때 입을 다무는 것.

사랑과는 어떻게 다른가요?

저는 우정이 실천하기 수월하고 힘도 덜 드는 사랑의 변형이라고 생각합니다. 낭만적 사랑은 우정보다 복잡해요. 사랑은 에로틱한 노력과 곡예가 필요하니까요. 부모 자식 간의 사랑에도 가르침과 독립이라는 명확한 역할과 목표가 있지요. 하지만 우정은 더 개방적입니다. 가까움과 먼 거리, 친밀함과 낯섦을 오가는 춤 같죠.

옥스퍼드대학교의 진화심리학자 로빈 던바 교수는 친구를 5명, 15명, 50명, 150명 단위로 연구했습니다. 연락하고 지내는 사이는 150명, 절친한 친구는 5명 정도로 정리했지요. 우정의 심리학자인 당신이 보기에 가깝게 관계 맺는 친구는 몇 명 정도가 좋습니까?

누가 저한테 와서 친구가 25명이라고 한다면 저는 고개를 갸웃할 겁니다. 하루는 24시간밖에 안 되고 우리가 품은 사랑의 용량도 한계가 있습니다. 제가 생각하는 우정의 범주에는 숫자가 포함되지 않아요. 친구는 셀 수도, 계산할 수도, 순위를 따질 수도 없어요.

프랑스의 지성 파스칼 브뤼크네르는 늙어도 욕망이 시들지 않으니 사랑하기를 멈추지 말라고 했습니다. 우문이지만, 나이 들수록 사랑과 우정 중 어느 것을 갈망하는 것이 더 이롭습니까?

우리는 너무 많이 틀리고 너무 자주 균형 감각을 잃어요. 다행히 나이가 들수록 잃을 것이 없어지면서 용기가 생기죠. 제 생각에 그렇게 얻은 평정심과 용기는 새로운 사랑보다 새로운 우정을 위해 쓸 때 더 품위 있는 결말을 맺습니다. 실제로 65세 이상의 여성의 절반가량이 혼자 살아요. 한 명의 파트너에게 의존하기보다 최대한 우정의 그물망을 넓게 짜는 것이 유리해요.

남녀 사이의 우정은 지속 가능합니까?

물론이죠. 설문조사 결과 이성 친구와 우정을 나누고 있다고 응답한 비율이 50퍼센트에 이릅니다. 경험상 이성 친구는 친해질수록 애인 후보 리스트에서 멀어지죠. 저 또한 니콜라스와 50년지기 친구로 잘 지내고 있어요. 우리는 결혼한 적이 있지만 사랑보다 우정이 더 행복한 선택이라는 걸 깨닫고 헤어졌어요.

지금 우리의 우정은 더할 나위 없이 좋아요. 어떤 강요도 없이 익숙한 온기를 간직한 채 산책을 하죠. '그만 돌아가자'고 말하기 전까지 하염없이 걸으며 대화를 나눠요. 욕정의 폭풍우도 밀당의 고됨도 없기에 참으로 편안해요. 우정에 담긴 사랑의 비밀도 지켜줍니다. 함께 비를 맞는 것도 그 비밀 중 하나예요.

어떻게 전남편과 50년간 우정을 유지할 수 있지요? 인내

와 자제의 열매인가요?

우리는 서로에게 도움이 돼요. 그걸 인식하는 게 중요하죠. 그는 나를 똑똑하게 만들어 주거나 적어도 어리석은 상태에 머물지 않게 도와줍니다. 안전한 상태에서 새로운 것을 경험할 수 있도록. 제가 많은 사람 앞에서 말을 잘하게 된 것도 니콜라스와의 토론 덕분이에요. 니콜라스 덕분에 청중이 많아도 당당하게 말할 수 있어요. 가볍게, 느긋하게, 뜨겁게.

'가볍게, 느긋하게, 뜨겁게'라는 단어가 마음에 박혔다. 어른의 우정이 일으키는 다정함의 뉘앙스란 저런 것이로구나.

요즘엔 함께 일하다 친구가 되는 경우도 많습니다. 비즈니스가 끝나도 그 우정이 지속될 수 있을까요?

물론이죠. 공통의 관심사와 목표, 전망을 만들어 가면 됩니다. 저는 친구와 글을 함께 읽으며 인생관을 나누었어요. 운동이나 음악 프로젝트를 함께해도 좋습니다. 공통의 과제를 함께 풀어나가는 것을 '생성력'이라고 해요. 우정이 긴 시간 활력을 유지하기 위해 필요한 것들이죠. 우정도 진화하거나 쇠락합니다. 발전의 기세 안에 함께 발을 들여놓으면 좋지요.

나보다 모든 조건이 뛰어난 친구, 유명한 사람과도 진정

한 친구가 될 수 있나요?

조건보다 마음의 태도가 중요해요. 아리스토텔레스가 말했어요. '친구 사이엔 누구도 상대보다 더 낫지 않다.' 우정은 권력의 격차를 참지 못하는 법입니다.

지금의 당신이 되는 데 가장 큰 영향을 끼친 친구는 누구인가요?

문득 제 친구 가비가 생각나는군요. 여행을 가도 그녀는 높은 자리에서 계획을 세우고 나는 낮은 자리에서 청소하고 밥을 지었죠. 가비가 지시를 내리면 나는 시키는 대로 했어요. 이런 미심쩍은 역할 분담으로 우린 헤어졌어요. 하지만 가비의 불규칙한 감정을 파악하기 위해 열심히 노력하면서 저는 언어에 민감해지고 공감 능력을 키울 수 있었어요. 제가 철학과 심리치료에 전문가가 된 것도, 따지고 보면 그녀의 변덕스러운 기분 덕분이었습니다.

인생의 챕터마다 우정의 풍경도 냄새도 다 달라요. 여행 친구, 육아 친구, 독서 친구… 각각의 친구는 내 안의 다른 현을 건드려 다른 반응을 만들어 내죠. 친구가 바뀌면 우리의 생각과 행동도 바뀌어요. 그 반향으로 죽을 때까지 독특한 '자기됨'이 완성되죠.

어떤 식으로든 친구를 통해 더 나은 내가 될 수 있다고 믿

으시나요?

우리를 변화시키는 것은 딱 두 가지예요. 사랑과 고통. 이 두 가지만이 우리를 다른 사람으로 만듭니다. 우정도 사랑의 한 형태예요. 친구는 우리가 어떤 사람이 될지 함께 결정할 사람입니다. 그래서 자기 안위만 생각하는 좁은 시야의 친구들 곁에 너무 오래 머물지 마세요. 더 나은 세상으로 함께 손잡고 나갈 모험심과 아량이 있는 친구를 찾으세요.

친구와 금전이나 사업은 금물이라는 룰에 대해서는 어떻게 생각하시나요?

돈은 우정을 망칠 수 있습니다. 우정은 신뢰와 아량을 먹고 사는데 큰돈은 이성과 명확한 규칙이 필요하거든요. 물론 친구를 도와야 하는 상황도 있습니다. 하지만 일반적으로는 친구와 동업하지 말라고 권하고 싶군요.

요즘엔 온라인 친구도 우정의 한 부분을 형성하고 있어요. 다양한 우정의 스펙트럼을 경험하는 데 도움이 되는 것 같습니다만.

현실 친구와 온라인 친구를 비교할 수는 없어요. 우리 눈앞에는 만질 수 있고 냄새 맡을 수 있고 목소리를 내는 상대가 있습니다. 온라인에선 탈신체화가 일어나기 때문에 관계의 구속력에 영향을 미쳐요. 일종의 전시된 인격이라 절교의

이름트라우트 타르

충격도 크지 않습니다. 우정은 함께 시간을 헤쳐가는 겁니다. 구경만 하는 핍쇼peep show가 아니에요.

옛 친구와 새로 사귄 친구… 친구 사이에도 경중이 생길까요?

모든 우정엔 나름의 시간과 서사, 변화와 움직임이 있지요. 역동적이고 가변적이고 다채로워요. 어떤 경우든 과거만 탐구하는 우정은 유익하지 않아요. 현재의 적극적 경험이 중요하죠. "너 아직 기억나?"라는 질문이 반복되면 권태에 이르고 자연스레 멀어집니다.

시간이 부족하고 인생조차 유한하다는 것을 깨달으면 우정도 선택과 집중이 필요할 듯한데요. 안 만나도 될 친구를 어떻게 구별할까요?

이 질문에는 간단히 답할 수 있는 원칙이 있습니다. 이 우정이 나를 강하게 만드는가? 약하게 만드는가? 나를 지원하는가? 나를 이용하는가? 친구는 한 사람의 삶을 더 수월하게 만들어 주고 기쁨을 주어야 합니다. 이도 저도 아니라면 바람직하지 않습니다. 세심하게 자문하세요. 그는 힘들 때 끝까지 나를 찾아와 줄 사람인가? 한밤중에 찾아가 초인종을 누르고 "문 열어, 나야!" 하면 벌떡 일어나 문을 열어줄 사람인가? 말없이 앉아 불꽃 튀는 모닥불만 봐도 평화로운 사람인가? 불쑥 나타나 자랑과 하소연으로 나의 관심과 시간을 착취하고 내빼는 친구라면 멀리하세요.

최근 저는 안타깝지만 오래된 지인과 관계를 끝냈습니다. 우정이 저물어 갈 때, 선을 넘는다는 것을 느낄 때, 어떻게 대응하는 것이 좋습니까?

신뢰를 잃은 우정은 결국 무너지게 돼 있어요. 멀어진 관계가 꼭 회복되어야 하는 것은 아닙니다. 화해는 고통을 긍정적으로 소화하고 그것을 바탕으로 더 성장하기 위해서예요. 그러니 너무 매달리지 마세요. "어쩔 수 없지" 하고 넘겨야죠. 어느 한쪽이 일방적인 피해자도 가해자도 아니라는 사실만 인정하면 됩니다.

깊게 상처 입은 친구는 어떻게 대해야 할까요?

친구가 아플 때는 평소의 우정만으로는 충분하지 않아요. 시간을 내어 상대의 삶에 신중하게 머물러야 합니다. 들어주고 안아주고 나란히 앉아 음악을 듣고 이야기를 나누세요. "아무것도 하지 마. 머리 굴리지도 말고 걱정도 말고!" 제가 아플 때 찾아온 친구가 호통치며 음식을 차려줬던 일은 영원히 잊을 수 없어요.

우정도 공감처럼 배우고 훈련해야 깊어집니다. 어떤 의사도 다정의 힘을 처방해 줄 수는 없어요. 어떤 약도 친구와 같은

우리는 모두
마음이 가난한 인간이에요.
그래도 우정에 투자할 시간이 있어서,
시간에 투자할 우정이 있어서
얼마나 기쁜가요.

효과를 낼 수 없습니다. 친구가 곁에 없었다면 저는 아마 정신병원에 들어갔을 거예요.

나이 들어서도 영혼의 단짝 같은 '절친'을 또 만날 수 있을까요?

저는 요양원이나 양로원에서 처음 만난 할머니들이 '베프'가 되는 경우를 많이 봤어요. 제가 양로원에서 만난 세 할머니도 매일 1층 로비에서 만나 수다를 떨고 저녁이면 게임을 같이 해요. "함께하면 우리는 천하무적이야"라면서요. 한 분이 살짝 치매가 있지만, 깜빡할 때마다 누가 잘 까먹는지 내기를 하자며 웃어넘깁니다.

마지막으로 삶에서 우정의 잔물결이 계속 일어나려면 어떤 태도를 가져야 할까요?

한번은 속더라도 신뢰를 보여야 우정이 시작돼요. 핵심은 타인을 사랑의 눈으로 바라보는 태도죠. 별것 아닌 말 같지만 실천하기는 힘들죠. 그 태도가 우정을 지탱하는 가장 큰 힘이기 때문입니다. 더불어 친구가 있기에 내가 수많은 고비를 넘겼다는 감사의 끈도 놓지 마세요.
"산책할까?" "우리 집에 와줄래?" 서로에게 도움을 청하고, 가벼운 도움이라도 자처하세요. 우리는 모두 마음이 가난한 인간이에요. 그래도 우정에 투자할 시간이 있어서, 시간에 투자할 우정이 있어서 얼마나 기쁜가요.

2022.07.09.

"잠깐 통화할 수 있어?"

나의 외로움과 불안을 가감 없이 드러내며 SOS 칠 때마다 수화기 너머로 저벅저벅 조용한 장소로 이동하는 친구의 발걸음 소리가 들린다. "그럼. 얘기해 봐." 나를 구하러 오는 이 도시의 앰뷸런스. 세상 금은보화를 다 준다 해도 더 나은 세상으로 함께 손잡고 나갈 모험심과 아량 넘치는 이 친구와 바꿀 생각은 없다. 다행히 신은 인간을 스스로 강해지도록 창조하지 않았다. 당신과 나는 관중도 관종도 아닌 '돕는 자'로, '친구'로 지음받았다.

명심하자. 우정은 도움을 주고받는 상호성으로 증폭된다. 진정한 친구라면 상대방을 배려 있는 인간으로 거듭나도록 도와주어야 한다. 이름트라우트 타르가 친구와 우정에 관한 이토록 섬세한 찬가를 들려줘서 고맙다.

디자이너 **미나가와 아키라**

경험은 버릴 것이
없습니다

일하는 것은 원래 다 창조하는 것입니다. 직접 만든 옷을 자동차에 옷을 싣고 한 벌도 팔지 못하고 돌아오는 때조차 창조입니다. 청소기를 돌릴 때나 유리창을 닦을 때도, 설거지나 화장실 청소를 할 때도 마찬가지죠. 시켜서 하는 일이 아닌, 자발적으로 하는 모든 일에 우리는 상상력을 펼칠 수 있어요.

일하는 것은 본래 창조적인 것이다. 참치 손질, 옷의 수선, 가봉, 옷을 자동차에 싣고 다니는 영업, 심지어 한 벌도 팔지 못하고 돌아오는 때조차 창조적인 일이다. 창조의 씨앗은 실패하는 것, 잘 못하는 것, 좋은 평가를 받지 못하는 것으로 싹을 틔울 수 있다. 나는 그랬다.—《살아가다 일하다 만들다》중에서

특유의 장인정신으로 격조 높은 미의식을 보여주는 일본의 브랜드가 있다. 미나 페르호넨minä perhonen. 밝고 거침없는 라이프스타일 기업의 창업자 미나가와 아키라가 《살아가다 일하다 만들다》라는 책을 냈다.

평소 위트 있고 낙관적이며 자연의 리듬이 살아 있는 미나 페르호넨의 제품을 보면서 개성 넘치는 아티스트를 떠올렸으나 내 예상과는 180도 달랐다. 각국의 수많은 디자이너를 인터뷰했지만, '반짝이는 재능이 아닌 끈기와 반복'만으로 이토록 철학적인 패션 브랜드를 만들어 낸 사람은 처음 보았다.

'일이란 불가사의한 것이다.'

'인생이 어떻게 될지는 단언할 수 없어도 일은 시작하겠다고 선언할 필요가 있다.'

'해야 할 일이 무엇이든 좋은 기억이 된다는 것만 잊지 않는다면 자연스럽게 할 일이 보인다. 그것이 기쁨일 때 사물에서 빛이 사라지는 일은 없다.'

그가 일에 관해 써 내려간 문장을 읽는 것만으로 헝클어진 책상과 서랍이 정리되고 반짝반짝 윤이 나는 듯했다. 재능의 배신으로 멘탈이 널을 뛰는 시대에, 도리어 재능이 없어 재미를 붙이고 일의 원리를 하나하나 배워가는 미나가와의 모습은 경이롭다.

어시장 아르바이트와 유럽 여행으로 옷의 본질을 구슬처럼 꿰어버린 일터의 현자, 미나가와 아키라를 인터뷰했다.

미나가와 아키라는 1967년 도쿄에서 태어났다. 문화복장학원에서 패션을 공부했고 핀란드와 스웨덴을 여행하다 영감을 받아 1995년 패션 브랜드 '미나 페르호넨'을 론칭했다.

'미나 페르호넨'의 미나mina는 핀란드어로 '나', 페르호넨perhonen은 나비라는 뜻이다. 만드는 사람도 입는 사람도 '나'로 살기를 바라는 마음으로 지

었다. 100년 가는 브랜드가 되길 바라는 마음을 담
았다고 했다.

선생의 어린 시절 이야기를 해주시겠어요?

저는 유치원 마당에서 혼자 찰흙 구슬 만드는 걸 좋아했어요. 구슬을 굴릴 때 느껴지던 감촉은 지금도 생생합니다. 어린 마음에도 만들 때 중요한 것이 무엇인지 조금씩 깨달아졌어요. 구슬은 반복해서 문지르면 문지를수록 까맣게 윤이났죠. 요령을 깨닫고 돌아보면 주변에는 아무도 없었습니다. 그런 조용한 시간이 좋았어요. 잡념 없이 좋아하는 일에 몰두했어요. 다행히 그 시절의 어른들은 다 너그러웠습니다.

찰흙 구슬 만들기 말고 또 뭘 좋아했나요?

스포츠도 좋아했습니다. 일요일 아침 아무도 없는 체육관에서 농구공을 튕겨 골대 밑까지 내달려 슛을 넣는 것. 그리고 달리기를 좋아했어요. 팔과 다리, 보폭 등 자세를 고쳐가면서 궁리하는 것이 좋았습니다. 달리는 것 자체도 즐거웠지만 기록에 따라 내 위치를 확인할 수 있어서 자극이 됐어요. 잠들기 전에는 항상 눈을 감고 달리기 시합을 시뮬레이션했습니다. 어떻게 좋은 위치를 선점할지, 어느 타이밍에 스퍼트를 낼지… 기록이 월등하진 않았지만 희망을 잃지 않고 몰두했어요. 한계를 극복하고 조금씩 성장하는 그 느낌이 좋았어요.

육상의 감각은 이후 그가 하는 모든 일의 기본이 되었다. 그에게 미적 분위기를 심어준 어른은 조부모였다. 조부모는 일본의 고도성장기가 절정을 이루던 시기에 수입가구상을 운영했다. "이건 버팔로 가죽이란다" "오동나무로 만든 장롱은 낡아도 다시 깎아내면 새것이 돼."

외할머니의 밝은 목소리를 타고 오래된 것들의 가치가 그의 몸에 스며들었다. 효율이 떨어지더라도 그 일이 좋아서 하는 어른들에게선 자부심 넘치는 단호함이 풍겼다.

패션에는 언제 매력을 느꼈습니까?

열여덟 살 때 파리에 체류하던 중에 파리 컬렉션의 백스테이지에서 아르바이트를 했어요. 그 경험이 계기였습니다. 이후에 일본에 돌아와서 봉제 학원에 갔어요. 정확하고 거침없이 잘려나가는 천의 밝은 단면을 보고 아름다움을 느꼈죠.

재능을 발견했나요?

아니요. 저는 재단 일을 잘 못했어요. 그래서 계속할 수 있었습니다. 서툰 일을 반복하면서 실력이 느는 것에 흥미를 느꼈지요. 패션은 저라는 사람과 너무 동떨어진 일이었고, 그래서 이 일을 하는 미래의 제 모습에 호기심이 일었어요.

재능이 아니라 적성을 찾아가는 끈기 있는 과정, 잘하는 일이 아니라 잘 맞는 일을 몸에 익히며 조금씩 그 작동 원리를 파악하는 방식. 일종의 수련이었다. 생각해 보면 나 또한 그랬다. 글을 쓰는 사람 대부분이 그렇겠지만, 잘해서가 아니라 잘하고 싶어서 계속하게 된다. 정체되거나 구멍에 빠져 허우적거리다가도 하다 보면 완성이 되어 있고, 운 좋게도 조금씩 실력이 늘기도 한다.

《살아가다 일하다 만들다》라는 제목으로 나온 미나가와 아키라의 책에는 '어떻게 적성을 찾고 어떻게 계속해서 브랜드가 되고, 어떤 사람과 일할 것인가'에 대한 어른의 서사가 빼곡하다. 문장에서 실용적이고 단단한 공력이 느껴진다. 유독 많이 발견한 단어는 '흥미'와 '기쁨'이었다. 남의 힘을 빌리기 위해선 상대가 기뻐할 만한 것이 무엇인지 생각했다거나(휴일에 체육관에 들어가기 위해 수위 아저씨에게 맥주를 선물하기도 했다), 흥미를 느끼면 단박에 쉽게 그 일에 뛰어들었다고 했다. 10대 때부터 죽.

한 분야에 정성을 다하는 일본의 장인 문화와 미나가와 아키라 특유의 분위기에 휘둘리지 않는 배짱이 어우러져 매우 닮고 싶은 직업의 풍경을 만들어 낸다. 어시장에서 참치를 해체할 때나 봉제 공장에서 천을 자를 때, 모피 가게에서 손님의 몸에 줄자를 대고 치수를 잴 때조차 그의 동작에는 본질을 가르는 동일한 기쁨이 깃들어 있다.

조급하지 않게, 낭비 없게. 기본을 알고 재료에 집중하는 것이 그의 방식이었다.

미나가와 아키라는 퀄리티를 보증하는 것은 경험의 축적이라고
단언한다.

**다들 들뜨던 80년대 호황기 시절에, 낮에는 봉제 공장에,
밤에는 전문학교를 다녔다고요. 휩쓸리지 않는 기질이었
던가 봅니다.**

당시 문화복장학원의 야간 학비는 비싸지 않아서 봉제 공장
에서 받는 급여로 충분히 다닐 수 있었어요. 제 자유의사로
선택한 학교였고 그래서 스스로 학비를 내는 게 기뻤어요.
게다가 저는 패션 일에 유능한 편이 아니었어요. 수업을 이
해하는 데 어려움이 있었기 때문에, 경쟁이 치열한 낮 시간
대 수업은 따라가지 못했을 겁니다.

매사 어떤 느긋함 같은 것이 느껴지는군요.

학창 시절 육상부 선생님에게 '사람의 성장은 일정하지 않
고 개개의 성장을 긴 안목으로 관찰할 필요가 있다'는 것을
배웠습니다. 그때의 경험 덕에 일도 사람도 장기적으로 바
라볼 수 있게 됐어요. 달린다는 것은 타인과의 승부일 뿐만
아니라 나 자신과의 싸움이자 스스로에 대한 탐구이기도 했
어요. 뛰면서 정신이 신체를 만들고 신체가 정신을 지탱한
다는 것 또한 알게 됐죠.

부모님은 어떠셨나요?

아버지는 제 길이 정해질 때까지 간섭하지 않으셨어요. 외
롭기도 했지만 자유로움이 더 컸어요. 부모의 기대는 때때
로 자녀의 길을 제한하니까요. 저는 제 갈 길을 처음부터 정
한 것도 아니어서 경험을 통해 천천히 찾아갔어요. 결과적
으로 한 사람으로서 존중받았다고 생각합니다.

미나 페르호넨 브랜드 론칭 후 초기에는 거의 옷 주문이 들어오
지 않았다. 그는 생계를 위해 어시장에서 참치를 정형하는 아르
바이트를 했다.

**어시장에서 생선을 손질하는 것과 봉제 공장에서 천을 재
단하는 일이 근본적으로 같았다고요. 그걸 몸의 감각만으
로 깨우쳤다는 거지요?**

네. 참치를 정형하는 것과 천을 재단하는 일은 정말 비슷합
니다. 칼과 가위를 써서 정확하게 재료를 손질하는 일이니
까요. 재료에 닿기만 해도 잘려나갈 정도로 도구를 갈아놓
아야 했어요. 몸으로 이해하는 게 중요합니다. 피부로 감각
을 느끼면 머리로 응용 단계까지 나아갈 수 있어요. 손과 팔
에 힘을 주는 방법, 잘라낼 포인트… 몸의 움직임 속에서 일
하는 타이밍이나 속도가 조화를 이룰 때 합리성이 생기고
아름다움이 태어납니다.

모피 가게에서 아르바이트할 때는 또 무엇을 배웠죠?

체형과 옷의 관계라고나 할까요. 사람마다 골격이 다 달라서 그 특징을 이해하는 것이 정말 중요하다는 걸, 손님들의 다양한 체형을 보면서 배웠어요.

전혀 모르는 일에 맞닥뜨릴 때는 어떻게 돌파합니까?

가령 초기에는 영업하는 방법을 몰랐기 때문에 미나의 옷을 작은 차에 싣고 아무 곳에나 들어갔어요. 정해진 목적지도 없었죠. 시내를 빙빙 돌면서 주변을 살피다가 미나의 옷을 취급해 줄 것 같은 가게를 발견하면 무작정 들어갔습니다. "저희 옷 한번 봐주실래요?" 하고요.

문전박대를 당하면서 우리의 위치나 부족한 점을 알 수 있었죠. 센다이에서 실패하면 그다음에는 모리오카로, 점점 북쪽으로 향했어요. 나중에는 원피스와 블라우스를 트렁크에 잔뜩 채워넣고 핀란드 헬싱키에서 스웨덴 스톡홀름, 벨기에 브뤼셀과 앤트워프를 거쳐 프랑스 파리까지 다녀왔어요. 그저 부딪혀 보는 행동이 상상 이상으로 공부가 됩니다. 몇 벌이라도 옷을 사준 고객들에게 평생 감사하게 되지요.

여행할 때마다 점프해서 더 나은 사람이 되는 것 같군요. 신문물도 접하고, 배짱도 생기고, 호의도 경험하면서… 일본에 계속 머물렀다면 달랐겠지요?

신뢰는 시간으로만 쌓이는 것이 아닙니다.
만나는 순간의 느낌으로 오죠.
특이점이 보이면
저는 의심하기 이전에 믿어보려고 합니다.
그래서 먼저 제안을 해요.
"우연한 만남이지만 너는 훌륭한 파트너야.
앞으로 반년간 너를 믿을게."

답이 안 보일 때 여행이 출구와 기회를 찾아줬어요. 몰랐던 걸 알게 되고, 알고 있던 것도 다른 관점에서 보며 본질에 다가갈 수 있었죠. 불안 속에서 태어나는 기쁨이 얼마나 좋은지도 느꼈고, 계획은 변해야 정상이라는 것도 깨달았어요. 하지만 여행을 가지 않고 비슷한 가치관에 둘러싸여 살았어도 저는 지금과는 또 다른 보람 있는 일을 만났을 겁니다.

'우연을 자본화'하는 세렌디피티도 요즘 세상에선 큰 능력입니다. 하지만 여행지에서 처음 만난 데이비드라는 청년에게 선뜻 '해외 구매 담당'으로 함께 일하자고 제안하는 장면은 놀라웠어요. 어떻게 아무런 의심 없이 우연에 몸을 맡길 수 있나요?

(단호하게)신뢰는 시간으로만 쌓이는 것이 아닙니다. 만나는 순간의 느낌으로 오죠. 특이점이 보이면 저는 의심하기 이전에 믿어보려고 합니다. 그래서 먼저 제안을 해요. "우연한 만남이지만 너는 훌륭한 파트너야. 앞으로 반년간 너를 믿을게."

생각해 보면 제가 파리의 준코 코시노 컬렉션에 일손을 보태게 된 것도, 모피 전문점에서 일하게 된 것도 누군가의 우연한 제안으로 시작된 일이었어요. 이젠 내가 손을 내밀 차례죠. 그 일을 지탱해 주는 건 전문 지식이나 기술이 아니라 그저 자연스러운 신뢰 관계였어요.

자연계가 그렇듯이 회사나 조직도 다양성을 끌어안아야 오래간다고 했다.

일은 어떤 사람과 함께하는 것이 좋습니까?

적극적으로 의사소통하고 호기심이 넘치는 사람이 가장 이상적입니다. 전문 기술은 개인의 특성에 맞춰 발전할 수 있다고 생각해요. 특별히 제 첫 어시스턴트였던 나가에는 '그건 내가 못 하는 일이야'라는 생각 자체를 안 했어요. 봉제를 못해서 오히려 계속했던 제 사고회로와 비슷했달까요. 나아가 입바른 소리 대신 "뭐지? 이 사람은?" 싶을 정도로 압도적인 에너지가 있는 사람을 찾아야 합니다. 지금 미나를 이끌고 있는 다나카가 그랬어요. 돈보다는 성장을 원했죠. 그런 사람들은 쉽사리 그만두지 않아요. 브랜드나 회사를 마지막까지 지탱하는 것은 결국 돈이 아니라 사람입니다. 대체 불가능한 존재가 있느냐 없느냐가 중요해요.

회사에는 좀 더 본질적이고 야생적인 힘이 필요하다고 한 건 무슨 뜻인가요?

때로는 셈을 버려서라도 브랜드를 지키려는 힘이 필요해요. 어려운 일이나 중요한 문제를 맡아서 치고 나갈 기백이 있는 사람이요.

미나 페르호넨은 일단 옷을 만들기를 결정하면 직물부터 생산한다고요. 트렌드와 이익을 따지지 않고 이런 진지하고 근본적인 방식을 고수하는 이유가 있나요?

미나는 단기적인 대량 생산은 하지 않아요. 길게 보고 재료에 정성을 다하는 태도가 기본입니다. 가령 레이스나 벨벳은 옷을 입는 경험을 다채롭게 만들지만, 디자이너가 사용하지 못하면 사라져요. 숫자에만 매달리면 옷을 입는 사람의 기분에 대한 상상력도 메말라 갑니다. 그런 소재를 디자인에 도입해서 정체성을 만들어 가는 게 중요해요.

재고를 남기지 않으려는 태도는 왜 그렇게 중요한가요?

생선처럼 모든 재료에는 생명이 있다고 생각해요. 버려지는 부분을 최소화해야 합니다. 필요한 만큼만 옷을 만들고, 남은 천으로 가방을 만든다든지 수예 키트 등으로 재가공을 하고 있어요. 그 수익의 일부는 사회공헌비로 씁니다.

남기지 않으려는 성향은 어시장 아르바이트 경험에서 비롯됐다고 했다. 재료의 특성을 어떻게 살리느냐는 봉제나 생선 손질이나 마찬가지라고. 심지어 힘든 시절 아르바이트 경험도 서덜탕에 쓰이는 서덜 같은 것이라고 했다. 어릴 적 찰흙 구슬 만들기부터 여행지에서의 아르바이트, 북구에서 보낸 겨울, 초창기 영업 대참사의 경험까지 낭비 없이 배움으로 가져다 쓰는 실사구

미나가와 아키라

시의 반듯한 태도에 존경심이 일었다.

정말 낭비가 없으시군요! 그런 자세가 회사의 존재 방식에 영향을 미치나요?

그럼요. 낭비를 없애기 위한 아이디어는 새로운 상품을 만들기 위한 아이디어만큼 중요하다고 생각합니다.

여러 일을 거치면서 깨달은 '일머리'의 진리가 있을까요?

경험은 버릴 것이 없습니다. 지금 제대로 일하면 다음에 하는 일에 큰 도움이 돼요. 나 또한 참치 손질을 열심히 했고 모피 가봉도 한 땀 한 땀 소홀히 하지 않았어요. 손재주가 없었기 때문에 정성을 들였죠. 언젠가는 잘하게 되리라 믿었습니다. 그런 믿음은 배신하지 않습니다.

선생은 거품경제와 저성장 시기를 다 거쳤는데, 일의 태도에서 달라진 점이 있습니까?

개인적으로는 거품경제 시기의 흥청망청 분위기에 별 관심이 없었어요. 오히려 청개구리처럼 소박한 물건이나 오래된 것을 좋아했지요. 거품이 주는 풍요를 경험하지 못했기에 거품이 꺼진 후에도 큰 영향을 받지 않았습니다.

다만 사회에 '욕심'이 끼치는 영향이 크다는 것을 알았죠. 그 마음을 어떻게 컨트롤해야 행복이 지속될지 고민하게 됐고요. 욕심에는 마치 주파수와도 같은 움직임이 있습니다. 적성을 잃으면 욕심으로 인해 행복을 잃는다는 것도 깨달았어요.

요즘 일상은 어떻게 흘러가나요?

아침에 눈을 뜨면 '아, 오늘도 해야 할 일이 많구나'라고 느껴요. 보람 있게 하나하나 일을 마치고 집에 돌아와 맛있는 요리를 직접 해 먹습니다. 이런 행복은 좀처럼 찾기 힘들다고 생각합니다.

일과 생활을 애써 분리하지 않는군요.

어시장의 스승님께 일은 삶의 소중한 일부라고 배웠어요. 지난 생을 되돌아보는 잣대가 되기도 해요. 저는 일을 하면서 생기는 어려운 점들은 인생이 출제한 퀴즈 같은 거라고 생각합니다.

우리가 언제까지 일할 수 있을까요?

언제까지 달릴 수 있는지는 일하는 기쁨이 있는지 없는지에 달려 있지요.

저성장 시대에 AI와 경쟁까지 치열해지는 요즘, 어떻게 일의 기쁨을 회복할까요?

미나가와 아키라

일하는 것은 원래 다 창조하는 것입니다. 직접 만든 옷을 자동차에 싣고 한 벌도 팔지 못하고 돌아오는 때조차 창조입니다. 청소기를 돌릴 때나 유리창을 닦을 때도, 설거지나 화장실 청소를 할 때도 마찬가지죠. 시켜서 하는 일이 아닌, 자발적으로 하는 모든 일에 우리는 상상력을 펼칠 수 있어요. 상상력은 단순노동에서 변화를 일으키는 힌트를 발견하는 힘입니다.

마지막으로 선생에게 옷이란 무엇인가요?

옷은 몸이 바깥 세계에 닿는 최초의 기쁨이죠. 그래서 저는 무슨 일을 시작하건, 분야에 상관없이 '어떤 좋은 기억을 만들고 싶은지' 생각하라고 해요. 그러면 매일 작은 깨달음들이 올라올 거라고요.

2022.04.16.

THE GREAT
CONVERSATION +

미나가와 아키라는 스포츠를 좋아해서 달리기 동작에서 모든 창조적인 일의 기본을 익혔다. 하루 종일 앉아서 찰흙 구슬에 윤을 내듯, 텅 빈 체육관에서 홀로 운동 자세를 교정하듯, 그는 사물의 정확하고 밝은 면을 보며 조금씩 수련해 갔다. 일의 작동 원리를 파악하며 성장의 기쁨을 누리는 그의 수련 과정에 나는 탄복했다. 일을 시작하며 겪은 문전박대도 경험으로 저축하는 겸손과 느긋하고 낭비 없는 근성. 계획은 변해야 정상이며 사람은 믿어야 시너지가 난다는 배포까지. 그 모든 원리는 인터뷰하고 글을 쓰는 내 작업 과정과도 무관하지 않았다. 직접 만든 옷을 자동차에 싣고 한 벌도 팔지 못하고 돌아오는 때조차 창조라고 이야기하는 미나가와 아키라는 디자이너라기보다 철학자에 가까웠다.

그가 '옷은 몸이 바깥 세계에 닿는 최초의 기쁨'이라고 표현할 때, 일을 시작할 때마다 '어떤 좋은 기억을 만들고 싶을지 생각한다'고 할 때 나는 그것을 인터뷰와 글쓰기로 바꿔서 되뇌어본다. '인터뷰는 한 인간이 바깥 세계에 닿는 최초의 기쁨'이며, 글쓰기를 시작할 때마다 이번에는 어떤 좋은 기억을 세상에 만들어 낼지 생각한다.

작가 **이민진**

거북이로 살아도
괜찮습니다

제가 쓰기로, 기다리기로, 또는 의견을 말하기로 결심했다면, 그건 그 일이 저의 시간과 관심을 쏟을 만큼 중요하다고 결정했기 때문이죠. 때때로 저 또한 두렵고 낙담해요. 저는 천성적으로 내향적이고 불안하며 조용한 사람이니까요. 하지만 그럴 때마다 무엇이 중요한지에 집중하고 버텨내려고 노력합니다.

이민진이 왔다. 목 뒤로 수수하게 찰랑이는 다갈색 머리, 희고 반듯한 이마, 온유한 눈빛… 화선지에 담채로 그린 듯, 맑고 수려한 여성이 저벅저벅 걸어와 포옹했다. 키가 커서 깜짝 놀랐다. 유랑하던 소설 속 코리안들처럼, 그가 품은 겹겹의 너른 영토가 가슴 깊숙이 압착되었다.

Min jin Lee. 30년간 써 내려간 재일조선인 4세대의 가족 서사 《파친코》로 코리안 디아스포라의 아프고 찬란한 실체를 세상에 알린 여자. 그 '디아스포라 3부작'의 출발점인 첫 소설 《백만장자를 위한 공짜 음식》 출간을 위해, 이민진은 4일간의 짧은 내한 일정을 소화 중이었다.

갑자기 몰아친 한파로 거리가 스산했지만 출간기념회에 초대된 독자들은 로또라도 당첨된 것 같은 상기된 얼굴로 광화문 극장 로비에 삼삼오오 모여 눈을 빛냈다. 잘 재단된 스트라이프 재킷, 청바지에 부츠 힐을 신은 그의 자태는 더할 나위 없이 쿨해 보였지만, 도리어 그는 내 숏컷과 남루한 회색 배기팬츠를 칭찬했다. 스포트라이트를 타인에게 돌리는 게 몸에 밴 사람.

오십이 넘은 여자 둘이 마주 앉으면 5분도 되지 않아 산전수전 섞은 우정이 샘솟는다.

"내 소설은 처음엔 다 쓰레기였어요.""오! 난, 너무 못생겼어요." 상대를 무장 해제시키는 사랑스러운 셀프 디스와 '살아보니 인생이 쿨할 수 없다'는 두서없는 수다가 이어졌다.

"요즘엔 무대에 설 때마다 자꾸 눈물이 나요. 그동안 한국인을 짝사랑해 왔는데, 이제 러브레터의 답장을 받는 느낌이 들어요.""친구가 된 영화 〈기생충〉의 감독 봉준호는 리얼리, 착해. 송강호는 슈퍼 쿨하죠."

그 자신, 소설을 위한 사전 작업으로 수많은 낯선 이들의 마음을 얻고, 말의 물꼬를 터온 탁월한 대화자였다. 이민진과의 대화는 여태껏 느껴보지 못한 다른 종류의 신선함을 선사했다. 질문 너머의 충동을 완전히 이해했고, 매번 더 크고 부드러운 답을 예비해 두고 있었다. 올인하면서도 오버하지 않는 은은한 에너지… 송강호와 봉준호를 표현했던 '슈퍼 쿨'과 '리얼리, 착해'는 바로 그 자신인 듯했다.

'성공한 코리안 아메리칸'이라는 타이틀로는 설명이 불충분하지만, 이민자가 아닌 작가 이민진을 상상하기는 어렵다. 자기 객관화와 자기 비하의 레이어layer를 인내심 있게 통과한 자만이 가질 수

이민진

있는 초연함! 그와 함께하는 시간 동안, 나는 이민
진이 두 편의 소설 《파친코》와 《백만장자를 위한
공짜 음식》에 쓴 서사와 말투가 진실이라는 것을
느낄 수 있었다.

"I'm not 선자, I'm not 케이시."

이민진은 강하게 손사래를 쳤으나, 타인을 이해
하기 위해 온전히 헌신한 사람 안에는 여러 다른
얼굴이 미묘하게 스며 있는 법. 정확하되 다정한
큰 사람, 이민진과의 대화를 전한다.

경계인의 서사로 세계적으로 뜨거운 공감대를
얻고 있는 소설 《파친코》와 《백만장자를 위한 공
짜 음식》은 각각 26년, 11년이라는 기나긴 시간에
걸쳐 쓰였다.

2021년 펭귄클래식의《위대한 개츠비》신판 서문을 쓴 것으로 압니다. 피츠제럴드와 개츠비의 어떤 면이 당신을 사로잡았나요?

펭귄클래식의《위대한 개츠비》서문을 쓰기로 한 것은 이민자의 관점을 제시하고 싶었기 때문이에요.《위대한 개츠비》는 원대하고, 불가능할 정도로 낭만적인 목표들을 가진 아웃사이더들에 관한 책이에요. 많은 이민자들에게 의미가 있죠. 물론 저는 아웃사이더(외부인)들의 삶과 꿈을 파괴하는 부주의한 부자들에 대한 피츠제럴드의 비판에 동의합니다. 저의 주요 테마 중 하나가 계급/계층이었기 때문에 피츠제럴드의 관점을 통해 탐험하는 것은 제게도 즐거운 일이었죠.

최근에 저는 일제강점기 시대를 다룬 3개의 소설을 읽고 신선한 충격을 받았습니다. 김훈의《하얼빈》과 김주혜의 《작은 땅의 야수들》그리고 이민진의《파친코》. 세 작품의 등장인물은 모두 아름답고 기품이 있었지만,《파친코》의 무대는 정말 드넓었어요. 세대를 이어서 서사를 이어가는 힘은 무엇인가요? 이런 위대한 서사의 주인이 된다는 건 어떤 기분이죠?

제가 엄청난 대서사시를 가졌다고는 생각하지 않아요. 오히려 그 대서사시 같은 역사가 저를 소유하고 있다고 느낍니다. 저는 역사와 문화의 산물입니다. 그래서 저로 존재할 수 있는 거죠. 저는 제 책이 한 세대의 이야기만 담고 있는 것을 상상할 수 없어요. 한편으론 관심사가 코리아 디아스포라로 특정되는 것처럼 여겨지기도 하지만, 이 주제만큼 강하고 오래 제 흥미를 끄는 것도 없습니다.

저는 열아홉 살 대학생 시절에 처음 재일한국인의 역사에 관심을 가졌어요. 그때부터 자이니치의 이야기에 끌렸고, 끈질기게 연구하고 조사해 왔습니다. 제 인생을 소비할 만한 이런 주제를 발견했다는 것이 얼마나 감사한지 몰라요.

이민자로서 자신의 위치에 언제부터 자부심을 갖게 되었나요?

저는 오랫동안 역사를 공부했어요. 평범한 사람들이 억압적인 체계에서 어떻게 살아남는지를 보면 놀라움을 감출 수 없습니다. 여성들은 가부장제에 의해, 가난한 사람들은 탐욕과 계급주의 그리고 극단적 자본주의에 의해, 소수자들은 다수에 의해, 외부인들은 내부자들에 의해 억압받아 왔습니다.

그럼에도 불구하고 많은 여성과 가난한 사람들, 소수자들, 외부인들은 그들을 억압하려는 모든 시도에 잘 버텨왔어요. 억압에 기꺼이 저항하고 반대하는 그들이 자랑스러워요. 희생자들을 미화하고 싶은 것이 아닙니다. 상처를 입고 불평등한 상황에서도 아름다운 생존이 가능하다는 것을 저는 배

이민진

웠습니다. 역사를 비추어 보면, 억압을 마주하더라도 선함을 유지하고 사랑하고 잘 지내는 것이 가능하다는 것을 알 수 있습니다.

무엇보다 당신 소설의 첫 문장은 힘이 있습니다. '역사는 우리를 저버렸지만, 그래도 상관없다.'(《파친코》), '능력은 저주일 수 있다.'(《백만장자를 위한 공짜 음식》) 강렬한 첫 문장의 탄생 비밀을 알려주시겠어요?

제 소설의 모든 첫 문장은 책 전체를 드러내는 주제문이에요. 초고 단계에서 마음에 드는 첫 문장을 쓴 경우는 거의 없어요. 그래서 저는 그 첫 문장을 발견하기 위해서 몇 번씩 책을 다시 씁니다. 전통적인 집필 방법은 아니죠.

저는 기자처럼 기록하고, 학자처럼 논문을 쓰는 작업 형식을 취해요. 몇 번의 퇴고를 거치면서 조금씩 첫 문장이 두각을 드러내죠. 수많은 시간을 고군분투한 후에야 이야기하려는 바가 명확해지고 제가 가진 질문에 대한 답이 떠오르죠. 그 과정에서 처음 쓴 글이 쓰레기가 되기도 합니다(웃음).

애초부터 영감이 이끄는 매혹의 고지는 없었다. 모든 길을 다 밟아보고, 모든 목소리를 들어본 후 나온 '견고한 한 줄'은 광야의 북소리가 되어 심장을 두드린다.

완벽주의자인가요?

(미소 지으며)저는 성인군자가 아니에요. 바보스럽죠. 긴장과 우울 증세도 있고 고집불통이기도 합니다. 하지만 저는 감으로 판단하지 않아요. 50개의 각주를 모으죠. 저를 설득하려면 51개의 각주를 들고 와야 합니다. 저는 다작하지 않습니다. 많은 작품을 내는 건 제게 중요하지 않아요. 작가가 되기로 결심하면서 권력과 돈은 필요 없다고 포기했어요. 자연스럽게 좋은 결과가 따라오는 게 놀랍습니다. 하지만 저는 54살이에요(웃음). 그걸 기억해 주세요.

글이 풀리지 않을 땐 조지 엘리엇의 《미들마치》를 되풀이해 읽는다고 했다. 수십 수백 번이라도 좋은 책은 공들여 읽고 또 읽어야 한다고. 청년들이 시험 때문에 고전의 요약본을 읽는 걸 안타까워했다.

"독서는 거래가 아닙니다. 의도가 순수할 때 나를 변화시키죠."

구체적으로 어떻게 쓰십니까?

보름달이 뜰 때만 씁니다(웃음). 농담이에요. 저는 이야기의 아웃트라인(대략적인 줄거리)을 잡지만 끊임없이 그것을 바꿉니다. 일단 초안을 작성한 후 원고 전체를 다시 또다시 계속 수정해 가죠. 제가 일하는 방식은 비효율적이고 시간이

이민진

많이 필요합니다. 저는 이 방식을 야심 있는 사람들에게 추천하지 않아요.

제가 잡은 아우트라인을 보면서 다루고 싶은 주제가 떠오르기도 하고, 때로는 몇 개의 장면들이 그려지기도 하는데 빠르게 생각나는 것은 아닙니다. 아버지는 저를 '거북이'라고 부르는데, 그 말이 맞는 것 같네요.

> 일례로 그는 하버드 비즈니스 스쿨에 다닌 인물의 심리를 제대로 표현하기 위해 실제로 하버드 MBA에 지원해 학생들을 관찰하거나, 뉴욕의 유명한 디자인 스쿨인 FIT에서 한 학기 동안 모자를 만드는 수업을 수강하기도 했다.

지독할 정도의 체험 취재를 하는 것으로도 유명한데요. 쓰기 전에 그렇게까지 다 해보는 이유가 뭐죠?

저는 기자처럼 인터뷰하고, 변호사처럼 양쪽의 입장에서 논쟁하고, 학자처럼 기록과 수치를 대조하며 제 가설을 검증합니다. 모든 과정에 더 긴 시간이 소요되지만 제가 쓰고 믿는 것을 통해 스스로 점점 강해지는 것을 느낍니다.

그렇다면 매일 성경을 한 챕터씩 읽고 글을 쓰는 이유는요?

변호사를 그만두고 나서 저는 미국 작가 윌라 캐더가 매일 성경 한 챕터를 읽는다는 걸 떠올리고 그걸 제 작업 습관으로 삼고 시작했어요. 그리고 그 일을 사랑하게 됐죠. 이상하다고 생각하실 수 있지만 제가 그런 걸 신경 쓸 나이는 아니지요(웃음). 저는 서양의 클래식한 문학에 심취해 있고, 성경을 잘 아는 것이 서양의 문학과 시를 이해하는 데 큰 도움이 되거든요. 덕분에 성경을 7번 읽었어요.

덕분에 당신은 모든 사람을 결함과 아름다움과 재능을 가진 존재로 인식하는 것 같습니다. 유년을 보낸 퀸즈는 어떤 곳인가요?

퀸즈는 뉴욕에서 이민자가 가장 많은 곳입니다. 저는 자랑스럽게 생각하지만 쿨한 곳은 아니에요. 쿨한 곳은 맨해튼이죠. 제가 지금 살고 있는 할렘은 맨해튼에 있고 빈부 격차가 심합니다. 한편 브루클린 사람들은 잘난 척하지만, 그것도 마케팅을 잘한 덕분이겠죠(웃음).

당신이 쓴 이야기는 얼마나 자전적입니까?

나는 《파친코》의 선자가 아닙니다. 나는 케이시가 아닙니다. 《백만장자를 위한 공짜 음식》의 케이시는 북미 지역에서 성장한 똑똑한 여성이에요. 부모님이 지지하지 않는 길을 선택해서 가죠. 케이시가 저와 닮은 점은 키가 크고 발이 크다는 것 정도?

이민진

선을 긋는 얼굴조차 선하고 온유했다. 웃음의 샘이 고인 듯한 그의 너른 이마와 초승달 눈썹이 조명을 받아 더욱 은은했다.

이민진은 《백만장자》이야기 속의 한씨 일가와 《파친코》의 선자 일가가 지닌 힘을 이야기했다. 부모 세대의 서사와 동행하며, 갈피마다 스며든 파열과 고난의 아우라를.

첫 책에 대한 가족의 반응은 어땠나요?

(미소 지으며)부모님은 좋아하셨죠. 저는 조금 부끄러웠습니다. 26살에 변호사를 그만두고 37살에 첫 책을 출판했으니까요.

'부끄럽다'는 단어조차 왜 이민진이 발화하면 다르게 해석되는 걸까. 재능의 왕관은 세월의 한파를 지나 녹이 벗겨질수록 윤이 났다.

편당 11년, 26년의 창작 기간이라니… 지치지 않습니까?

Writer's block(글길 막힘, 집필 장애 상태)으로 힘든 적은 없어요. 저는 글쓰기를 좋아하거든요. 희한하게도 글쓰기 자체는 간단합니다. 어려운 것은 실제로 옳은 내용이어야 한다는 거죠. 저는 사회 문제를 다루는 현실 기반 소설을 쓰기 때문에 제가 말하는 것에 대한 정확성을 무척 중요하게 생각합니다.

처음 두 권의 책을 쓸 때는 제가 하는 일의 중요성을 실감하기 훨씬 어려웠습니다. 하지만 '코리안 3부작'의 마지막 작품인 《아메리칸 학원》을 쓰고 있는 지금, 저는 교육이라는 주제를 탐구하는 것에 제 시간을 들일 가치가 있다고 확신해요. 저는 제가 똑똑한 사람이 아니라는 걸 알고 있어요. 하지만 저는 버틸 수 있는 힘을 가진 사람입니다.

'똑똑하지는 않지만 버틸 수 있는 힘이 있는 사람'…. 그 말의 울림이 크게 남았다.

한편 한국에 출간된 당신의 데뷔작 《백만장자를 위한 공짜 음식》에는 미묘한 비꼼의 뉘앙스가 느껴지더군요. 의도했던 건가요?

실제로 우리 사회는 이미 권력과 풍요를 지닌 억만장자들에게 더 많은 공짜 음식을 대접하고 있잖아요(웃음)? 그 아이러니한 풍경에 대한 풍자죠. 의도한 건 두 번째 의미입니다. 제임스 볼드윈의 소설에는 이런 대목이 있어요.

'왕관은 이미 우리의 것이며 그 대가도 치렀다. 이제 남은 일은 그 왕관을 각자 머리에 쓰는 것뿐이다.'

우리의 탤런트는 이미 다 지불되었습니다. 그걸 즐기기만 하면 됩니다. 돈으로 값을 매길 수 없는 재능을 타고난 우리가 진정한 백만장자죠. 그럼에도 불구하고 우리 삶은 계획

이민진

대로 흘러가지 않습니다. 그래서 운이 따르기를 기대하고, 매 순간 은혜를 구하게 되죠.

> 이민진도 소설을 쓰려고 변호사를 그만뒀지만 계약한 출판사도, 에이전시도 없는 막막한 상태였다고 했다. 돈도 궁한 상태에서 11년 동안 글쓰기 클래스를 전전하며 모든 기대를 포기했고, 재능이 없다고 확신했다. 그러나 들어줄 사람이 없더라도 내가 원하는 이야기를 하고 싶었다고.
> 커브를 돌듯, 돈과 섹스 얘기를 꺼냈다. 당시에 '돈과 섹스 이야기를 써보자'고 용기를 냈다고.

돈과 섹스는… 모든 인생 드라마의 핵심이지요.
매슬로의 욕구 이론이 머릿속에 선명하게 그려졌습니다. 욕구 피라미드의 가장 아래에 생존, 그 위로 안전, 사랑, 자기 존엄, 꼭대기에 자아실현이 있어요. 남녀 캐릭터를 정할 때 그들이 돈과 섹스에 어떤 가치를 두고 어떤 태도를 보이는 가를 상상해 봐요. 사람마다 생존과 안전, 욕구 피라미드에 어떻게 접근하는지. 젊은 세대와 나이 든 세대가 다 반응이 달라요.
《백만장자를 위한 공짜 음식》에 나오는 엘라와 케이시는 상반된 여성입니다. 엘라는 부자로 살아왔기 때문에 돈을 축적할 필요가 없어요. 섹스도 결혼도 첫 남자와 했죠. 반면 케이시에게 섹스는 느끼고 즐기는 행위예요. 돈도 스스로 벌어야 했어요. 각 인물이 돈과 섹스를 어떻게 핸들링하느냐, 그걸 들여다보려고 했어요. 성장환경에서 증명해 보여야 하는 사람과 이미 넉넉하게 가진 사람은 어떻게 다른지… 케이시는 자아실현의 욕구도 강하지만 생존 욕구가 더 절실하죠.

그 가혹한 차이를 메워주는 사람이 케이시의 직장 상사이자 멘토인 '사빈'이다.

전통적인 이민자 가정의 부모들은 생존에 올인하느라 자식들의 고민을 들어줄 시간이 없어요. 피곤에 지친 생물학적 부모 대신 사빈이 "이리 와. 도와줄게"라며 무한한 친절을 베푸는 유사 어머니가 되어 주죠.

그는 MZ세대가 게으르다는 평가는 부당하다고 했다.

매슬로 욕구 이론의 맨 아래 단계가 생존입니다. 그게 충족이 되면 한 단계씩 더 위로, 꼭대기의 자아실현까지 올라가요. 조부모와 부모 세대가 생존과 안전을 해결해 준 덕에, 아이들은 행복을 찾아서 위로 올라갑니다.
하지만 그거 아시나요? 생존보다 행복을 추구하는 게 훨씬 더 어렵습니다. 기본 의식주가 더 간단해요. 윗세대가 생존

많은 면에서 저는 아직도 어렸을 때
믿던 것들을 믿습니다.
선이 악을 이긴다고 믿습니다.
대부분의 사람이 최선을 다하고 있다고
믿습니다. 우리는 사랑을 원하고
수용될 필요가 있다고 믿습니다.
또한 성장할 수 있다고 믿습니다.

방법을 보여줬기에 다음 세대는 레벨 업을 하게 됐어요. 그런데 아이들에게 왜 이전 단계를 얘기하나요? '나는 어디 있나?' '여긴 어디인가?' 아이들은 위기에 봉착했어요. 청년들 게으르다고 비난하지 마세요. 그들의 고민을 들어주세요.

당신 얘기를 해보지요. 퀸즈에서 신문 가판대, 작은 보석상을 하던 부모님과 살던 어린 이민진과 할렘에서 사는 50대 작가 이민진은 무엇이 다른가요?

부끄럽지만 저는 별로 변한 것 같지 않아요. 많은 면에서 저는 아직도 어렸을 때 믿던 것들을 믿습니다. 선이 악을 이긴다고 믿습니다. 대부분의 사람이 최선을 다하고 있다고 믿습니다. 우리는 사랑을 원하고 수용될 필요가 있다고 믿습니다. 또한 성장할 수 있다고 믿습니다.

대부분의 이들과 마찬가지로, 저 또한 끔찍한 일들을 경험하기도 했고 개개의 타인들에게 배신을 당하기도 했습니다. 하지만 저는 여전히 인생을 살며 사랑을 지속하고 있고, 매일 긍정적인 면에 집중하고자 노력해요.

인간 이민진은 굉장한 낙관주의자인 것 같군요! 누구의 영향인가요?

부모님이 쾌활하신 분들입니다. 부모님은 많은 선한 일들을 스스로 할 수 있다고 믿고, 저는 그들이 그렇게 하는 것을 보앗죠. 훌륭한 롤 모델을 가질 수 있어서 행운이라고 생각해요. 그분들이 제게 작가가 되는 구체적인 기술을 알려주신 것은 아니지만, 제가 배울 수 있는 능력이 있는 사람이라는 것을 믿어주셨습니다. 저는 제가 탁월한 문제 해결사라고 믿게 됐어요. 그리고 그 믿음의 힘이 제가 가능하다고 생각했던 것보다 훨씬 더 멀리 데려다주었습니다.

《파친코》는 영어로 쓰였지만 한국어로 말하는 사람들에 대한 당신의 사랑과 존경이 느껴집니다. 한국어는 당신의 문학에 어느 정도의 지분을 차지하나요?

생활 속에서 가족과 친구들이 한국어로 말하는 것을 듣는 걸 좋아해요. 그들의 목소리와 한국인 특유의 격정적인 다정함은 제게 사랑의 기억을 불러일으킵니다. 이번 작품에서는 주인공의 성이 '한'이에요. 케이시 한. 한씨 일가죠. '한'이라고 발음할 때 느껴지는 슬픔의 감정이 있잖아요? 한국계 미국인 2세대가 이 '한恨'의 감정을 느낄 수 있을지, 궁금했어요. '한'이나 '눈치'처럼 번역이 불가한 뉘앙스를 지닌 한국어를 쓰는 걸 좋아합니다.

19세기 영미 소설을 보면 러시아어나 프랑스어를 그대로 썼어요. 라틴어가 등장하기도 하죠. 그게 지성의 상징이었습니다. 내 소설의 주인공은 한국인이기 때문에, 한국 특유의 단어를 그대로 쓰는 게 더 좋다고 판단했어요. 지금 제가 쓰고 있는 작품 《아메리칸 학원》에서도 '학원'이라는 한국어를 그대로 썼어요. 영어로 글을 쓰는 저의 능력이 제 이야기에서 잘 녹아들기를 바랍니다.

한국인의 이야기는 앞으로도 보편적인 울림을 줄 수 있을까요?

한국의 스토리텔러와 창작자들은 다양한 미디어 작품에서 서사적 논리를 견지하며 일합니다. 시청자는 지능적인 패턴에 반응하기 때문에 그런 자세는 매우 중요하죠. 예술가들이 참신함 그 자체를 특권으로 여긴다면, 혹은 독자를 속이기 위해 서사적 논리를 무시한다면 그 즉시 인기를 잃을 겁니다.

서사 속에서 논리적 일관성을 만들어 내는 것은 매우 어려운 일입니다. 세상에서 가장 어려운 일 중 하나죠. 서사적 논리가 없는 이야기가 예술적인 아름다움을 갖기란 불가능합니다.

재능에 대해 얘기해 볼까요? 재능을 의심하고 자기 비하를 통과해 내는 과정에서 작가로서의 독특한 무늬가 만들어지는 것 같습니다. 긴 시간 동안 재능에 의심이 들 때는 어떻게 이겨냈나요?

집중할 수 없을 때는 거리를 걷거나 요리를 하거나 다른 사람의 책을 읽습니다. 다정한 친구들과 시간을 보내는 것도 좋은 방법이지요. 다른 사람을 위해 사소하지만 좋은 일을 하려고 꾸준히 노력합니다. 무엇보다 스스로의 재능에 대해 생각하지 않고 단지 해야 할 일을 하려고 해요. 만약 제게 재능이 있다면 제가 하는 일에서 드러나겠지요.

문학적 스승은 누구인가요? 2022년에 노벨문학상을 받은 아니 에르노는 시몬 드 보부아르와 버지니아 울프를 언급하더군요.

저의 문학 스승은 조지 엘리엇, 오노레 드 발자크, 귀스타브 플로베르, 레프 톨스토이, 샬럿 브론테, 이디스 워튼, 싱클레어 루이스, 오드리 로드, 제임스 볼드윈 그리고 토니 모리슨 같은 작가들입니다. 그들 중 누구도 만난 적은 없지만 오랜 친구처럼 느낍니다.

쓰는 용기, 기다리는 용기, 말하는 용기는 어디에서 옵니까?

제가 쓰기로, 기다리기로, 또는 의견을 말하기로 결심했다면, 그건 그 일이 저의 시간과 관심을 쏟을 만큼 중요하다고 결정했기 때문이죠. 때때로 저 또한 두렵고 낙담해요. 저는 천성적으로 내향적이고 불안하며 조용한 사람이니까요. 하지만 그럴 때마다 무엇이 중요한지에 집중하고 버텨내려고 노력합니다.

마지막으로 한국인이라는 정체성에 막 자부심을 갖기 시작한 우리 시대의 청년들, 그리고 전 세계 마이너리티들에게 졸업 축사 같은 조언을 부탁합니다.

(미소 지으며)항상 두렵고 걱정스러울 겁니다. 미래를 생각하면 저 역시 두려웠거든요. 하지만 스스로와 다른 사람들을 위해 자신을 드러낸다면 훨씬 나아질 겁니다. 자신이 어디에서 왔는지 기억한다면, 또 더 나아질 겁니다. 목표를 향해 나아가면서 스스로 바라는 것을 인정하고, 필요하다면 약해지세요! 그 점이 도움을 부를 겁니다.

저는 요즘 매일 울고 있어요. 나이 들어서가 아니에요. 평생 한국인에게 러브레터를 써왔는데, 이제야 답장을 받는 느낌입니다. 여러분도 자신의 목소리와 의지를 존중해 주세요! 당신의 꿈과 생각은 그 자체로 가치 있고 선한 것이니까요. 타인에게 먼저 믿을 만한 친구가 되어주세요! 그러면 밝고 힘이 되는 공동체가 곁에 생길 겁니다. 멘토를 만난다면 좋겠지만 먼저 좋은 친구를 많이 만드세요! 당신의 엄청난 미래를 미리 축복합니다.

2022.12.24.

이민진

우리 시대의 '위대한 거북이' 이민진과는 특별한 인연을 맺었다. 그가 쓴 코리안 디아스포라 소설 《파친코》가 '2022 예스24 올해의 책' 1위에, 내가 쓴 《이어령의 마지막 수업》이 그 뒤를 이어 2위로 선정되었다. 무엇보다 이민진과의 대화에는 내가 그토록 찾아 헤매던 보석 같은 인생 언어들이 점점이 수록되어 있다. 그의 입이 발화하는 단어와 그의 손이 눌러 쓴 활자들을 쳐다보며 나는 입을 다물지 못했다.

"상처를 입고 불평등한 상황에서도 아름다운 생존이 가능하다는 것을 저는 배웠습니다."

"저는 아직도 어렸을 때 믿던 것들을 믿습니다. 대부분의 사람이 최선을 다하고 있고, 사랑으로 수용될 필요가 있고, 성장할 수 있다고 믿습니다."

"재능에 대한 생각을 멈추고 제가 해야 할 일을 하려고 해요. 재능이 있다면 제가 하는 일에서 드러나겠지요."

소설 속 강렬한 첫 문장은 마지막에 나왔다는 이민진의 말처럼, 어쩌면 우리의 인생 서두를 여는 첫 문장도 마지막에 이르러서야 발견될지도 모른다. 그때까지 여러분도 인생 언어를 찾는 여정을 계속하시길.

사진 출처

위대한 대화

: 인생의 언어를 찾아서

1판 1쇄 펴냄 | 2023년 2월 15일
1판 9쇄 펴냄 | 2024년 7월 10일

지은이 | 김지수
발행인 | 김병준
발행처 | 생각의힘

등록 | 2011. 10. 27. 제406-2011-000127호
주소 | 서울시 마포구 독막로6길 11, 우대빌딩 2, 3층
전화 | 02-6925-4185(편집), 02-6925-4188(영업)
팩스 | 02-6925-4182
전자우편 | tpbook1@tpbook.co.kr
홈페이지 | www.tpbook.co.kr

ISBN 979-11-90955-84-3 (03810)